Scrittori italiani e stranieri

Margherita Oggero

L'ORA DI PIETRA

Romanzo

MONDADORI

Dello stesso autore

nella collezione Scrittori italiani e stranieri
Risveglio a Parigi

nella collezione Oscar
La collega tatuata
Una piccola bestia ferita
L'amica americana
Provaci ancora Prof
(che raccoglie i tre volumi sopra citati)
Qualcosa da tenere per sé
Il rosso attira lo sguardo

nella collezione Scrittori italiani
Orgoglio di classe

La trama e i personaggi di questo romanzo sono frutto di invenzione. Nomi di luoghi e persone sono evocati in base a un criterio di verosimiglianza. Ogni altra analogia o coincidenza con fatti veramente accaduti o in procinto di accadere è da considerarsi fortuita e non intenzionale.

L'ora di pietra
di Margherita Oggero
Collezione Scrittori italiani e stranieri

ISBN 978-88-04-60867-7

I edizione aprile 2011

L'ora di pietra

Per Alberto,
che mi manca tanto.

La questione è: che cosa fa ciascuno
di noi delle carte che ha ricevuto?

AMOS OZ, *Una storia d'amore e di tenebra*

La zia scaduta non è buona e neppure cattiva, più che tutto è scontenta e qualche volta arrabbiata.

Io non so come sono, so soltanto che vorrei non essere io ma un'altra persona e avere un'altra vita. Oppure non averla avuta, perché prima, cioè prima di nascere, non si sta male, non si sta e basta. Quando mi metto a pensare a queste cose mi viene la gola stretta e voglia di piangere, però non piango perché non serve, mi metto invece seduta dietro alla finestra che dà sulla via e guardo giù. Intanto il tempo passa.

La via è abbastanza larga, e dal terzo piano riesco a vedere più di mezza strada e il marciapiede di fronte. Vedo anche, si capisce, le facciate di quattro case, con le finestre e i balconi. I balconi hanno le ringhiere mangiate dalla ruggine e sono pieni di piante in vaso. Piante finte, con i rami un po' rotti e coperte di polvere grassa, comprate dai cinesi, tutte uguali con le foglie venate di rosso, larghe e lunghe. Stanno contro alle ringhiere a fare siepe, ma di sera vengono spostate, tutta una foresta di piante che si muovono, così i padroni con le parabole satellitari nascoste dietro i vasi possono prendere i programmi tv dei loro Paesi. Sì, perché in questa strada di periferia ci vivono quasi solo immigrati, soprattutto dall'Africa, neri e arabi, oltre alla zia scaduta, che immigrata lo è pure lei, anche se da più vicino e, con lei, io.

La parabola lei non ce l'ha, dice che ce l'aveva una volta, ma era di seconda o terza mano e la tele si vedeva un po' sì e un po' no, così l'ha buttata nel cassonetto insieme con le piante dei cinesi.

Il fatto è che, per prendere bene i programmi dal satellite, l'antenna andrebbe messa tutta all'esterno, ma è vietato e i vigili se la vedono danno la multa e la fanno togliere. Dalla parte del cortile non serve metterla, perché lì il segnale non arriva, sul tetto invece sì, ma il padrone di casa non vuole e poi bisognerebbe anche chiamare un antennista che costa tanto. A me della tele non mi importa granché, ma se anche mi importasse sarebbe lo stesso, perché alla sera la zia i programmi li sceglie lei e di giorno, quando va a lavorare, si porta dietro il telecomando così, dice, non guardo delle schifezze che poi mi rovinano la testa.

Dice così, ma io so che è per non spendere troppo nella bolletta della luce, infatti in casa le lampadine nel soggiorno-angolo cottura sono svitate una sì e una no e nello sgabuzzino dove dormo io c'è solo un piccolo neon che fa una luce ghiacciata da frigo. Nella sua stanza invece c'è una lampada sul comodino da notte e quella ha una lampadina forte, ma non la accende mai perché, non tirando giù tutta la tapparella, la luce della strada le basta per svestirsi. Dopo, come mette la testa sul cuscino, si addormenta subito perché il notaio la manda di qua e di là tutto il giorno a fare la coda negli uffici e alla sera è stanca da morire, dice.

Stanca è stanca, ma il sonno le viene subito perché prende le gocce. Forse non è tanto buona e anche un po' bugiarda. E il telecomando forse se lo prende per dispetto, per vendicarsi del fatto che mi hanno portata qui.

Melina era alta, pallida, con gli occhi neri che le mangiavano la faccia. Bella assai. Era la figlia di un'ingannevole menopausa precoce, nata quattordici anni dopo Salvatore e diciotto dopo Antonio, quando Assunta e Saverio avevano cominciato a fare l'amore senza precauzioni. E anche senza paura di farsi sentire dai figli, che nelle sere dei fine settimana andavano al cine o a giocare a calcetto o a spasso con gli amici, e loro si godevano il sapore di una rinnovata ventata di giovinezza e libertà.

«Save', t'aggia di' na cosa.»

«E dimmela.»

«Sono incinta.»

«No! E com'è sta cosa?»

«Non lo so. La dottoressa aveva detto che potevo stare sicura, che se avevo dei disturbi era per via della mancanza di certi ormoni... diceva che erano i disturbi delle donne, vampate vertigini nausea...»

«E tu li avevi?»

«Neanche uno. Stavo bene, anzi sto bene, benissimo, come quando ero incinta di Antonio e Salvatore, che le nausee non sapevo neppure cos'erano.»

«E allora, come sai che...»

«Le gonne che tirano in vita, la cerniera dei jeans che non sale. E non sto mica mangiando più di prima.»

«Be', un po' sì. L'altra domenica col gattò di patate ti stavi strafogando.»

«Comunque mi venne il dubbio e andai da zia Concetta, la mammana.»

«E lei ti disse che sei incinta?»

«Sì, ma non ero sicura, perché zia Concetta è vecchia vecchia e magari si era sbagliata. Così andai alla mutua, feci l'esame del sangue e, insomma, sono proprio incinta.»

«Da quanto?»

«Undici, dodici settimane. E mo che facciamo?»

«E che vuoi fare? Ce lo teniamo, sto bambino o bambina.»

«Ma sei contento?»

«Non lo so, forse sì, soprattutto se è femmina, dato che i maschi li abbiamo già.»

«Sai una cosa, Saverio? Io sono contenta assai. Vuol dire che sono ancora giovane. E di avere un pupetto o pupetta in braccio ne ho ancora voglia.»

Era stata una femmina: Carmelina, detta Melina. Antonio perplesso e un po' seccato, per via dei compagni che lo pigliavano in giro e non lesinavano battute piuttosto grevi sui suoi; Salvatore invece intenerito da quella bambina tutta occhi e capelli neri, una pupetta da giocarci per ore, da farle il solletico, da gattonarci insieme per terra. E lei, a sua volta, stravedeva per Tore e lo accoglieva con gridolini di gioia quando tornava da scuola, gli trotterellava dietro per casa, e più avanti si faceva portare a passeggio, a piedi o sul seggiolino della bici. Una famiglia serena.

«Sai, Save'» diceva qualche volta Assunta, segnandosi in fretta con la croce, «noi siamo proprio fortunati. A noi nessuno ci dà noia, teniamo un buon lavoro, dei figli belli, la casa ce l'abbiamo, non ci manca niente.»

«Fortunati sì, perché non possono spremerci né farci obblighi. Ma se tu non ti prendevi il diploma da maestra e io non entravo in ferrovia, eravamo esposti come tutti. E Antonio, dopo l'università, qui il lavoro è difficile che lo trovi, e pure per Tore, finito l'istituto, sarà dura.»

«Eh Save', che ti sei bevuto il caffè amaro? Ti sei scordato Melina, per lei non ce l'hai l'oroscopo nero?»

«Lei è ancora piccola, staremo a vedere.»

Antonio aveva schivato il servizio militare grazie a un lievissimo soffio al cuore, ma soprattutto grazie alla sopravvalutazione dello stesso da parte del medico della commissione militare.

Non c'era stato nessun intervento del boss Raffaele, era stata una semplice questione di ping-pong. Sì, perché all'oratorio del paese dove Saverio abitava prima di sposarsi, lui e il futuro medico militare erano i campioncini di tennis da tavolo e giocavano in coppia – vincendo sempre – nei tornei amatoriali. Al figlio di un antico compagno di adolescenza un favore non si nega, anche se non richiesto, anzi soprattutto se non richiesto, che così chi lo fa si sente proprio generoso e altruista. E lo si replica pure col figlio minore, quand'è il suo turno, perché la gratitudine dei genitori era stata commovente e nella rimpatriata, in un ristorante dell'entroterra, c'era scappata anche una partita di ping-pong, anzi tre, e la bella se l'era aggiudicata il medico, perché Saverio sa stare al mondo.

Finita l'università, Facoltà di Chimica, Antonio aveva vinto una borsa di studio in Belgio e subito dopo aveva avuto, sempre in Belgio, una proposta di lavoro in una fabbrica di vernici.

«Te lo prendi, sto posto? All'estero, lontano, da solo...» aveva chiesto sua madre.

«E come no? Qui dove lo trovo un lavoro come quello?»

«Ma nelle vernici c'è pericolo...» aveva tentato di dissuaderlo lei.

«Anche sui treni c'è pericolo. Ci mettono le bombe, o deragliano, eppure papà sui treni ci lavora.»

«Non è la stessa cosa...» aveva protestato debolmente lei, sapendo in partenza di essere sconfitta.

Ad Antonio il paese da una certa età in poi era andato stretto, amici veri non ne aveva, e le sole ragazze con cui c'erano state delle storie erano compagne di università, a Napoli. Storie, però, senza impegni e senza rimpianti. E dopo Napoli, dopo Bruxelles, il paese era una prigione senza sbarre ma anche senza sbocchi.

Il cine chiuso, i bar neri di fumo e di mosche, la discoteca piena di balordi e sgallettate, le risse per uno sguardo di troppo, le moto che scorrazzavano all'impazzata anche nei vicoli, le case mai finite cogli spunzoni di ferro che si arrugginivano anno dopo anno e, su tutto, il fiato del boss. Un fiato pesante che ammorbava paese e abitanti, anche quelli, pochi, che non ne erano direttamente toccati.

Certo, a pochi chilometri c'era la marina, con una spiaggia di sabbia grossa e nera, chiusa da due scogli, e c'era un clima mite per buona parte dell'anno, e c'era il sole – *chisto è 'o paese d' 'o sole* – e c'erano mamma papà Tore e Melina. Ma nonostante tutto preferiva la pioggia e il freddo di Bruxelles, con le strade pulite, senza cumuli di spazzatura e cassonetti rovesciati o incendiati, con gli abitanti contegnosi, le leggi quasi sempre rispettate, con gli automobilisti che cedono il passo ai pedoni sulle strisce.

E pazienza per la solitudine.

Sto dietro alla finestra chiusa con le tendine tirate e vedo tutto. Gli altri, dalle case di fronte e dalla strada, non mi possono vedere, e io devo restare invisibile. Guardo giù e penso cose. Tutti quelli che hanno la malasorte pensano molto.

Qui, nascosta dalle tendine di nylon in finto pizzo, mi invento anche delle storie su chi passa, chi entra nel bar con i giochi, chi va dalle parrucchiere cinesi, chi nell'ufficio del sindacato, chi al girarrosto. Nell'ora di pietra però non si vede nessuno. L'ora di pietra non dura un'ora, ma solo un momento, qualche volta un minuto, qualche volta anche tre o quattro. A me piace tanto e la chiamo così perché tutto resta fermo come impietrito. Non passa gente, non passano macchine, è come se il mondo si fermasse senza fare il rumore della frenata.

Mi sembra che dopo possa succedere di tutto, un terremoto, un'esplosione, come se quella fosse una pausa in attesa di qualcosa di grosso, come quando si tiene il fiato prima di gridare o di piangere, o come quando si resta così spaventati che ci si dimentica persino di respirare. Solo che dopo non succede mai niente di diverso, le macchine tornano a passare, i ragazzi a entrare e uscire dal bar, le clienti a venirsene o andarsene dalle parrucchiere cinesi che fanno l'orario continuato, invece il sindacato e il girarrosto hanno già chiuso con la serranda giù e lì non ci va nessuno.

Dal sindacato, alla mattina sul tardi, c'è un viavai di vecchietti, verso sera invece di gente più giovane. La zia scaduta ha detto che dovrebbe andarci pure lei a farsi le sue ragioni, perché il notaio la paga poco per le ore che fa, solo che prima deve cercarsi un altro posto, dato che quello è capace di licenziarla con una scusa o con l'altra, e lei senza lavoro non può stare, perché suo marito, che non è più suo marito ma lei lo chiama così, non le passa tanto di alimenti, mentre le spese corrono perché in città la vita è tanto cara.

Solo che un altro lavoro non lo cerca mai.

Dalle parrucchiere cinesi ci vanno uomini e donne, perché il taglio e la piega costano poco. Quando sono venuta al Nord anch'io sono andata dalle cinesi, ma non da queste, da quelle di un quartiere lontano da casa, e mi hanno fatto un taglio da maschio che quasi non mi riconoscevo.

Antonio tornava a casa per le feste di fine anno e una decina di giorni in agosto. Assunta lo soffocava di attenzioni e di domande e lui, nonostante l'affetto, non vedeva l'ora di ripartire. Col fratello la confidenza non s'era interrotta, era la stessa di quando erano ragazzi e prima di addormentarsi si scambiavano opinioni e segreti.

«Perché non hai voluto fare l'università?» chiese una volta a Tore mentre erano da soli.

«Eh... di dottori in casa ne basta uno.»

«Ma ti piace il lavoro che fai?»

«È quello che volevo. Da perito meccanico ho studiato e il meccanico faccio. Senza che il boss ci abbia messo la raccomandazione, forse perché gli basta che il padrone paghi il pizzo, o forse perché mamma è stata per tre anni la maestra di suo figlio grande alle elementari. A me le macchine piacciono, la concessionaria sta a soli quindici chilometri da qui, lo stipendio non è male, che vuoi di più?»

«Io, niente. Se va bene a te...»

«E tu, sempre contento di stare al Nord?»

«Sì, là c'è un'altra aria. Però non sei mai venuto a trovarmi, a vedere com'è, come sono sistemato...»

«Le ferie me le danno ad agosto, quando tu stai qua.»

«Di' piuttosto che non hai voglia di schiodarti neppure per poco.»

«No, è che non voglio entrare in tentazione.»

«Allora anche tu ci patisci, qui?»

«Non direttamente sulla mia pelle. Se guardo in giro invece sì. Ma se ce ne andiamo tutti, qui chi ci resta? Soltanto loro. Loro e i vecchi. E a papà e mamma quando diventano vecchi serve qualcuno che ci pensi. E anche a Melina, finché non si sistema.»

«Che per te vuol dire sposarsi.»

«Sposarsi studiare lavorare, quello che decide lei.»

«E tu, a sposarti non ci pensi? Una brava ragazza di qui, senza grilli per la testa, che poi ti fa tanti bambini, per la gioia tua e di mamma e papà.»

«Che fai, Antonio, sfotti?»

«No, figurati. Forse ti invidio un po'.»

«Ma se hai detto che sei contento di stare in Belgio.»

«Contento, sì, ma qualcosa manca sempre. Qualcosa che magari detesti eppure rimpiangi. Poi, quando sto qui sono irritato, 'mmperuto, come se avessi l'orticaria, anche perché mamma mi sfruculèa: e come mangi? e dove? e sei dimagrito? e non è che tieni la gastrite? e cosa fai la sera? e con chi ti vedi? e chi ti tiene la casa...?»

«... e tieni o no la fidanzata... A proposito, la tieni o no?»

«Sì, ma non siamo fidanzati. Nessuna voglia di sposarci, né lei né io, e neppure di andare a vivere insieme. Può durare oppure no, adesso ci va bene così, senza troppi impegni.»

«Lei cosa fa?»

«L'interprete parlamentare. E fa anche traduzioni tecniche.»

«Si chiama?»

«Julie. Adesso sei tu quello che mi sfruculèa!»

«Scusa. Se vuoi la pianto.»

«Perché? c'è ancora altro da sapere?»

«Si capisce che c'è. Bionda, bruna, alta, bassa eccetera.»

«Pure gli eccetera! Castana, alta, magra ma con le curve giuste. Non bellissima, ma con una faccia che ti ricordi. Non so se a mamma piacerebbe: non sa cucinare, è disordinata, tiene male la casa, appena ha un attimo di tempo sta con un libro in mano invece di spolverare o rassettare e inoltre ha sette anni più di me.»

«Mizzica, non le piacerebbe no.»

Assunta era bonaria e indulgente verso tutte le ragazze, ma faceva eccezione con quelle che sembravano interessare a Salvatore. Gelosia di madre mediterranea, radicata e inconsapevole. Quando Saverio glielo faceva notare, sbuffava, diceva che non era vero niente, che lei nelle faccende sentimentali di Tore non ci voleva mettere parola, che facesse pure quello che voleva, come quell'altro lassù che si teneva i suoi misteri, che chissà chi gli aveva messo le grinfie addosso, che doveva essere proprio una strega, na fattucchiera, se lui non ne parlava mai e tanto meno si sognava di farla conoscere in famiglia, forse – diononvoglia – era una donna sposata, una di quelle femmine che mettono becco il marito, che passano da un letto all'altro come da noi quando si bacchiano le olive...

«Da quando le bacchiamo a letto le olive, Assunti'?»

«Mo non fare lo scemo, Save', che non lo sei. Ma ti pare naturale che alla sua età non abbia una donna? Di peggio ci può essere solo che vada a puttane, che si prenda le malattie veneree o l'Aids, che si rovini la salute e la vita invece di mettere su famiglia, come sarebbe ora.»

«Non me lo vedo Antonio che va a puttane. È sempre stato schifiltoso, non ha mai bevuto nei nostri bicchieri, se c'è una mosca in casa piglia subito l'ammazzino e non si dà pace finché non l'ha spiaccicata o cacciata.»

«Allora, secondo te, è solo per ragioni igieniche che

non ci va? Non perché gli abbiamo dato una buona educazione, perché gli abbiamo insegnato che...»

«Basta, Assunti', che ti stai montando la testa per niente. Antonio è riservato, gli affari suoi se li tiene per sé.»

«Sono anche affari nostri. È nostro figlio, sì o no?»

«Quando saranno affari nostri ce li farà sapere.»

«Eh, campa cavallo...»

I primi tempi che stavo qui, non riuscivo a capacitarmi. Avevo male dappertutto, lividi sulle braccia e sulle gambe, graffi, e nella testa un pestello che batteva. Il giorno non finiva mai, la notte facevo il sogno brutto, sempre lo stesso. Tante volte mi svegliavo gridando e la zia scendeva dal letto, mi portava un bicchiere d'acqua e diceva Dormi dormi non ci pensare, dopo tornava nella sua camera, scocciata perché magari non riusciva a riaddormentarsi. Poi ho imparato a interrompere il sogno brutto e a svegliarmi a comando, tutta sudata ma senza gridare, e adesso il sogno viene sbiadito, coi colori e i contorni slavati come un manifesto dell'anno scorso attaccato al muro.

Di giorno sto sempre chiusa in casa, una cosa da andare fuori di testa. Solo dalle pettinatrici cinesi la zia mi ha portata subito. Si era fatta prestare la macchina da Alfonso, ma non gli aveva spiegato perché le serviva. Alle cinesi, che parlavano solo cinese, aveva fatto segno con le mani a forbice fino a dove tagliare, e quelle si lanciavano dei gridolini tra loro, facevano gli occhi rotondi rotondi che non sembravano più cinesi e non si capiva se erano d'accordo o se gli dispiaceva. Ma forse non gliene importava niente, io ero una cliente come tante, anche se a quell'ora – l'una e mezza dopo pranzo – al lavaggio non c'era nessuno e a farsi asciugare soltanto una vecchietta con quattro peluzzi in testa.

I miei capelli li hanno tenuti, una tagliava e l'altra metteva le mani subito sotto le forbici, per prendere tutte le ciocche lunghe e posarle adagio sul piano di un carrello. Dopo, la zia mi ha spiegato che di sicuro li usavano per una parrucca, e infatti non ci hanno fatto pagare niente. Quando sono uscita, in testa, oltre ai colpi del pestello, sentivo anche freddo, perché non ci ero abituata. Adesso, in testa, qualcuno ha i miei capelli e non si chiede di chi erano prima.

Erano miei, erano.

La ragazza di Salvatore si chiamava Graziella e faceva l'impiegata nella concessionaria della Volkswagen dove lavorava anche lui. Era una delle nipoti del proprietario, che l'aveva assunta appena l'impiegata precedente si era sposata e trasferita a Caserta. Lei e Salvatore si erano ignorati per parecchi mesi, scambiandosi solo notizie di lavoro e educati saluti, poi, complice un acquazzone improvviso all'ora di uscita, lui le aveva offerto un passaggio. Mentre guidava sotto gli scrosci d'acqua, Salvatore aveva voltato un attimo la testa verso di lei e l'aveva vista davvero per la prima volta.

«Grazie del passaggio» aveva detto Graziella davanti a casa, mettendo una mano sulla maniglia della portiera.

«Se scendi mo, ti fai una doccia completa.»

«Ma magari dura tanto e tu hai fretta...»

«Che fretta devo avere? Mica ho una moglie che mi aspetta.»

«Moglie no, ma fidanzata magari sì.»

«Invece no. E tu?»

«Io cosa?» aveva chiesto lei, fingendo di non aver capito.

«Tu ce l'hai il fidanzato?»

«No.»

«Mai avuto?»

«Solo simpatie, sai, durante le superiori... ma niente di serio.»

C'era stato un lungo silenzio, che nessuno dei due sapeva come interrompere, mentre la pioggia continuava a scrosciare e i vetri della macchina si erano tutti appannati. Alla fine lui si era deciso:

«Ci usciresti una sera con me? A mangiare una pizza, per esempio.»

«Volentieri. Al paese tuo o mio?»

«Come preferisci.»

«Preferisco altrove. Così nessuno comincia subito a spettegolare.»

«Non vuoi che lo sappiano i tuoi?»

«No, ai miei glielo dico. Sanno chi sei, sanno che sei serio. È per i paesani, che si fanno sempre i fatti degli altri, invece di pensare ai guai loro.»

«A Napoli, ti va?»

«Ma ci sono tanti chilometri...»

«E che ci vuole? Mezz'ora o poco più, intanto chiacchieriamo.»

«Va bene» aveva acconsentito lei sorridendo.

«Venerdì sera?»

«Sì.»

Ha subito detto "volentieri", aveva riflettuto Tore sulla strada del ritorno. Non ha fatto tiramolla, non so, forse, devo vedere; e quando ho proposto venerdì non ha finto di avere chissà quali impegni. Una brava ragazza, si vede anche sul lavoro: gentile con tutti, ma confidenza a nessuno. E di me deve aver già parlato ai suoi, che sanno chi sono. Chissà com'è che non ci avevo mai fatto sopra un pensiero. Ma lei su di me sì che deve avercelo fatto!

Con un mezzo sorriso che gli si allargava sulla faccia, aveva ingranato la quinta e aveva guidato birroso sino a casa, anche se la strada era stretta e tutta curve.

«Devi restare invisibile» mi ripete sovente la zia scaduta.
«Fino a quando?» chiedo io.
«Non si sa» dice lei.
«Sono in prigione» mi lamento.
«Meglio in prigione che morta» ribatte subito e si mette a fare qualcosa per non continuare il discorso. Qualcosa che non serve a niente, come spostare una padella o un coperchio dal posto dove stava e poi rimettercelo. Quando fa così, è meglio se sto zitta e non faccio altre domande.
Mi mancano tanto zio Tore zia Graziella Angela la nonna il nonno e Toto. Mi piacerebbe almeno parlargli al telefono, ma non si può, è troppo pericoloso.
«Sei tutta scema?» mi ha investita malgraziosa la zia scaduta quando le ho chiesto di farmeli sentire un minuto al cellulare «oppure ti sei dimenticata di quello che è successo?»
Non sono scema e non dimentico niente. Ma non è bello, anzi.

Ad Assunta non sfuggì che Tore si faceva la doccia più spesso e stava più attento nel vestirsi, proprio lui che sino ad allora si metteva addosso quello che capitava.

«Si è fatto la ragazza vera» disse al marito, «e fa il misterioso come quell'altro, lassù.»

«Ma cosa pretendi, che ti dica anche quando starnutisce e si soffia il naso? Lo vuoi capire o no, che ormai è un uomo?»

«E tu ti ricordi o no che è sempre nostro figlio?»

«Anche troppo, grazie a te. Di preoccupazioni non ce ne ha mai date, lasciamolo un po' tranquillo.»

«E chi lo disturba? A casa sta come un pascià, servito e riverito.»

«Ma gli fai sentire troppo il fiato sul collo.»

«Io?»

«Tu, tu. C'hai gli occhi a raggi ics, gli controlli di nascosto il contachilometri, gli fai il terzo grado a labirinto.»

«Come sarebbe a labirinto?»

«Girando attorno a quello che vuoi sapere, facendolo confondere.»

«Sai quanto si confonde...»

«E meno male, se no che uomo sarebbe!»

«Sempre dalla sua stai, mai dalla mia.»

«Che dici Assunti'? Che ti porto in palmo di mano...

dài, andiamo in camera, che quando fai la leonessa mi piaci ancora di più.»

«E se arriva Melina?»

«È presto, ci manca più di mezz'ora prima che finisca il catechismo, dài vieni.»

Melina non aveva la pacatezza accomodante di Salvatore, né la determinazione silenziosa di Antonio. Era impulsiva, ricca di fantasie e di entusiasmi, con qualche rara scivolata nella malinconia. In casa e per strada o parlava o cantava, e a scuola era stato un tormento per la maestra indurla a stare zitta. Senza usare le maniere spicce, dato che Assunta era sua collega.

«Neanche piano posso cantare, maestra?»

«No.»

«Neanche con la bocca chiusa?»

«No.»

«Perché?»

«Perché disturbi. Non senti come stanno zitti i tuoi compagni?»

«Stanno zitti perché non sanno le canzoni.»

«Le sanno benissimo, ma sanno anche stare in silenzio.»

«Il silenzio è brutto, è come il buio.»

«Hai paura del buio?»

«Sì, nel buio ci sono i mostri.»

«Ma nel silenzio no.»

«Oh, sì invece. Si avvicinano piano piano, come le meduse nel mare, e quando ti sfiorano ti lasciano la striscia rossa che brucia.»

«Ma te, ti hanno mai sfiorata?»

«No, perché canto. I mostri hanno paura delle canzoni. Gli fanno male alle orecchie.»

«Io so una canzone che quando i mostri la sentono si spaventano per mezza giornata. Se vuoi la cantiamo tutti insieme prima di cominciare le lezioni. Vuoi?»

«Domani, oggi i mostri li spavento da sola.»

A casa, sfiniva sua madre, che era già sfinita di suo dopo aver combattuto tutta la mattina con venticinque, ventotto bambini.

«Mamma, me la fai una sorellina?»

«No. Hai due fratelli, non ti bastano?»

«Sono grandi, io voglio una sorellina piccola per giocarci insieme. Non me la fai perché sei vecchia?»

«Giusto, perché sono vecchia.»

«E la pancia non ti cresce più?»

«Proprio così.»

«Io volevo che eri giovane e mi facevi una sorellina.»

«L'erba voglio...»

«Com'è l'erba voglio?»

«Non si sa, perché nessuno l'ha mai trovata.»

«Io quando sono grande la trovo. Poi te la porto e tu diventi giovane e mi fai la sorellina.»

«Ma quando sarai grande non avrai più voglia di giocare.»

«Con l'erba voglio ritorno piccola come mi pare. Sei contenta se te la porto?»

«Come no. Adesso sta' un po' zitta. Oppure canta. Ma sottovoce, che ho mal di testa.»

A metà ottobre, giù da noi si stava bene, bastava una maglietta leggera per uscire, il sole scaldava ancora e il cielo era azzurro chiaro. Sono partita con un paio di jeans e una felpa puliti, non quelli di prima, stracciati e sporchi, e arrivata qui, appena scesa dalla macchina ho cominciato ad avere freddo. Ho avuto freddo anche in casa, perché il riscaldamento era acceso poco poco, e ancora di più quando siamo uscite per andare dalle parrucchiere cinesi.

Poi, per quasi due settimane, ho fatto soltanto la carcerata. A camminare in lungo e in largo dentro casa, contando i passi. Sola dal mattino alla sera, sino a quando rientrava la zia. I primi giorni, ore e ore sul letto, ammaccata ovunque, a fissare il soffitto dello sgabuzzino dove la zia scaduta aveva sistemato una brandina pieghevole che non ci sta dentro tutta; poi ho cominciato a guardare giù nella strada e dopo ancora, quando non ho più avuto male, ho cominciato a fare gli esercizi di ginnastica e ho tirato fuori dallo zaino i libri di scuola, che ci avevo pensato io a prenderli, mentre la nonna buttava in un borsone un po' di roba da vestire e un paio di scarpe. Anche il salvadanaio avevo preso, perché dentro c'erano i soldi che papà mi aveva mandato per il mio onomastico, solo che si sbaglia sempre la data e me li regala per il ventidue di settembre, e non per l'otto dicembre, forse perché in Germania i santi hanno un altro calendario e l'Immacolata la festeggiano prima di noi. O forse perché non ci sta tanto a pensare e ha altro per la testa. Comunque io, i soldi, non li avevo spesi, perché non era ancora la mia festa e aspettavo che arrivasse per comprarmi un giubbotto nuovo.

I libri di scuola zia Graziella me li ordina ogni anno in cartoleria, io li fodero con le copertine di plastica di colori diversi, e non li pasticcio come fanno le mie compagne, perché mi piacciono puliti e nonna Assunta mi ha insegnato che vanno trattati bene.

Meno male che li avevo, i miei libri, se no diventavo matta. Con i libri le giornate sono diventate più corte: faccio i compiti di grammatica e di mate, studio le lezioni di storia e geografia, e anche se sono sola me le ripeto ad alta voce, così non rischio di diventare muta un'altra volta.

Perché con la zia scaduta non è che ci sia tanto da parlare.

Assunta aveva lustrato la casa a specchio, preparato il sugo con melanzane e olive per i rigatoni, le polpette con la menta, i fagiolini in umido.

«Che dici, Save', dovevo fare pure il dolce con le mele e la cannella?»

«Ma no, avevamo detto che basta il gelato.»

«Quello l'ho comprato da Tano che lo fa buono, però la cena mi sembra miserella.»

«Miserella? Mica mangerà come un elefante, l'hai vista anche tu che è gracilina.»

«Forse falsa magra, va' a sapere.»

«Bisognerebbe chiederlo a Tore che lo sa di sicuro.»

«Tore è un bravo figliolo, e le mani le tiene a posto.»

«Allora io ero un maluomo, che te ti tastavo tutta, che ti impastavo come una pagnotta?»

«Mo che stai a rivangare? Eravamo giovani come l'aglio.»

«E loro sono vecchi forse?»

«No, ma mi fa un poco impressione pensare che Tore... Però lei è una brava ragazza, lo dicono tutti al suo paese, e poi l'hai vista, no?, quando siamo andati alla concessionaria con la scusa di rifare le chiavi della macchina...»

«E la scusa non se l'è bevuta nessuno dei due. Lei

è diventata rossa rossa, ti ricordi? Lui, quando l'ha chiamato, ha capito subito perché eravamo andati fin lì.»

«Be', qualcuno doveva pure fare una mossa, no? Quando lui si è deciso a dirci che usciva con una collega, lo sapeva già tutto il paese nostro e anche quello di lei.»

«E lo sapevamo pure noi.»

«Sì, ma se non era per la Grieco che abita porta a porta con lei e che prima di entrare in maternità mi ha detto che li vedeva sempre insieme, noi chissà quando l'avremmo saputo.»

«Però, mi raccomando, adesso non piantarle gli occhi in faccia, non chiederle questo e quello, che tanto le tue indagini le hai già fatte. E raccomanda pure a Melina di non uscirsene con storie strane, di non fare mattane.»

La maestra, dopo una decina di tentativi, aveva finalmente trovato la canzone che teneva lontani per qualche ora i mostri che strisciavano. Oppure Melina, con la sua sensibilità da streghetta, le aveva visto negli occhi una luce che prometteva guai, una luce cruda come quella dell'unico occhio di Peppino 'o spione, che fa litigare le donne e pigliare a mazzate gli uomini.

Nella città di Mantova
c'è una ragazza bella
e il re che l'ha veduta
la volle rivedere
e si vestì da povero
col manticello rotto...

Al mattino, prima di cominciare, la cantano insieme, Melina più forte di tutti, e se la ride tra sé, perché lei dei mostri non ha mai avuto paura, ma cantare le piace tanto. Adesso in classe canta nella sua mente, e guarda fuori dalla finestra, e inventa storie di pirati e principesse e quando la maestra la rimprovera per la disattenzione sgrana gli occhi stupita e triste, come le avessero fatto un torto.

Assunta sa che questa figlia tardiva è lazzaroncella, che studiare non l'appassiona, ma prova troppa tenerezza per sgridarla, perché invece che madre le potrebbe essere nonna. Inoltre la fantasia di Melina, con le sue continue trovate difensive, la fa ridere anche quando dovrebbe restare seria o fare addirittura la faccia feroce. Così, la solleva da terra, se la porta all'altezza del viso e le dice che è bella bella, bella da mangiare, bella da rubare, ma guai a chi gliela ruba, che lei gli spacca la testa col mattarello.

«Ma dopo ci fai ancora la pasta cu 'o laganaturo sporco di sangue?» chiede la bambina tutta seria.

«No, quello lo butto via e ne compro un altro.»

«Allora compralo subito, che se gli spacchi la testa, domenica non puoi fare la sfoglia.»

Il fidanzamento di Tore e Graziella andò avanti per due anni. Il desiderio di sposarsi ce l'avevano tutti e due, e nel frattempo gli acconti amorosi se li prendevano ogni volta che volevano nel salottino-ufficio della concessionaria. Lei infatti aveva le chiavi della porta sul retro, e l'allarme da anni non funzionava, tanto il pizzo pagato a don Raffaele metteva al sicuro da furti e vandalismi. Tutto sommato conveniva, così l'assicurazione – che bisognava fare per forza – manteneva il rateo basso.

Lui parcheggiava la macchina nel cortile buio, in mezzo ad altre tre o quattro da mandare alla rottamazione, scendevano senza sbattere le portiere anche se non c'erano case nelle vicinanze ma soltanto un supermercato da una parte e la chiesa sconsacrata dall'altro, entravano nell'edificio senza far luce e andavano nel salottino-ufficio del padrone, dove finalmente potevano accendere una lampada da tavolo, perché la finestra era schermata dalla veneziana. Il divano per l'accoglienza dei clienti era di pelle nera, morbido e comodo, e a entrambi sfuggiva spesso un sorrisetto nel pensare a chi ci si sarebbe seduto il giorno dopo, ignaro di quanto era accaduto la sera precedente. Il gusto della trasgressione e il brivido sottile nel timore che il padrone potesse sorprenderli li eccitava ancora di più, ma stavano attenti a non lasciare indizi.

Però il padrone qualche sospetto ce l'aveva, anche se preferiva non approfondire, non solo perché Graziella gli era parente e l'irruzione a sorpresa sarebbe stata troppo imbarazzante, ma soprattutto perché di Tore non voleva fare a meno a nessun costo. Un meccanico come lui, aveva pensato più volte, che i motori ce li ha nel sangue, che ci mette un'ora a riparare un guasto quando gli altri ce ne metterebbero tre o quattro, un meccanico come lui bisogna tenerselo stretto e pazienza se scopa sul mio divano di pelle capitonné da duemilacinquecento euro.

Purché non me lo macchi, puttanaeva.

Il fidanzamento lungo era dettato da un'esigenza precisa: mantenere sino alla laurea in ingegneria il fratello di lei, Gerardo, che studiava al Politecnico di Torino. Lo stipendio da professore delle medie di papà Schiano e il provento del lavoro saltuario come aiuto sarta della madre non bastavano, e Graziella, da brava figlia, metteva in casa più della metà dello stipendio. I risparmi di famiglia erano già stati rosicchiati quasi sino all'osso, e qualcosa bisognava tenere per gli imprevisti, che quelli erano sempre in agguato, come i carabinieri sulla statale per fare le multe ai povericristi.

Lei aveva spiegato la cosa a Tore e lui si era detto d'accordo. Non gli aveva ancora detto che non ci sarebbe potuta essere una cerimonia sfarzosa, che avrebbero dovuto limitare al minimo gli invitati al pranzo di nozze, anche a costo di offendere parenti e amici da una parte e dall'altra; dato che quella spesa toccava alla sua, di famiglia, e lei non voleva che si indebitasse per uno scialo di cui si poteva fare a meno.

Non l'aveva ancora detto, ma Tore l'aveva già messo in conto; a lui della cerimonia e del pranzo con cento invitati non importava niente, ma sarebbe stata dura far digerire la cosa a sua madre.

«E che?» aveva detto infatti lei quando era venuto il momento. «Come i vedovi vi volete sposare? Come i morti di fame, come gli orfani? Le possiamo pagare noi le spese, il matrimonio vero si fa una volta sola.»

«No, ma'.»

«Perché no?»

«Perché sarebbe uno schiaffo in faccia ai suoi di Graziella, dovresti arrivarci da sola.»

«Ma proprio nuda cruda e zingarella te la dovevi scegliere?»

Tore la guarda di traverso, come non l'ha mai guardata, e lei capisce di aver perso. Non solo quella battaglia, ma anche il primo posto nella gerarchia degli affetti di suo figlio. Va bbuono, pensa rassegnandosi, è giusto che sia così e Graziella è proprio una brava guagliona, che di meglio, soldi a parte, non si poteva trovare.

Immacolata è un nome troppo lungo e tutti mi chiamano Imma.

Imma è bello. Imma Imma Imma.

Imma Imma Imma.

Adesso a chiamarmi c'è solo la zia scaduta, che naturalmente non si chiama così, ma zia Rosaria. Però non è proprio mia zia, cioè lo è solo alla lontana, quarto o quinto grado che ne so. Pure d'acquisto. Scaduta è scaduta, dato che c'è stato il divorzio da suo marito, che si chiama Ubaldo Manconi. Perché, non ne ho idea, non l'hanno mai detto in mia presenza, però so che i Manconi, Rosaria compresa, avevano un debito con la nostra famiglia. Di debiti ce n'è di tanti tipi, non soltanto di soldi: debiti di onore, di sangue eccetera e forse adesso la zia scaduta sta pagando il suo con me. Se è così, si capisce che sia malcontenta di avermi tra i piedi, però io credo che sia malcontenta da sempre o almeno da quando se ne sta qui al Nord. Forse rimpiange anche lei la marina e il sole che scalda, non come questo che, quando c'è, è tisico e il più delle volte non c'è. Oppure rimpiange il marito e la casa dove abitavano, che era una villa e non un bilocale con angolo cottura in un palazzo con i muri scrostati, dove tutti si fanno i fatti loro e non si salutano nemmeno.

Però, questo fatto che nessuno si frequenta è anche un bene, per me almeno.

Io la zia la chiamo solo zia, senza Rosaria, perché non mi viene. Per chiamarla completa dovrei esserle affezionata, invece non lo sono, anzi, all'inizio la detestavo proprio. Adesso meno, perché mi fa un po' di pena e quando mi parla è meno fredda, non sembra più che le strappino le parole di bocca con le tenaglie da dentista. Dev'essere il suo modo per ringraziarmi che le tengo in ordine la casa e soprattutto che da un po' di tempo cucino.

«Che ti capita? C'hai lo stranguglione per la pasta?» ha chiesto una sera.

«No no...»

«E allora cosa, che fai una smorfia da mascherone?»

«Niente.»

«Non ti piace, eh?»

«Non tanto.»

«Hai solo da farlo tu, il sugo per la pasta, cara la mia principessa sul pisello.»

«Se vuoi lo faccio.»

«Sei capace?»

«Sì. A casa cucinavo con la nonna.»

«E che sai fare?»

«I sughi, le frittate, le polpette, il gattò di patate, pure il sartù di riso, poi il pesce...»

«Il pesce non mi va, costa una cifra e fa puzzare la casa.»

«Le cozze non puzzano, le so fare anche ripiene.»

«Domani sera fai la frittata di mozzarella. E prima il sugo per la pasta.»

«Con melanzane e olive, ti va?»

«Buono. Fammi la lista della spesa, che passo per il negozio quando esco dal notaio.»

Così, da allora cucino la cena per tutte e due. Prima mangiavamo solo roba dalle buste, che si scalda in padella o in microonde, roba che sa sempre di plastica o di niente e lascia la bocca cattiva. Roba che il libro di scienze dice che fa male.

La mozzarella le ho raccomandato che fosse di bufala verace. Col marchio dop.

Il paese dei Manconi – e degli Schiano – è un paesone che aspira a diventare cittadina e i Manconi, fin verso la metà degli anni Novanta, figuravano tra i maggiorenti. Poi don Michele, il padre di Ubaldo e della sorella Matilde, aveva avuto una serie di rovesci finanziari – chi diceva per colpa della camorra, chi sosteneva per insipienza commerciale sua –, e la fabbrica di imballaggi per alimenti era passata di mano. Negli anni successivi, anche parecchi terreni avevano cambiato padrone e i depositi bancari si erano via via assottigliati. Fortuna, si fa per dire, che donna Maria Sofia era già passata a miglior vita, lei che era figlia di marchesi, e dei marchesi, sia pace all'anima sua, aveva tutta la spocchia. Anche l'eleganza però, e in paese i suoi vestiti, che andava a comprare a Napoli o a Roma, erano stati oggetto di ammirazione, chiacchiere infinite e qualche volta di maldestri rifacimenti.

«Ih, guarda a quella! Mo si sente marchesa e ha le pezze al culo!» sussurrava una paesana all'uscita dalla messa.

«E sta pure in ritardo. Quello è un modello di due anni fa, che la marchesa se l'era fatto fare per la processione del Corpus Domini.»

«No, ti sbagli, l'aveva messo quando era venuto l'onorevole Sottile a inaugurare la circonvallazione. Però sempre due anni fa sono.»

Parecchio più tardi, un'emorragia cerebrale indotta da un uso troppo disinvolto di Viagra (e non il crepacuore, come sosteneva la vox populi) si era portato via il vedovo non inconsolabile, anzi, abbastanza allegro, che però l'allegria la sfogava lontano da casa, a Napoli, dove l'emorragia l'aveva stecchito dopo una prova eccessiva per la sua età. La zoccola con cui s'era intrattenuto, quando si era accorta del guaio, aveva preferito filarsela, così la mattina dopo l'inserviente dell'albergo aveva trovato il cliente già freddo.

Nella bella villa di fine Ottocento, poco fuori dal paese, erano rimasti i due figli. Senza le cameriere e il giardiniere-autista-tuttofare a stipendio fisso. Del giardino si occupava tre o quattro volte al mese il cantoniere, e i lavori grossi, come lavare i vetri e dar aria ai tappeti e passare la cera, li faceva una volta alla settimana la Fiorona, un'ex operaia un po' fuori di testa della ex fabbrica di proprietà.

Le stanze del primo piano erano state chiuse, e fratello e sorella si erano ridotti al piano terra, che secondo Matilde era già fin troppo grande da tenere in ordine. Lei non era stata allevata per spazzare, togliere la polvere, fare la spesa e cucinare, lei avrebbe dovuto fare la signora come sua madre la marchesa, tuttavia aveva reagito al cambio di condizione con una certa energia e forza d'animo, convinta che ne sarebbe presto uscita col matrimonio. E invece...

Invece Salvo, figlio dell'avvocato Tagliafierro e suo fidanzato storico (che stava come scritta in cielo l'unione tra il sangue quasi blu e i soldi senza quasi), Salvo che, dopo aver arraffato una laurea in legge, stava facendo senza sudare il praticantato nello studio del padre e finito quello l'avrebbe sposata, Salvo che aveva ereditato da un nonno siciliano i capelli biondi gli occhi azzurri e l'alta statura, Salvo un giorno aveva partecipato al quiz di una televisione locale e aveva sì perso, non imbroccando neppure la seconda risposta (Quando entrò in vigore la Costituzione della Repubblica italiana?), ma in compenso era stato notato dal produttore per la sua sfacciata telegenia. Quella comparsata era stata l'inizio di una carriera tutta in ascesa, sia pure non ancora a diffusione nazionale. Ospite nei talk show come opinionista, nelle discoteche come ragazzo-immagine, testimonial per una campagna pubblicitaria di succhi di frutta, conduttore di una rubrica di gossip su belloni e starlette, e in futuro chissà, magari il balzo nei programmi Rai o Mediaset.

Matilde fu messa da parte come una camicia dal collo troppo stretto, come una calza bucata all'alluce e sfilacciata sul calcagno, come una mutanda con l'elastico lasco: buttata via senza spiegazioni né scuse. Uno straccio. Lui, il bel Salvo, che si era trasferito a Napoli, quando tornava a casa era accompagnato da biondone, naturali o finte, tutte pettorute e con bocche al silicone (da pompini, sibilava Matilde), e forse, anzi senza forse, il silicone c'entrava anche nella dimensione e forma delle tette. Battoncelle di ultima, troiette da sbarco, si sfogava col fratello.

«E Salvo allora che cos'è?» la provocava lui.

«Un puttaniere. Meno male che me lo sono levato di torno.»

«Ih, la volpe e l'uva...»

Matilde inacidì come latte dimenticato fuori dal frigo. Non era brutta, ma le labbra le divennero sottili, la pelle opaca, lo sguardo tagliente. Camminava per il paese ostentando l'alterigia della madre, senza sorrisi, senza chiacchiere cordiali con nessuno. E nessuno, dopo Salvo, la prese in considerazione come possibile fidanzata e poi moglie.

«Ci avete pensato alla casa?» chiedeva Assunta con regolarità esasperante, un giorno sì e l'altro pure.

«Non ancora, ma'. Manca quasi un anno.»

«Che vuoi che sia un anno? Passa come una ventata.

E poi c'è da pensare al mobilio, mica si può fare tutto all'ultimo momento. E magari la cucina c'è da aspettarla mesi, e poi la si deve adattare al locale, e di armadi non ne tengono mica tanti, solo quelli in esposizione, che non li vendono se no restano sguarniti.»

«Tore, mi tieni nella casa nuova con Graziella?» si inseriva spesso Melina.

«E come faccio? Lavoriamo tutto il giorno...»

«Io sto buona buona e vi aspetto.»

«Ma chi ti prepara la pasta o il sartù di riso a pranzo?»

«La mamma.»

«Allora è più comodo se stai con la mamma.»

Melina ci pensò su, finché una sera trovò la soluzione:

«Tore, perché non resti con noi dopo sposato?»

«Perché c'è Graziella.»

«Anche Graziella può stare con noi. Stiamo tutti insieme. E mamma vi fa le sarde con le patate e la frittata di maccheroni.»

Tore sollevò lo sguardo dal piatto – zucchine e cotolette in scapece – e si voltò verso la madre: di sicuro era stata lei a imbeccare Melina. Ma Assunta aveva un'espressione leggermente infastidita e Saverio stupita: forse la proposta di coabitazione non era stata concertata, ma era una delle uscite bizzarre della sorella.

Coabitare, pensò Tore il giorno dopo andando al lavoro: da un lato risolve problemi, dall'altro li crea. Coabitare significa un bel risparmio, di soldi e di energie, pensò, ma significa anche che Graziella deve andare d'accordo per forza con mammà. Che però davvero può cucinare lei per tutti, una bocca in più non aggiunge lavoro. Ma suocera e nuora battibeccano sempre, si sa come sono le donne, e di mezzo ci andrei io, figurarsi che allegria dire Stavolta hai ragione tu, e non tu. Non mi sembra una buona idea, c'è il rischio di litigi continui e il matrimonio può andare a schifio. No, meglio di no, e pazienza se ci dovremo accontentare per la casa e il mobilio.

Un giorno mi è venuto lo sfizio di curiosare dentro la camera della zia. Ho aperto l'armadio, mi sono misurata i suoi vestiti, magliette, jeans, giubbotti. Ne ha due, di giubbotti, oltre a quello di pelle imbottito che mette per andare a lavorare: uno cinese con i fiori e gli uccelli e l'altro più vecchio, credo, col cappuccio, che mi andrebbe bene se potessi uscire.

Poi ho guardato anche nei cassetti del comò, ma la sua biancheria – mutande, reggiseni, body: anche uno di pizzo rosso con i reggicalze – non me la sono misurata e sono stata attenta a rimetterla a posto come prima. Il body rosso secondo me se lo mette quando esce con Alfonso, il venerdì sera e il sabato.

Negli altri due cassetti c'era la biancheria da letto e da bagno: lenzuola federe e asciugamani, niente di interessante e stavo per richiudere l'ultimo quando mi è venuto in mente che è sempre in mezzo alle lenzuola che la gente nasconde i segreti, così ci ho passato sotto la mano e ho trovato un mazzo di chiavi. Chiavi di dove?, mi sono chiesta e poi ho pensato che se le aveva nascoste c'era un perché.

Sono andata dietro alla porta di casa a sentire se c'era qualcuno sul pianerottolo o sulle scale, poi ho provato una chiave e non entrava, ma la seconda sì, e faceva girare la serratura. Ho aperto poco poco la porta per essere sicura, poi l'ho richiusa con due giri come aveva fatto la zia e intanto avevo il respiro veloce come dopo aver corso i cento metri. Le chiavi di casa: una delle altre doveva essere quella del portone. Se voglio posso uscire, ho pensato, e mi girava la testa, tanto che mi sono messa seduta al mio solito posto, dietro la finestra. Ho guardato fuori senza vedere niente, solo per aspettare che il cuore si rimettesse a battere giusto.

Dopo, quando sono tornata calma, ho pensato che per uscire avevo sempre avuto un motivo: fare una passeggiata in un bel posto, guardare il mare, comprare qualcosa, ma io di motivi ora non ne avevo proprio. O meglio: non avevo quei motivi lì, ma avevo il motivo più grande di tutti che è quello di non sentirsi una carcerata totale. Con le chiavi potevo uscire e rientrare dal carcere senza farlo sapere alla secondina.

Domani, mi sono detta, domani mattina esco, e siccome ero troppo emozionata per starmene quieta o per studiare, ho deciso di mettere bene in ordine lo sgabuzzino in cui dormo, anche i piani alti dello scaffale dove non avevo mai spolverato. Sono salita sullo sgabello e ho passato il piumino sulle scatole di scarpe, sulla valigia della zia, sul mio borsone, sullo zaino, su pacchetti dentro borse di nylon della spesa e anche su una scatola grande di latta.

Quel giorno lì mi era entrato sotto la pelle il diavolo della curiosità: ho tirato giù la scatola e l'ho aperta. Dentro c'erano collane rotte, fiori finti acciaccati, nastrini, un piccolissimo albero di Natale di plastica, qualche pallina colorata per decorarlo, una statuina di porcellana con la pastorella e la pecora, tutte e due senza la testa... e un'altra cosa. L'altra cosa era una radiolina a pile: ho provato ad accenderla, ma se ne stava muta muta.

Adesso avevo anche un altro motivo per uscire: comprare delle pile nuove.

Ubaldo Manconi fin oltre i trent'anni non aveva mai lavorato. Non ne aveva voglia né sentiva urgente necessità: dei beni paterni qualcosa era rimasto, e tanto bastava perché lui e Matilde potessero tirare a campare. Senza scialo, si capisce, ma anche senza soverchie restrizioni. Per passare il tempo a lui bastavano la tele, le parole crociate, le riviste d'auto d'epoca e qualche sosta ai tavolini del bar Vesuvio. Sposarsi? Certo, prima o poi l'avrebbe fatto, ma non c'era da scalmanarsi.

Dopo, in seguito alla rottura del fidanzamento di Matilde, la casa cominciò a stargli stretta e la presenza della sorella diventò ingombrante. Sempre livorosa, sempre a sparlare di tutti (e in primis dei Tagliafierro di ogni generazione), sempre a lamentarsi che si doveva occupare lei di ogni cosa, però impedendo a lui di andare a fare la spesa – che? mica è faccenda da uomo andare dal macellaio – e pure di cucinare, che anche quella non è faccenda da uomo. Ubaldo avrebbe potuto occuparsi del giardino, ma quell'incombenza se la proibiva da solo, perché ci teneva a non rovinarsi la schiena e a mantenere le mani senza calli. Comunque, non è che delle proibizioni a lui importasse tanto, quello che invece gli scassava i coglioni era la litania delle lamentazioni di Matilde.

E alla fine trovò una soluzione: rispolverare la laurea in economia e commercio e vedere se ne poteva uscire un qualche lavoro. L'unico che trovò, dopo mesi di ricerche e di garbati rifiuti, fu quello di supplente di matematica in una scuola media: il preside era stato uno spasimante della marchesa Maria Sofia, che nell'adulterio non nutriva pregiudizi di classe.

Supplente temporaneo, poi stabile, anche se era un pessimo supplente, che conosceva abbastanza la materia, ma non sapeva insegnarla, e soprattutto la disciplina in classe non riusciva a imporla. Gli allievi, ovviamente, ne approfittavano per imperversare durante le sue ore di lezione e per sfotterlo senza infingimenti e senza timore: per tutti diventò *'o Borbone senza cavallo*, e nel soprannome, più che commiserazione, c'era adolescenziale ferocia.

«Perché no, Tore?» lo stupì Graziella.

Le aveva riferito la proposta di coabitazione con i suoi che, qualche giorno dopo il suggerimento di Melina, Assunta aveva ribadito. Gliel'aveva riferita per puro scrupolo di coscienza, per non lasciare nulla di sottinteso nel loro rapporto, e senza nessun desiderio né speranza che lei accettasse.

«Ma sei sicura? Perché sai, mammà è un poco comandante.»

«E che sarà mai? Stiamo via tutto il giorno, quando ci sono le promozioni, anche al sabato e alla domenica... Io, in casa, la mia parte di lavoro la farò, a lavorare ci sono abituata...»

«Se andiamo a vivere con loro, mammà ha detto che va presto in pensione.»

«Meglio ancora!» sorrise. «Così possiamo sfornare subito un pupetto.»

«Ne sarebbe felice, credo che l'idea della pensione dipenda soprattutto dalla prospettiva di diventare nonna.»

«Ma ci staremo tutti in casa? Con le camere da letto, voglio dire.»

«Per quello ci si arrangia. Togliamo la sala da pranzo, che tanto non usiamo mai, e ci facciamo la nostra camera.»

«Ma nella sala da pranzo ci dorme Melina.»

«Melina si sposta nella stanza mia e di Antonio.»

«E quando viene Antonio?»

«Dorme nel divano letto in cucina. Tanto viene poco.»

«Però non è giusto. È mancargli di rispetto, sembra che non è più il figlio maggiore, sembra un estraneo in visita.»

«Posso chiedergli se gli dispiace. Quello però non è il punto principale.»

«E quale sarebbe?»

«Se siamo proprio convinti.»

«Io, per me, sì. Pensa che risparmio.»

Il risparmio era da sempre uno dei crucci di casa Schiano.

Sono stata sveglia e agitata tutta la notte, le ore non passavano, l'orologio sembrava fermo. Poi, finalmente, la zia si è alzata e mi sono alzata anch'io.

«Ricordati la pastiera per stasera, che l'ho promessa ad Alfonso. Il grano l'ho comprato già cotto, come volevi, e di pastafrolla ce n'è un rotolo nel freezer. C'è pure tutto quello che avevi scritto nella lista.»

«Tu ceni fuori?»

«Sì. E forse ci dormo pure. Ma prima torno a cambiarmi.»

È venerdì, e le sere di venerdì e sabato sono quelle di Alfonso.

Quando la zia se n'è andata, non erano neppure le otto e il cielo era schiarito da poco. Schiarito ma grigio. Ho socchiuso la finestra del soggiorno e della camera da letto per cambiare l'aria ed è entrato subito il freddo e l'odore della città. Un odore di fumo e di sporco, come quello della stazione di Napoli, dove sono stata qualche volta con nonno Saverio. Ho richiuso e mi sono messa a rassettare la casa, per far passare il tempo, per non uscire troppo presto. Ho tirato fuori dal freezer la pastafrolla perché si scongelasse, ho cercato la tortiera e messo sul tavolo della cucina tutti gli ingredienti della torta, uova zucchero grano scorzette di cedro cannella acqua di fior d'arancio, meno la ricotta che ho lasciato in frigo.

Però le lancette dell'orologio si erano impuntate di non arrivare alle nove, e io alle nove, non prima, avevo deciso di uscire. Quando mancavano dieci minuti, mi sono preparata: ho indossato il giubbotto vecchio della zia, mi sono tirata il cappuccio sulla fronte e il colletto sul mento, ho preso un po' di soldi, la radio e le chiavi: ho aperto pian piano la porta, l'ho richiusa e me ne sono andata.

Venticinque giorni che non uscivo di casa. Venticinque giorni di prigione.

Mi sembra di respirare aria usata che sa di fumo e di sporco, ma adesso non mi dà fastidio, anzi dopo quattro passi la trovo buona come quella della Madonna della Libera, che è un posto di montagna dove sono stata una volta; buona come quella vicino alla marina, anche se non c'è l'odore di sale che entra nel naso e fa respirare meglio. È più freddo di quando ero andata dalle parrucchiere cinesi, e si vede la nuvoletta che fa il fiato uscendo dalla bocca. Tutti camminano svelti e nessuno mi guarda: in città è diverso, la gente non si conosce, non si saluta, non si ferma a chiacchierare, a raccontarsi i fatti degli altri. Sto attenta a dove vado perché non devo perdermi in strade che non conosco, faccio attenzione ai negozi e alle insegne, come quando me ne andavo in giro fuori dal paese e mi segnavo nella mente i viottoli i bivi le cappellette della Madonna di Pompei e le pietre grosse che sporgevano dal terreno. Randagia, mi diceva la nonna, sei peggio di una gatta randagia, però per fortuna a casa ci sai sempre tornare. Si inventava cose da farmi fare perché non me ne uscissi, oppure mi diceva oggi no, guai a te se te ne vai fuori, ma io scappavo lo stesso. Camminare da sola mi piace tanto, anche se è stata la mia rovina.

Passo davanti a un tabaccaio: nel negozio non ci sono clienti, entro, ma come metto i piedi su un tappetino dietro la porta una sirena si mette a suonare. Forte. Faccio un salto in avanti e quella smette.

«Ti sei mica spaventata?» chiede il padrone dietro il banco. Ha i capelli bianchi, occhiali con le lenti spesse e io spero che non ci veda tanto bene.

«No. Solo che non me l'aspettavo. Le tenete le pile?»

«Sicuro. Come le vuoi?»

«Come queste» e metto sul banco la radiolina. Lui apre lo sportello delle pile e le tira fuori.

«È da tanto che non la usi?»

«Eh... sì.»

«Si vede. I contatti sono tutti ossidati. Speriamo che funzioni ancora.»

«Speriamo.»

Non ci vede davvero tanto bene e infatti, per pulirli con uno straccio, tiene la radio appena sotto il mento. Dopo ci mette le pile nuove, dice Proviamo, e la accende. Dalla radio esce una canzone: funziona.

«Vuoi altro?» chiede.

Vorrei il fermaglio per capelli a forma di stella che sta nella vetrinetta, ma non ho più i miei capelli lunghi e inanellati, ho i capelli da maschio. O da carcerata.

«Niente, grazie.»

Pago, saluto ed esco.

Ho ancora trentacinque minuti di tempo prima di rientrare, perché ho deciso che la mia ora d'aria deve appunto durare un'ora, non di più. È già tantissimo e se la zia sapesse che sono uscita mi sbranerebbe, quindi devo limitarmi, cioè limitare i pericoli.

All'angolo svolto a destra e entro in una via larga, che sbuca in una piazza piena di bancarelle. Mi chiedo se è imprudente andarci e mi rispondo di no, basta che non mi fermi a guardare la merce, basta che non compri niente, e poi della mia faccia se ne vede solo un pezzo e la gente ha troppo freddo e troppa fretta per incantarsi su di me.

Anche i venditori hanno freddo, battono i piedi per

terra per non congelarseli e si scaldano le mani su dei mezzi bidoncini di ferro col fuoco dentro. Passo a testa bassa, con le mani in tasca, tra i banchi di frutta e verdura, di formaggi e di carne e poi, dall'altra parte, tra quelli di vestiti di scarpe di biancheria di borsette e valigie. Non ho bisogno di niente e non posso comprare niente, perché la zia se ne accorgerebbe. Al giubbotto nuovo per il mio onomastico meglio non pensarci, a meno che non capiti qualcosa di nuovo. Ma se capita, è di sicuro qualcosa di brutto, così è meglio se non capita.

Il penultimo banco sulla destra vende libri usati, lo oltrepasso, poi torno indietro. Dalla zia scaduta non ci sono libri, io mi sono portata soltanto quelli di scuola e neppure tutti perché nello zaino non ci stavano. So che non dovrei, ma torno indietro, mi fermo e guardo i libri sul banco, tenendo sempre la testa bassa.

«Cosa cerchi?» mi chiede la voce del venditore, e sono costretta ad alzare gli occhi e a guardarlo in faccia. Quello che si vede della faccia, perché ha un berretto di pelo coi paraorecchie e la visiera, e una sciarpa tirata fin quasi sulla bocca. Mi viene da ridere: siamo in incognito tutti e due. Però da quel poco che si vede è giovane, con gli occhi verde scuro scuro.

«Non so.»

«Un libro, presumo.»

«Be', sì.»

«Che parli di che cosa?»

«Non so...» Poi mi scappa: «Di una ragazza imprigionata».

«Ah!» fa lui «prendi questo. Ti faccio un prezzo buono perché manca la copertina.»

«Va bene» dico io.

«Se ne vuoi altri, io ci sono i giorni dispari, lunedì, mercoledì e venerdì.»

«Grazie» dico, poi pago e scappo via.

Per il matrimonio di Tore e Graziella, Antonio si fece dare una settimana di ferie e tornò a casa. I fratelli dormirono nella loro ex camera, e Melina fu sloggiata sul divano in cucina, perché la stanza degli sposi doveva essere inaugurata dagli sposi, che se no il matrimonio comincia subito male.

Nell'attesa del sonno, i fratelli tornarono quasi ragazzi scambiandosi confidenze come allora.

«Ti vedo un poco malinconico, Anto'.»

«È la sindrome dell'emigrante.»

«Cioè?»

«Quando stai lontano, la casa e il paese ogni tanto ti mancano; quando ci torni senti che non sono più tuoi, che non hai più niente a che farci.»

«Allora è definitivo che resti a Bruxelles.»

«Penso di sì.»

«E Julie?»

«È finita.»

«L'hai lasciata?»

«Mi ha lasciato lei.»

«Per un altro?»

«No, voleva un figlio e io non me la sono sentita.»

«Perché è più vecchia di te, perché ti eri disamorato, perché litigavate?»

«No, anche se ultimamente c'era meno intesa.»

«Non ti capisco, Anto'.»

«È che non me la sento di mettere al mondo un figlio in questo mondo di merda.»

«Ma che dici? Un figlio prima o poi ci vuole.»

«Tu quanti ne vorresti?»

«Mi piacerebbe tre, come siamo noi. Mamma va presto in pensione, così possiamo farne uno senza aspettare troppo. Ma tu, dimmi una cosa col cuore in mano, non è che tieni un po' di risentimento per via della camera?»

«No, no, come te lo devo dire. Solo che se nasce un pupo, e poi altri due, starete tanticchia allo stretto.»

«Ci abbiamo già pensato: allarghiamo la dispensa. Buttiamo giù il muro davanti alla tettoia, dove stanno gli attrezzi dell'orto e mamma stende il bucato, e lo tiriamo su un quattro metri più in là che così viene uno stanzone da signori. Sul retro della casa, nell'orto, che non si vede e non dà fastidio a nessuno. Per la dispensa facciamo un altro sgabuzzino, ma piccolo, e davanti ci rimettiamo la tettoia di plastica.»

«Chi vi ha fatto il progetto?»

«Ma che progetto, Anto'! Qui se passi dal municipio ti mettono i bastoni tra le ruote e devi ungere. Lo facciamo e basta. Cosa fatta, capo ha. A don Raffaele di queste cose piccole non gliene fotte niente, non s'immischia, perché c'ha affari più grossi per le mani. Caso mai poi condoniamo.»

«Come tutti.»

«Sì, come tutti. Noi viviamo qui, non a Bruxelles.»

Don Raffaele, in paese, era da un po' che non lo vedevano. Ma non stava in carcere, che quando i carabinieri facevano una retata, erano sempre solo gli stracci a volare e lui, se anche lo pigliavano, tornava subito fuori. Gli avvocati, quelli bravi, sono lì apposta per far rispettare la legge, e i sospetti non bastano, ci vogliono le prove per condannare un cristiano. E le prove contro don Raffaele non si trovavano mai, perché nessuno diceva Quella volta lì io c'ero, io ho sentito, io ho visto, ma tanti erano pronti a giurare che quella volta lì lui stava al ristorante da zi' Anna a Margellina, o dal commercialista, o in clinica a farsi controllare i reni, che tutti sanno che sono il suo debole.

In paese era da un po' che non lo vedevano, ma quel malacarne che stava a marcire a faccia in giù in un fosso della Contrada delle Capre, morto sparato nonostante la pistola infilata nella cinta, quel malacarne era uno del clan dei Rizzillo, e i Rizzillo con don Raffaele e i suoi erano da sempre ai ferri corti. E nell'ultimo periodo il morto si era fatto notare un po' troppe volte in paese, aveva fatto visita alla pizzeria e all'alimentari, e alle macchinette del bar si era comportato da sborone, con il gonfiore della pistola bene in vista. Ma il giorno che l'avevano ammazzato don Raffaele era a Roma, con tanto di testimoni incensurati a giurarlo, e i suoi tutti fuori causa, anche loro con alibi di ferro. Va' a sapere chi l'aveva freddato con tre colpi alla schiena quel malacarne e poi l'aveva scaricato là nel fosso. Probabilmente una mezza calza, un killer da tre o quattrocento euro al massimo, un cane sciolto, uno che chi lo paga lui lo serve e dopo torna a casa a farsi un piatto di spaghetti con la pummarola 'n coppa o una scopata con la prima puttana che incontra sulla statale. E anche il malacarne era uno che non contava, né da vivo né da morto, il suo sangue non aveva chiamato sangue, ma solo un dehors incendiato e una serranda scardinata da una molotov.

Comunque, anche se da un po' non lo vedevano, tutti sapevano che la "Poseidone Tour" era stata venduta a una società forestiera, così come alla stessa società, o a un'altra sempre forestiera, era stato venduto l'albergo quattro stelle sul promontorio, dove facevano tappa i turisti che la "Poseidone Tour" scarrozzava in giro per la Campania, la Calabria e la Sicilia.

Così come tutti sapevano che in paese c'era una mezza dozzina di ragazzi che partiva ogni sera sui motorini, ricompariva a notte inoltrata, e di pomeriggio bighellonava in giro o bivaccava al bar. E tutti sapevano pure che Gerardo Esposito, Peppino Palma e Domenico Petrillo avevano macchine troppo grosse e costose per poterle mantenere col lavoro che ufficialmente facevano: ragazzi sventati, che prima o poi avrebbero sbattuto la faccia malamente, se don Raffaele non gli dava prima una regolata.

Melina aveva la pelle di gesso bianco, gli occhi neri di carbone e i capelli di medusa lunghi oltre le spalle, sinuosi come serpentelli. Era bella di una bellezza antica e commovente, ma era anche strana, con i suoi sbalzi di umore, con la sensibilità di streghetta che le faceva indovinare le cose prima che avvenissero, con le canzoni sempre a fior di labbra. Aveva finito le scuole medie con il giudizio di buono, per rispetto alla mamma maestra, ma di continuare a studiare non ne aveva voglia.

«Ma', perché devo andare ancora a scuola?»

«Per non restare ignorante come una capra.»

«Ma io non sono ignorante. So già tante cose.»

«Questo lo dici tu. E a scuola continui ad andarci, come hanno fatto i tuoi fratelli.»

«Ma io sono una femmina. Io mi voglio sposare e non andare a lavorare come i maschi.»

«Di' un po': sono un maschio, io?»

«No.»

«Però a lavorare ci vado.»

«Ih, ma quello non è un lavoro vero. E poi hai detto che smetti presto.»

Assunta le avrebbe allungato una sberla, se Melina non si fosse portata fuori tiro. Bambini sempre più rissosi e strafottenti, bambine che a sei anni imitavano già le divette della tele, con le unghie pitturate, la borsina dei cosmetici dentro lo zaino, le parole più trucide a fior di labbra. Basta, si era detta, anche se il pupetto tanto atteso di Tore e Graziella tardava a venire.

Iscrisse Melina all'istituto agrario del paese vicino, immaginando le battaglie quotidiane che avrebbe dovuto sostenere per costringerla ad andarci; invece, dopo poche settimane dall'inizio della scuola, la figlia non accampò più scuse di cerchi alla testa, di mal di pancia e cominciò ad alzarsi al mattino senza farsi strattonare giù dal letto. I libri continuavano a non piacerle, ma le esercitazioni pratiche la appassionavano. Con la terra e i semi e le piante e i vari interventi su di esse aveva una sensibilità speciale, come derivata da una pratica antica, da una sapienza millenaria. Una sapienza da piccola strega, pensava Assunta.

Chiudo la porta e il cuore si inciampa. Ci dev'essere una parola per sto spavento che mi è venuto dopo per una cosa capitata prima, ma io non la so. Se fossi giù a casa, chiederei subito alla nonna, se potessi telefonare me la farei dire, ma il telefono è pericoloso, è come una serpe che non sai essere lì nascosta sotto una pietra ad aspettare solo che uno si avvicini per morderlo alla caviglia o al polpaccio. Loro ascoltano tutti i telefoni, oppure hanno delle persone che li avvisano di chi chiama o è chiamato. Per questo non possiamo telefonare: io perché il telefono non ce l'ho, e la zia scaduta per prudenza, per non far sapere che sto qui. Per darci qualche notizia di laggiù ogni tanto ci scrive una lettera la zia Graziella e la imposta a Napoli, quando va a sbrigare delle pratiche per la concessionaria.

Il cuore continua a fare salti e per calmarlo mi siedo al solito posto davanti alla finestra, mi siedo così come sono, col giubbotto, il cappuccio calato sulla fronte e il bavero rialzato. Guardo giù: dalle parrucchiere cinesi esce un ragazza, credo cinese anche lei, che ha i capelli come una siepe potata male, sparati dritti sulla testa un po' corti e un po' lunghi. Dev'essere una moda del Nord, oppure una moda cinese, da noi non ho mai visto delle teste così.

Quando il cuore cerca di scappare dal posto suo,

bisogna fissarsi su qualcosa, anche se non interessa per niente, e poi incaponirsi a inventargli intorno una storia, e stirarla in lungo come la gomma di un chewing-gum oppure soffiarci dentro per fare una bolla grossa grossa. La cinesina con i capelli sparigliati: chissà se sua mamma la sgrida e le dice Ma sei matta, cosa ti è venuto in mente a conciarti così?, oppure sua mamma è una tutta moderna e i capelli li ha anche lei uguali, in più di due o tre colori, neri naturali, viola e arancione tinti.

La signora che entra dal girarrosto vuole di sicuro un pollo. Ma alle dieci del mattino i pollastri di giornata non hanno ancora finito di rosolare, si vede benissimo che sono lì a girare sullo spiedo e a buttare grasso sulle patate che stanno sotto, così o fa solo l'ordinazione e poi passa a ritirarlo più tardi, oppure se ne prende uno di ieri, freddo e rinsecchito. Non c'è cognizione ad andare a comprare un pollo arrosto alle dieci del mattino, a meno che il pollo di ieri non le serva per fare le crocchette, che allora va bene, anzi meglio. Devo dire alla zia di comprarne uno, di pollo, magari lunedì sera quando rientra, che per cena ne mangiamo metà con l'insalata e il giorno dopo con l'altra metà le crocchette le faccio io.

Le chiavi. Devo rimetterle subito al posto dove stavano, perché se la zia scaduta controlla se ci sono e non le trova succede l'iradiddio. Anche il giubbotto va al posto suo, ma prima mi prendo dalla tasca i soldi avanzati e la radiolina. Devo stare attenta a tutto quello che faccio, come le spie. O come gli assassini. Del resto, io un'assassina sono.

Rosaria faceva vita grama: unica femmina con tre fratelli rozzi e stolidi, un padre che aveva usato spesso la cinghia come mezzo di correzione, una madre rassegnata alle scenate e ai pugni come alla pioggia e al vento. Aveva cominciato presto a lavorare pur di stare lontana da casa, prima come commessa nell'alimentari, poi come cameriera al ristorante Dei Cavalieri. In nero, si capisce, e con uno stipendio di miseria, ma siccome era svelta gentile e non sbagliava mai le ordinazioni, di mance ne fioccavano abbastanza. Il guaio era che ai Cavalieri si mangiava davvero bene, la clientela aumentava di mese in mese e lei, alle undici di sera quando smontava, aveva le caviglie come barilotti e la schiena tutta un dolore. E la mattina la sveglia era alle sei, anche se al lavoro ci andava a mezzogiorno, perché in casa c'era tanto da fare, con i fratelli che non si tiravano su il letto, volevano la roba lavata e stirata, la casa pulita e la cena pronta alla sera. Il padre, poi, anche la cenere del sigaro buttava per terra, che le donne sono lì apposta per spazzarla e fare il resto. Solo che di donne valide in casa ce n'era soltanto una, cioè Rosaria, dato che sua madre era piegata in due da un'ernia del disco che la torturava giorno e notte.

Al ristorante, il notaio Polito, che era un cliente fisso, una sera le posò addosso uno sguardo più attento del solito:

«Rosaria, lo cambieresti il lavoro?»

Lei gli mise sul tavolo l'impepata di cozze e lo fissò dritto in faccia. Il notaio aveva fama di brava persona, non di puttaniere.

«Per far cosa?»

«L'impiegata da me. Staresti seduta. Quasi sempre seduta.»

«E la paga?»

«Quella sindacale. E ti metto in regola.»

«Ma io non so fare l'impiegata.»

«Impari. Sei sveglia, mi sembra.»

«Grazie. Domani ne parlo ai miei e vi faccio sapere, signor notaio.»

L'indomani mattina, invece di parlarne ai suoi e di fare i soliti lavori, prese la circumvesuviana e andò a Pompei, dove c'erano gli uffici dei sindacati e scoprì che avrebbe guadagnato di più rispetto alla paga del ristorante, o forse di meno contando le mance. Però fare l'impiegata era cosa diversa che fare la cameriera.

Fu dal notaio Polito che il tracciato della sua vita incrociò quello di Ubaldo Manconi.

La casa si è riempita di voci e di musica. Con la radio è quasi come stare in mezzo alla gente. Non ci posso parlare, con quelli della radio, ma mi va bene anche così, perché non sono mai stata una chiacchierona. Anzi, per più di un anno, quasi due, sono stata proprio muta. Le parole non mi uscivano più, io all'inizio volevo tirarle fuori, strappandomele da dentro, e loro stavano lì pronte per uscire ma erano come bloccate da una porta che non si apriva mai. Poi ho smesso di sforzarmi. Essere muta non era troppo scomodo, anche se la gente, di fronte a una che non parla, crede che sia anche sorda. Non la nonna, il nonno, gli zii e Angela, ma la gente di fuori casa, gli estranei. Mi credevano muta sorda e stupida, così parlavano disinvolti davanti a me, come se fossi stata un pacco o un tavolino. Facevano discorsi che ho capito soltanto dopo, quando già avevo ricominciato a parlare ed ero diventata più grande, e man mano che li ricordavo mi veniva una rabbia brutta e la voglia di prendere a calci chi aveva detto quelle cose lì.

La gente, quasi tutta, non è tanto buona d'animo, e i bambini certe volte sono anche peggio. Nelle fiabe, nei racconti dei libri di lettura delle elementari, i bambini sono al massimo un po' monelli, fanno delle piccole disubbidienze, mangiano troppa cioccolata, tirano la coda al cane, oppure rompono o perdono senza volerlo degli oggetti preziosi, ma non fanno mai delle cattiverie vere e proprie, non insultano né picchiano i più deboli, non gli rubano le cose, non li umiliano. Invece i bambini e le bambine che ho conosciuto io erano tutti delle carogne, nella ricreazione mi spingevano in un angolo e mi facevano il coro: "Muta, muta, figlia di cornuta" e pure il gesto delle corna mi indirizzavano contro. Tutti e tutte meno Gennarino, che voleva fidanzarsi con me e diceva che mi voleva bene e che ero bella. Anche io gli volevo bene a Gennarino, però fidanzarmi con lui no, perché aveva una malattia della pelle con le croste rosse, e i fidanzatini delle elementari di nascosto dalle maestre si baciano, e io se lo baciavo e mi prendevo le croste stavo fresca davvero. Però l'ho sempre trattato bene e quando ho ricominciato a parlare gli dicevo che era bello anche se non era vero.

Quando ho ricominciato a parlare sono successe tante cose strane. Prima di tutto la gente non si capacitava che capissi e rispondessi a tono (quando ne avevo voglia), insomma che non fossi tanto scema e che avessi anche imparato a leggere, non meno precisa e spedita dei miei compagni. Miracolo, dicevano, è un miracolo, e invece non ero stata miracolata per niente, ero uguale a prima ma con la voce che mi usciva fuori.

Poi è successa una cosa dentro di me, cioè che mi sono sentita forte e non mi sono più lasciata spingere in un angolo. Doveva essermi cambiato lo sguardo o non so cos'altro, comunque hanno abbastanza smesso di tormentarmi. E hanno smesso del tutto in quarta, quando Moreno mi ha alzato a tradimento la gonna e infilato una mano dentro le mutandine e io per risposta gli ho rifilato un calcio in mezzo alle gambe che l'ha fatto svenire.

Quel giorno pioveva e avevo gli anfibi chiodati nuovi nuovi, così lui l'hanno portato al pronto soccorso e per me la scuola ha chiamato la psicologa. Un'altra, non quella di Napoli dove mi portavano la nonna o il nonno quando ero muta. Quella di Napoli – Maria Cristina si chiamava – mi faceva giocare con dei cartoncini illustrati che dovevo mettere in fila in modo che raccontassero una storia e siccome li mettevo sempre giusti lei era tutta un gridolino di sollievo, come avessi fatto chissà che. Ma era un gioco per bambini stupidi perché, se per esempio su un cartoncino c'è un cesto di ciliegie, in un altro una bambina che si tiene la pancia con le mani e piange, e in un altro ancora la bambina che sputa un nocciolo in un mucchietto e ha la bocca sporca di rosso, è ovvio che prima viene il cestino, poi la bambina che mangia e sputa, e per ultimo la bambina che ha fatto indigestione. Certe volte mi veniva voglia di metterli in fila sbagliati, i cartoncini, ma poi pensavo che la nonna o il nonno ci sarebbero rimasti male e così facevo la brava.

Dopo un po' di sedute, ho fatto capire a nonna Assunta che ero stufa di quei giochetti e lei ha risposto Va bbuono, come vuoi tu. E alla sera, piano piano, credendo che fossi nell'orto, ha detto al nonno Lasciamo perdere ste minchiate di giochi e cartoncini, la guagliona è intelligente e quando sarà tempo parlerà.

Invece la psicologa della scuola mi è stata subito antipatica, perché pensavo che non era con me che doveva parlare, ma con Moreno, dato che aveva cominciato lui. Così non sono stata collaborativa (parola sua), le ho piantato gli occhi in faccia e non ho risposto a nessuna delle sue domande. È un caso difficile, ha sospirato alla fine del primo incontro al direttore, davanti a me, come se fossi diventata di nuovo un pacco o un tavolino. Ma il primo incontro è stato anche l'ultimo, perché nonna Assunta ha sbottato che mi volevano far tornare muta e che un calcio nei coglioni a chi mette di forza le mani dentro le mutande è la risposta giusta.

Alla radio adesso ci sono le canzoni che mi mettono voglia di ballare, e prima c'è stato un giornale radio con le notizie del giorno.

Di me non parlano più e neppure del figlio di don Raffaele. O forse, va' a sapere, alle radio nazionali non ne hanno parlato mai.

Finalmente Graziella restò incinta, e il pupetto era una pupetta che chiamarono Angela. Una creatura gracilina gracilina che si irrobustì solo dopo i due anni e che prima di allora fu causa di continui spaventi per la famiglia. Destinata a restare figlia unica, perché nel parto qualcosa era andato storto e la madre non poteva più concepire, e quindi ogni starnuto, ogni linea di febbre terrorizzava tutti, con l'eccezione di Melina. Che era sempre la prima a prenderla in braccio, a coprirla di baci, a chiamarla Bella di zia, Germoglio di amaranto, Fiore di Jacaranda, Profumo di gelsomino selvatico, e anche Calendula, Acetosella, Artemisia, Melissa, Citronella, e la piccola rideva contenta con la boccuccia sdentata e poi sbavante mentre le spuntavano i primi dentini. E Angela si innamorò di zia Melina come anni prima Melina si era innamorata del fratello Salvatore, e Assunta, quando erano tutti riuniti a tavola, si lustrava gli occhi a guardare la sua famiglia e pensava che la vita era stata buona con lei. Anche il cruccio per Antonio si era sbiadito: sapeva che era in buona salute, che progrediva nella carriera, che si era comprato un appartamento in un sobborgo di Bruxelles, a Rhode-Saint-Genèse, un posto pieno di alberi e di quiete. Sì, prima o poi sarebbe andata a trovarlo, perché la incuriosiva questo appartamento con un pezzo di giardino in una villetta quadrifamigliare, anche se lui una famiglia non se l'era fatta. Ma i figli, si ripeteva non più per consolarsi, perché era già consolata, i figli sono come le foglie, che cadono dove le porta il vento, non sempre vicino al ramo da cui si sono staccate. E quell'immagine delle foglie che volano al vento le piaceva, le ricordava le illustrazioni dei libri di lettura di quando faceva scuola e qualche volta gli occhi le diventavano lucidi.

Don Raffaele compariva meno. La sua presenza continuava a essere incombente, non c'era attività in cui la sua *longa manus* non intervenisse, ma in modo per così dire guantato, senza truculenza. Anche la giustizia sembrava essersi dimenticata di lui: nessun processo in corso, solo qualche granetta che tramite gli avvocati e i referenti politici sarebbe stata insabbiata facilmente.

Dopo parecchi mesi, si seppe la causa di tanta misura nella gestione del potere: una malattia non meglio precisata che aveva indebolito il boss e lo costringeva a furtivi e frequenti ricoveri in una clinica di lusso, la cui proprietà, attraverso complicati espedienti giuridico-fiscali, era ovviamente riconducibile a lui. Il dottor De Lucia, un anziano medico ormai ritiratosi dalla professione, un galantuomo che era sempre riuscito a tenersi alla larga dagli affari del boss, formulò l'ipotesi di un'insufficienza renale (che prima o poi avrebbe condotto alla dialisi e a un trapasso di poteri) ma se la tenne per sé, senza parlarne neppure con Salvatore, diventato suo confidente da quando questi gli riparava gratis il maggiolino ormai in età da pensione.

«Dotto', ma perché non la buttate sta carcassa? Non vedete che non riesce più a tirare il fiato?»

«Lo tira, lo tira, c'ha solo un po' di affanno. Tu dalle una medicina delle tue e lei torna a correre come prima.»

«Prima quando? Quarant'anni fa?»
«Che esagerazione, di anni ne tiene solo trentasei.»
«Una giovinotta!»
«Appunto.»
«Una giovinotta che due volte al mese va in rianimazione.»
«Che? Non hai voglia di faticare stavolta? Anche tu convertito all'usa e getta che riempie il mondo di monnezza e ci impesta tutti?»
«Per impestarci, anche la macchina vostra non è che si tira indietro.»
«E tu mettici un filtro, una mascherina, che so, una diavoleria delle tue.»
«Dotto', non ce ne sono. Vi dovete rassegnare a cambiarla.»
«Tu per intanto aggiustala, che poi io ci penso.»
Per aggiustargli la macchina Salvatore si fermava fuori orario, e il padrone chiudeva un occhio su quelle riparazioni gratuite, perché il dottor De Lucia aveva visitato gratis gli abitanti di mezzo paese, quelli che non potevano pagare e anche quelli che dicevano di non potere ma avrebbero potuto.

Poi del boss cominciò a filtrare qualche notizia: si diceva che era sempre più magro e pallido, anzi giallo, che in casa gli avevano portato un macchinario da ospedale, che c'era un dottore o un infermiere filippino (o indiano o pakistano o peruviano: le versioni non erano concordi) che stava sempre con lui ad accudirlo, che gli affari li trattava sempre più spesso Ciro, il figlio più grande, l'erede.

Speriamo bene, pensavano tutti, che col vecchio sappiamo come vanno le cose, in fondo gli alberghi e i pullman e le pizzerie e i ristoranti sulla costa di lavoro ne hanno portato, e la droga chi la compra è peggio per lui, a chi non la vuole, nessuno gliela mette in tasca. Il pizzo? Una tassa come un'altra, come quelle dello Stato che a noi non ci dà niente, mentre don Raffaele i fuochi per la festa del paese li paga lui e alle suore dell'asilo gli ha comprato la cucina nuova, con i frighi grandi, i microonde e tutto il resto, che così adesso i bambini non si portano più il cestino da casa, con la pagnottella e la frittata o le merendine, ma mangiano un pasto vero, da cristiani, come quelli del Nord che all'asilo hanno tutti la mensa.

Tiro la pasta e penso a teee... canto storpiando le parole di una canzone trasmessa alla radio mentre sto tirando la pastafrolla. Penso a teee... e intanto il pensiero mi corre al ragazzo dei libri, a Occhi Verdescuro. Giovane, sui vent'anni, per quel che ho potuto capire dal pezzo di viso scoperto. Senza malattie della pelle, senza i foruncoli dell'acne, solo con il naso un po' arrossato dal freddo. E con le mani belle, la destra almeno, quella da cui si era sfilato il guanto per sceglierle il libro da uno scatolone dietro il banco. E se è bella la destra, lo è anche la sinistra.

Io le mani della gente le guardo sempre, perché sono capaci di dire parecchie cose. Per esempio, se uno è nervoso e insicuro, ha le unghie tutte smangiate e intorno i resti rossi delle pellicine strappate con i denti; se invece si lava poco, tiene le unghie listate a lutto; chi ha i calli e la pelle spessa fa un lavoro pesante; chi porta le unghie lunghe lunghe, e sono di solito le donne, non lava i piatti, non lavora a maglia, non cuce e così via.

Le unghie di Occhi Verdescuro sono tagliate giuste ma non da manicure, perché i bordi non sono arrotondati bene e la pellicina sul fondo non è stata spinta giù.

Io la sua mano me la rivedo mentre mi sta porgendo il libro e ritira i soldi. Il libro non l'ho ancora aperto, me lo avanzo per stasera, quando la zia esce per andare da Alfonso, cenare con lui, mangiare la pastiera e poi fare l'amore.

«Sono pronte le mie carte?» chiese Ubaldo Manconi alla segretaria del notaio Polito.

«Aspettate un momento, vado a controllare» rispose Rosaria.

Erano ormai cinque anni che lavorava lì e si era impratichita così bene del mestiere che tutto passava dalle sue mani, ma il professor Manconi doveva aver parlato direttamente col notaio, fuori dall'ufficio, e lei di quelle carte non ne sapeva niente.

Tornò dopo un paio di minuti: il notaio si era scordato della cosa e le carte non erano pronte.

«C'è stato un contrattempo al catasto» disse invece, «un blocco ai computer che ha ritardato tutte le pratiche. Ma voi avete tanta urgenza?»

«Tanta no, ma insomma...»

«Me ne occupo io, e appena ho risolto vi telefono subito.»

«Grazie molto gentile, signorina...»

«Rosaria.»

«Bel nome. Di tradizione. Non come quelli di adesso, che sono forestieri, con le acca le kappa le ics e le gei.»

«Pure voi tenete un bel nome.»

«Era di mio nonno, quello materno.»

«E quello paterno, scusate, come faceva di nome?»

«Ehm... Nicanore faceva.»

Rosaria riuscì a trattenere un sorriso.
«Di tradizione pure quello, ma un po'... impegnativo.»
«Già, mi è andata bene che a decidere sia stata mia madre.»
«Eh sì, la signora marchesa, pace all'anima sua, era una signora di gusto finissimo.»
«Vero. Allora mi chiamate voi?»
«Al più presto, state sicuro.»
Rosaria si occupò personalmente delle carte di Ubaldo Manconi (un certificato di proprietà non ancora aggiornato dopo la morte del padre) e personalmente gli telefonò per avvertirlo che erano pronte. Nel frattempo si comprò un reggiseno nuovo e passò in profumeria per fondotinta cipria e mascara di marca.
«Sembri una zoccola» fu il commento del padre il mattino in cui la vide uscire di casa tutta truccata e con le poppe puntute.
«Sembrate rifiorita» disse invece Ubaldo Manconi quando passò in studio.
«Eh grazie, l'altra volta tenevo un poco di influenza, e l'influenza sbatte.»
«Che dite, ce lo prendiamo un aperitivo insieme per festeggiare la guarigione?»
«Volentieri.»
«A che ora finite?»
«Alle sei e mezzo.»
«E io alle sei e mezzo sono qua sotto ad aspettarvi.»

«È arrivata una lettera dei tuoi» dice la zia appena rientra.

«Di Graziella?» chiedo io.

«Come al solito. Su carta intestata della concessionaria e indirizzata al mio notaio. Fortuna che sulla posta ci metto sempre le mani per prima.»

«Che dice?»

«Dice che stanno tutti bene e che di Vincenzo, di Enzino, non si sa niente. Toh, leggila. Ah, dice pure che vanno a "Chi l'ha visto?".»

«Chi, vanno?»

«I tuoi.»

«Per cosa?»

«Come per cosa? Per cercare te. Cioè fanno finta.»

«Ma chi ci va dei miei?»

«Tua nonna e Salvatore. Il nonno è meglio di no, dice, perché è un po' devastato. Graziella neppure, non so perché.»

«Perché è zia d'acquisto, conta meno. E papà mio?»

«Eh, papà tuo è meglio se non lo chiamano.»

«Ma come mai a "Chi l'ha visto?"»

«Per via che prima c'è stato il fatto di Marika e adesso il tuo.»

«Però è pericoloso. Con la mia foto alla tele, tutti mi riconoscono.»

«Chi ti riconosce, se non esci di qui?»
«Già.»
«E poi con i capelli da maschio sei diversa. Comunque la cosa importante è che non esci. Non la leggi la lettera?»
«Sì sì, adesso la leggo.»
«Si è freddata la pastiera?»
«L'ho fatta apposta stamattina. Adesso i sapori stanno fusi bene.»
«Ad Alfonso però dico che l'ho fatta io prima di andare a lavorare. Ti spiace?»
«Mica lo conosco Alfonso. E mica sa che sto qui. O gliel'hai detto?»
«Figurati! Metti che gli scappa qualcosa... no, lui non sa niente. Io adesso mi faccio la doccia, tu tira giù le tapparelle.»
«Anche quella di camera tua?»
«Sì, anche quella, tanto dormo fuori. Ah, senti, mi dispiace che non ti ho detto di fartene una piccola per te, di pastiera.»
«Non fa niente.»
Non fa niente perché ho tirato un po' di più la frolla e un tortino me lo sono fatto. Sta nello sgabuzzino, nascosto insieme alla radio e al libro. Non esiste che facevo una pastiera senza assaggiarne neppure un boccone.
Però sto fatto di "Chi l'ha visto?" non ci voleva.

La malasorte si insinuò, come un orbettino, strisciando dalla fessura sotto la porta, ma siccome sul principio non aveva un'aria veramente minacciosa, nessuno se ne angosciò troppo.

Su Melina i compagni dell'istituto agrario non avevano mai fatto tentativi di abbordaggio, perché avevano capito subito che era *troppa cosa* per loro. Troppo bella, troppo fiera, troppo strana. Con l'aria trasognata in classe, come immersa in un mondo dai confini sigillati, concentrata e inavvicinabile nel lavoro in serra o nei vivai. Qualche volta la sentivano canticchiare a voce bassa bassa, quasi tra sé, ma non erano le canzoni napoletane o le hit di successo, era piuttosto una nenia, come una ninna nanna, di cui erano riusciti a decifrare solo le prime parole: *Nella città di Mantova...* La ammiravano, la temevano e la detestavano. Di notte richiamavano dietro le palpebre la visione del suo corpo morbido e sottile e si masturbavano lentamente, sfinendosi in fantasie modeste e ripetitive, di giorno si confondevano, arrossendo quando incrociavano le sue occhiate fredde e noncuranti, oppure si sfogavano a pensare per lei gli insulti peggiori, a immaginarla nelle pose più sconce e improbabili.

Per strada, gli occhi degli uomini non ce la facevano a ignorarla, e lei incrociava quegli sguardi senza mostrare di vederli, come fosse cieca. Così, i fischi o gli apprezzamenti più o meno sguaiati dei crocchi di ragazzotti le morivano dietro senza essere raccolti, senza lasciare tracce. Assunta, che aveva allevato due maschi, con Melina non sapeva bene come regolarsi: le aveva sì sciorinato tutto il repertorio dell'educazione sentimentale e comportamentale a uso delle femmine, ma non era certa di averla addestrata.

«Figlia mia bella, è sempre la stessa cosa che gli uomini vogliono, nun t'o scurda'.»

Melina sorrideva silenziosa e distante.

«E dopo che l'hanno avuta, si tirano su la cerniera della lampo o si allacciano i bottoni della patta e chi s'è visto s'è visto.»

Melina faceva sì con la testa e pensava alle margotte di limoni sfusati.

«Se gli concedi un dito, loro ti prendono la mano, e dopo te le mettono dappertutto le mani, finché arrivano alle mutande.»

Melina si passava le dita tra i serpenti dei capelli.

«E quando ci sono arrivati, alle mutande, è troppo tardi per tornare indietro.»

Melina si voltava verso la madre:

«Quand'è che fai il sartù di riso?»

«Ma mi stai a sentire quando ti parlo?»

«Sì ma', tranquilla.»

E Assunta si chetava, ma con in testa un rovello sottile e intermittente, perché Melina stava troppo bbuona per quanto riguardava i ragazzi: non c'erano mosconi che le ronzassero intorno, non c'era un fidanzato o aspirante tale, invece di andare in discoteca con le ragazze della sua età, la sera del sabato se ne stava in casa o andava al cine nel paese vicino con Salvatore e Graziella. E la domenica curava l'orto, che era diventato un capolavoro da riviste di giardinaggio. Troppa grazia, niente grazia, brontolava talvolta la madre.

Un giorno, però, all'uscita da scuola, uno sguardo

maschile perforò la corazza di indifferenza di Melina, uno sguardo un poco irridente e canzonatorio, e nello stesso tempo acceso di desiderio. A quello sguardo lei sorrise e poi si voltò per verificare se la seguiva. Lui, e non solo il suo sguardo, le andò dietro e con quattro passi veloci si mise al suo fianco.

Con Ciro a gestire gli affari insieme al padre, il giro di interessi di don Raffaele si allargò. Negli appalti per i lavori pubblici stava la nuova miniera d'oro, foriera di altro potere e di altro denaro, e nacquero dal nulla una mezza dozzina di imprese di costruzione, con documenti apparentemente in regola ma più falsi dei rolex cinesi spacciati dai guaglioni in attesa di promozione nella carriera criminale.

Esportazione di auto rubate, laboratori clandestini di merce taroccata, pizzo a ogni tipo di attività imprenditoriale o commerciale, alberghi ristoranti pizzerie imprese di trasporti per investire il denaro sporco e trarne nuovi utili, droga ovviamente, ma non prostituzione, perché don Raffaele riguardo a quel campo aveva i suoi scrupoli morali. O forse perché in quel campo c'erano avversari con cui non voleva scontrarsi. In ogni caso, quando Ciro quel campo lo invase all'insaputa del padre, cominciarono gli ammazzamenti: carne da macello, agli inizi, papponi di basso rango e con loro qualche disgraziata che batteva lungo la statale e si faceva sbattere al riparo degli arbusti e dei macchinoni lì di fianco. Poi qualcuno – da una parte o dall'altra – alzò il tiro, le automobili dei capi furono blindate e i luogotenenti cominciarono a scorrazzare su Suv arroganti e perentori come carri armati.

Il mio primo amico immaginario è stato un cane, Toto. Che come cane è vero, un bastardino bianco e nero bellissimo, con le orecchie lunghe, che mamma aveva trovato da cucciolo. Stava rannicchiato vicino a un cassonetto e tremava di freddo di fame e di abbandono, mamma se lo prese in braccio e mi chiese Ce lo portiamo a casa? A quell'epoca, io non avevo amici immaginari, perché avevo mamma; papà invece era quasi sempre in giro con il pullman dei turisti e lo vedevamo di rado. Con Toto io ci giocavo e gli tiravo la pallina, ma amico lo diventò dopo, quando rimasi muta.

La nonna e il nonno vennero a prendermi per portarmi da loro. Si presero anche Toto, che invece guaiva, cioè piangeva da cane, e quando mi misero a dormire nella stanza con Angela, saltò sul letto e posò la testa sul cuscino accanto a me. Nonna fece per mandarlo giù, poi mi guardò, scosse la testa e lo lasciò lì.

Da muta, era difficile avere un amico, perché non gli potevo parlare, altri muti in paese non ce n'erano, e i nonni gli zii e Angela capivano sì le cose importanti, ma non gli potevo fare le confidenze. Restava Toto, io gli parlavo con gli occhi e con le carezze e lui rispondeva, non solo con la coda e le leccatine, ma con dei versi da cane, come mugolii gagnolii e abbaiamenti piccoli piccoli che faceva solo per me. Toto un giorno si fece male a una zampa, perché era scappato per andare a trovare la Billa, cioè la sua fidanzata, e si prese una botta da una macchina che faceva le corse e non si fermò neppure, poteva essere morto oppure agonizzante ma l'autista infame fece come se niente fosse e tirò dritto. Ce lo telefonò la vedova Vicedomini, che stava sempre a guardare giù dal balcone, dato che le sbagliarono l'operazione al ginocchio e non camminava quasi più. Toto andai a prenderlo con la nonna, ma a casa in braccio lo portai io e poi lo zio lo fece visitare dal veterinario che gli sistemò la zampa e l'anca, ma da allora si poté muovere poco e con fatica e non riuscì più ad accompagnarmi nei miei giri. Se all'infame qualcuno dà una botta come quella che lui diede a Toto a me non dispiace per niente.

L'amica immaginaria di Anna si chiama Kitty.

Ho cominciato a leggere la sua storia nel libro che mi ha venduto Occhi Verdescuro e all'inizio non mi piaceva tanto, invece dopo sì, perché Anna ha più o meno la mia età e anche lei patisce la prigionia. Patisce pure il fatto di avere sempre gente intorno e di non poter stare sola, cosa che non capita a me, e così ho pensato che il troppo e il troppo poco alla fine si assomigliano, nel senso che sono capaci di far star male nello stesso modo.

Stasera mi sento quasi felice: ho ricevuto la lettera dai miei che stanno tutti bene, ho mangiato la frittata di salame la pastierina e un cachi che colava ed era dolce come miele, mi sono sdraiata sul letto della zia che ha vicino la luce forte, ho cominciato a leggere il libro di Anna e ogni tanto penso a lui. Per come sono messa, è una serata più che bella.

Alle sei e mezzo Ubaldo aspettava sotto l'ufficio del notaio. Uno che nasce bene come lui non manca alla parola data, non tira un bidone, non si diverte a prendere in giro una ragazza, aveva pensato Rosaria per tutto il pomeriggio, controllandosi di nascosto il trucco allo specchietto del portacipria. Non è un tarro, un cafone come i miei fratelli, è uno che ha studiato, che ha avuto un'educazione da signore... e intanto cercava di tenere a bada nell'immaginazione le prospettive che quell'incontro poteva schiudere.

Lui si comportò da signore, le scostò la sedia per farla sedere, le chiese se preferiva un analcolico o un bicchiere di Greco di Tufo bello fresco, in attesa del cameriere si lamentò del caldo afoso e dichiarò che ci sarebbe voluto un bel temporale, comunicò le ordinazioni e poi si ritrovò a corto di argomenti. Toccò a Rosaria inventare dei pretesti per stanarlo dal mutismo, sorridente sì, ma sempre mutismo e ancor più imbarazzante perché erano seduti al dehors del bar centrale, quello sulla piazza grande, sotto gli occhi di chiunque passasse o spiasse dietro alle persiane di balconi e finestre.

«E così fate il professore, beato voi.»

«Eh... qualcosa bisogna pur fare.»

«Ma che? Non vi piace?»

«Mi piace, mi piace.»

«Piacerebbe anche a me, ma che volete, studiare tanto non ho potuto.»
«Eh già...»
«Però del notaio Polito non mi posso lamentare, è una gran brava persona e mi tratta bene.»
«Sì, una brava persona.»
Rosaria si sentiva smarrita. Non è un tarro, ma è una capra, pensava, uno che sai che allegria passarci le serate insieme. Anche i signori possono essere indigesti. Però signori restano. E mentre, centellinando il vino, cercava con affanno un altro argomento per riprendere la conversazione, lui la stupì:
«Vi piacciono le automobili, signorina Rosaria?»
Che domanda del cazzo, pensò lei, e disse:
«Be', oggi come oggi non se ne può fare a meno.»
«No, quelle antiche, voglio dire.»
«Ah sì, sono bellissime, però qui se ne vedono poche.»
«Io nel garage ne tengo due.»
«Davvero?»
«Erano di mio nonno.»
«Ma non le guidate mai?»
«Non vanno avanti.»
«Non le fate riparare?»
«Ci vogliono i soldi, l'argiamme, e mica poco.»
«Che sarà mai? Un bravo meccanico...»
«Sono i ricambi a costare, quelli originali, che bisogna farli venire da chissà dove.»
«Ma vi piacerebbe guidarle?»
«Sì, non qui in paese, ma nelle gare, nei raduni. Mi piacerebbe assai.»
Un altro punto morto. Rosaria immaginò Ubaldo su una macchina d'epoca, una di quelle che lei aveva visto solo nei telefilm, e se lo figurò con gli occhialoni scuri la sciarpa di seta al collo e i guanti alle mani, mentre, per andare ai raduni, passava nei vicoli del paese o sulla strada grande, tra gli sberleffi e le pernacchie dei tarri. Abbassò gli occhi sul bicchiere per non ridere.

«Quel documento che mi avete procurato...» riprese lui poco dopo.

«Sì?»

«Se vendo il terreno della contrada Scianiello, che uno me l'ha chiesto, faccio aggiustare una macchina o tutt'e due.»

«Ma là tra poco diventerà edificabile, dicono che ci faranno un albergo, con piscine campi da tennis eccetera...»

«Tra poco, tra poco... chissà quando.»

«Il terreno è vostro, ma se aspettate qualche mese ci tirate su un prezzo migliore.»

«No no, non posso.»

«Capisco...»

«Che volete, le cose stanno così.»

Altro silenzio. Questa volta lunghissimo, almeno per l'orologio interiore di Rosaria.

«Se volete, però» si decise lui, «una di queste sere vi porto al garage e vi faccio vedere le macchine.»

«Volentieri, volentieri assai.»

Non fu una di quelle sere, ma quasi un mese dopo, quando Rosaria ci aveva ormai messo una pietra sopra. Ubaldo la chiamò in ufficio e passò a prenderla: lei, purtroppo, aveva una gonna che la ingrassava e una maglietta con mezzelune di sudore sotto le ascelle.

Assunta aspettava la figlia. Mani sui fianchi, in posa da guerra.

«Di' un po', che hai fatto ieri invece di andare a scuola?»

«Chi ti ha parlato? I tarocchi, o una mammalucca bavosa e spiona?»

«Rispondi a me! Dove sei stata?»

«A passeggio. C'era un'aria fresca fresca col sole giusto per passeggiare.»

«Per passeggiare con Nicola Schettino.»

«Giusto, con Nicola Schettino. Cos'ha che non va?»

«Tutto. È uno sciupafemmine, uno che cambia donna a ogni luna nuova, uno che ci scherza senza buone intenzioni. E che sta in mezzo a brutti giri, a brutta gente.»

«Tutto qui?»

«Ti pare poco? È uomo di don Raffaele.»

«Ma che dici, ma'! Non è uomo di droga né di puttane, tiene un lavoro serio, e se ha cambiato qualche fidanzata è perché non ha ancora trovato quella giusta.»

«Lavoro serio? Fa l'autista all'hotel Le Sirene!»

«Embè?»

«Ma sei scema o ci fai? Di chi è l'hotel Le Sirene?»

«Di don Raffaele, come quasi tutto.»

«E secondo te uno che fa l'autista per il boss, nella macchina cosa ci trasporta? Solo lupini e semi di zucca?»

«Ma che dici? Ci trasporta i clienti dell'albergo all'aeroporto, o in giro a vedere le marine, oppure a Pompei o dove vogliono loro.»

«Ci trasporta i clienti e qualche pacchettino.»

«Brava ma'. Secondo te, uno che trasporta roba che scotta, e se la fa con il boss, poi c'ha una macchina di terza mano che va avanti a spintoni?»

«Pure sulla sua macchina ci sei salita? E cos'altro ci hai fatto con lui?»

«Ci ho fatto l'amore, ma'.»

Assunta impallidì. Conosceva abbastanza sua figlia, e capì che era una guerra persa.

«Ma', io di Nicola sono innamorata, e solo se mi ammazzi mi stacchi da lui.»

«E lui?»

«Lui è innamorato di me.»

Dopo Toto, come amica ho avuto una bambina di carta. Immaginaria due volte, non solo perché io le parlavo come fosse vera, ma perché stava in un libro. Le parlavo in silenzio, anche se non ero più muta, prima di addormentarmi la sera, oppure in classe quando le lezioni erano troppo noiose. A scuola ero più sveglia dei miei compagni, che per imparare le cose dovevano farsele ripetere almeno dieci volte e in certi casi non bastava neppure, così, mentre loro continuavano a lottare con le frazioni o con gli esercizi di grammatica, io pensavo ai fatti miei. Al tempo del mutismo avevo intuito una cosa importante e cioè che meno ti fai capire, meno dimostri di essere sveglia, più cose impari e più ti lasciano in pace. A scuola non funzionava sempre così, ma era meno peggio che ribellarsi.

Dopo ho imparato a difendermi, ma tante volte ho continuato a cancellarmi.

Comunque, la mia amica immaginaria si chiamava Dorothy, aveva un cagnetto di nome Toto, proprio come il mio, e per questo mi era diventata amica subito. Certe volte sono proprio le coincidenze impreviste a farti innamorare di una persona o di un animale o di una cosa, e il Toto di Dorothy, nelle illustrazioni, assomigliava al mio Toto, a parte le orecchie. Adesso che ci penso bene non è che gli assomigliasse poi tanto, perché non aveva le macchie, però di sicuro dormiva nel letto con lei, come il mio Toto, che dopo la botta sulla zampa e sull'anca non ce la faceva più a salirci e dovevo pensarci io a tirarlo su. Ecco, stasera Toto mi manca più dei nonni degli zii e di Angela. Forse non è bello pensarlo, ma i pensieri non si possono comandare più di tanto, vanno e vengono come vogliono loro. Se Toto fosse qui, caldo e morbido accanto a me, lo stringerei forte, lo gratterei dietro le orecchie, gli soffierei per gioco sul muso e lui farebbe finta di morsicarmi il naso. Ma qui, sul letto della zia, non dovrei starci neppure io, figurarsi il cane, che la farebbe uscire fuori di testa.

Ogni tanto mi fa pena, sta zia scaduta, che fa una vita grama senza consolazioni, che c'ha solo Alfonso, quando viene su ma non tutte le settimane, che non si è fatta delle amiche, e mi pare che, anche se esce tutte le mattine, stia in prigione pure lei. Una prigione diversa, che si è costruita intorno da sola, mattone dopo mattone, senza accorgersene, credo. Insomma, ci stanno i criminali, come i nazisti che costrinsero Anna e gli altri a vivere nascosti quasi da topi e dopo li uccisero, ci stanno i delinquenti come don Raffaele, Enzino e la sua gente che ammazzano o rovinano la vita al prossimo, e poi ci stanno le persone come la zia che si fanno del male da sole, che sono gli aguzzini di se stessi. Io non sono stata ammazzata, ma la vita me l'hanno rovinata lo stesso.

'O Borbone campava con disagio. Aveva venduto il terreno di contrada Scianiello e Matilde non si era risparmiata le contumelie:

«Che uomo sei, che ti cali le brache prima ancora che ti sfilino la cinta? No, avevi da dirgli, il terreno non lo vendo, è mio e me lo tengo finché mi pare.»

«E loro non facevano niente, secondo te?»

«Cosa vuoi che facessero? Il terreno è a gerbido, sai che guaio se gli davano fuoco.»

«E se davano fuoco alla casa?»

«Ih, che esagerazione!»

«Di' un po', ma ti sei scordata la faccenda della fabbrica? Di come hanno cominciato?»

«Altri tempi! Adesso don Raffaele sta più coperto, è più prudente.»

«Ma Ciro no. Gli ammazzamenti sono ricominciati.»

«Figurarsi se ti ammazzavano per un pezzo di terra.»

«Un pezzo di terra che gli fa gola. Che con l'albergo diventa lavanderia dei soldi sporchi.»

«Se tenevi duro l'albergo lo facevano da un'altra parte.»

«Mannaggia a te! Perché non lo hai voluto tu, sto pezzo di terra di merda, quando abbiamo spartito l'eredità?»

«Perché la terra tocca all'uomo farla fruttare.»

«Infatti sai quanto fruttava!»

«Perché tu non ci hai mai messo interesse, come se non fosse roba tua.»

«Sai una cosa Matilde?»

«Cos'ho da sapere?»

«Che Salvo ha vinto all'Enalotto quando ti ha dato un calcio in culo. Che si è salvato la vita.»

Matilde strinse le labbra e si chiuse in camera sua. L'offesa dell'abbandono continuava a tormentarla e la spingeva a tormentare.

Per Ubaldo neppure a scuola finivano i tormenti. Il ricordo delle cosce della marchesa Maria Sofia stava ormai sbiadendo nella mente del preside, mentre il cruccio per quel professoricchio che non sapeva insegnare era più che mai presente. Non gliene fotteva granché, al preside, che i guaglioni di matematica non ne capissero un'acca, perché anche di grammatica e di inglese e di tutto il resto ne masticavano poco, non gliene fotteva granché perché un'ispezione non c'era mai stata e i test ministeriali sulle conoscenze degli allievi erano regolarmente taroccati dai professori, ma gli fotteva assai che dalle aule dove Ubaldo Manconi tentava di far lezione provenisse un baccano insopportabile, che i suoi studenti bivaccassero nei corridoi, affumicassero i cessi, scorrazzassero per le scale. Gli fotteva pure che parecchi altri professori sparlassero di lui alle sue spalle, perché non prendeva provvedimenti, perché non gli dava una raddrizzata a quello smidollato figlio di marchesa, perché insomma non faceva il suo dovere. E lui, il preside, da un lato era tentato di dare una strapazzata a *'o Borbone*, dall'altro non voleva darla vinta alla manica di sfaticati che "tenevano la disciplina" lasciando che i ragazzi si assordassero con gli iPod, giocassero a tressette o leggessero i pornazzi in classe. Però a Ubaldo lanciava occhiate di fuoco, quando lo incrociava in corridoio, e Ubaldo si sforzava di diventare invisibile a lui e ai colleghi.

Solo con uno si azzardava a scambiare due parole, senza timore di sfottò e commiserazione, e quello era Domenico Schiano, il padre di Graziella.

Melina aveva diciassette anni non ancora compiuti quando restò incinta. Senza vergogna e senza rimpianti.

«Ma', Nicola e io ci sposiamo.»

«Prima finisci la scuola poi ne parliamo.»

«No, ci sposiamo subito.»

«Sei... sei mica...»

«Sì, sono incinta.»

Assunta per reggere il colpo (che in verità paventava da quando era apparso Nicola) si sedette a riprendere fiato e Melina con un mezzo sorriso le portò un bicchiere d'acqua.

«Ma', non muore nessuno, nasce invece.»

«Siete due disgraziati, senza testa, senza rispetto, senza niente.»

«Va bbuono, sfogati pure. Senza niente è giusto, perché lui di denaro non ne tiene e per il matrimonio ci dovete aiutare un poco, che i suoi stanno con le pezze al culo.»

«Pure la cerimonia grande vuoi, magari con l'abito bianco?»

«Ma no, cosa capisci! Per affittare una casa, che lui sta in un buco senza sole, e per me andrebbe pure bene, ma per la creatura no. Per comprare qualche mobile, solo l'indispensabile, poi lui dice che si trova un altro lavoro.»

«Un lavoro da don Raffaele, di quelli che sappiamo, quelli che portano subito soldi.»

«Ma', lui non si sporca con don Raffaele. Nicola mio fa l'autista, e continuerà a farlo perché quello sa fare.»

«E tu?»

«Io prima faccio il guaglione, o la guagliona, poi vedo. A lavorare in una serra o in un vivaio mi prendono subito.»

«E del pupo che te ne fai?»
«Me lo porto appresso.»
«Oppure lo lasci a me.»
«No ma'. Me lo voglio tenere sempre io, e poi Nicola preferisce che abitiamo al paese suo.»
«Nicola preferisce, Nicola dice... Nicola ti mette incinta che non sei neanche maggiorenne e con noi non si fa vivo, come se la cosa non ci riguardasse, come se tu fossi figlia di nessuno.»
«Tiene soggezione.»
«Ma quando ti ha ingravidata, di soggezione non ne aveva, eh!»
«L'ho voluto io, ma'.»
«Cosa dici?... L'hai fatto apposta?»
«Sì, apposta. Perché volevo qualcosa di lui per sempre, volevo che tra noi ci fosse un nodo che non si scioglie, così non si scapriccia più con nessuna e resta solo mio. Mio per tutta la vita.»
«Oh madonnasanta, sei tutta scema, più scema di una gallina, di un'oca, di una mucca! Della vita non hai capito niente! Non hai capito che gli uomini non sono come le piante, che le fai crescere come vuoi tu, con la forma che ti piace, che le raddrizzi o le storti come ti pare, che prendi tu l'iniziativa per come dovranno stare. Gli uomini sono diversi, devono credere di decidere loro, non di essere presi per il collo, devono pensare che gli hai fatto una grazia a guardarli, a dargli retta... Tu invece, subito ad aprire le gambe, a dire eccomi, sto qua, a tua disposizione, fa' quello che vuoi che per me va bene!»
«Nicola è diverso e pure io.»
«Tu di sicuro, lui è come tutti.»
«Ma se non lo conosci!»
«Non lo conosco di persona, ma so com'è fatto.»
«Come gli altri dicono che è fatto.»
«Appunto. Comunque, le uova sono rotte e bisogna fare la frittata. Quand'è che viene a parlarci?»

«Quando volete. Domani sera, se vi va bene, che finisce presto il turno.»

«Domani, e stasera dopo cena tu te ne esci a passeggio con Angela, che a papà a Tore e Graziella preferisco dirglielo io.»

Un altro matrimonio da vedovi, anche se gli sposi erano di prima mano. Da vedovi, cioè in sordina, perché tra avere la dispensa per la minore età di Melina e fare tutte le carte necessarie erano passati più di quattro mesi e lei aveva il pancione. Senza abito bianco, che sarebbe stato uno sfregio alla tradizione, senza messa cantata, senza la parentela all'ingrosso. Una cerimonia veloce alle undici di un sabato, un rinfresco con salatini, pizzette, tramezzini e sfogliatelle, più la torta da tagliare a due mani, che quella ci vuole sempre e porta buono. Un viaggio di nozze di pochi giorni, a Roma e Firenze, sulla macchina scassata di Nicola, a misurare i soldi, a comprare i panini e la Coca-Cola per pranzo, dato che Melina non aveva voluto che i suoi contribuissero pure a quello, perché gli avevano già trovato e arredato un appartamentino, gli avevano pagato il fitto anticipato per un anno, si erano accollati, come d'uso, le spese del rinfresco, mentre i suoi di lui, cioè gli Schettino, si erano limitati a comprare il frigo e la macchina del gas per la cucina.

Solo gente con le pezze al culo le capitava di far entrare in famiglia, rimuginava tra sé Assunta, e pazienza per Graziella, che valeva il suo peso in oro, gentile e lavoratrice com'era, ma quello che s'era preso Melina, il bel Nicola, solo bello era, bello e sfottente, che era mille volte meglio perderlo che trovarlo. Ma era andata così e c'era solo da sperare che non fosse del tutto un capo scarico.

La felicità di Melina durò un po' più di un anno e mezzo. Lui era un amante appassionato, che la prendeva con fame, la faceva quasi svenire dal piacere, se la teneva addosso tutto il tempo che passava in casa, la sera, la notte, i giorni di festa e di riposo. E quando nacque Imma, la passione non si chetò, anzi, sembrava essere ancora cresciuta dopo la pausa del parto, sembrava alimentarsi alla presenza di quella creatura dagli occhi neri e profondi come quelli della madre, dalla fossetta sul mento come quella del padre. Melina trovò lavoro a mezza giornata in un vivaio, e portava con sé la bambina in una cesta, la teneva sempre vicina, la allattava e per ninnarla dopo la poppata le cantava *Nella città di Mantova, c'è una ragazza bella...*

Poi lui cambiò lavoro. Sempre autista, ma di pullman. Due alberghi della costiera avevano preso accordi con un grande tour operator tedesco (la cui proprietà era riconducibile al boss) e offrivano soggiorni di dieci o quattrordici giorni a prezzi competitivi, con gite quotidiane o estensioni di viaggio in Calabria Puglia o Sicilia. Nicola andava a prelevare le comitive all'aeroporto di Napoli, le accompagnava nelle escursioni giornaliere o nelle estensioni, le riportava all'aeroporto. Cominciò a pernottare spesso in albergo, perché, diceva, tornare ogni sera a casa e ripartire all'alba era troppo faticoso e quando gli toccavano le estensioni, impossibile.

Melina si rattristò, ma l'anno di fitto pagato stava per scadere, di chiedere ancora aiuto ai suoi non ci pensava proprio, la bambina costava in pannolini e pappette e lo stipendio aumentato cadeva giusto giusto. La lontananza no, quella non cadeva giusta, e le scavò una ruga verticale in mezzo alla fronte. La lontananza da Nicola la pativa come una febbre, come una malattia, e quando i pernottamenti fuori casa si fecero più frequenti cominciò a nutrire dapprima dei dubbi poi dei sospetti.

«È fatto di petali di rosa il materasso dell'albergo? C'ha le lenzuola più fini, il cuscino più morbido, che ti ci rinvoltoli meglio che a casa?»

«Ma che dici, Meli'? Tengo un lavoro duro, su strade di merda, e la sera ho le ossa rotte, non ce la faccio più a mettermi al volante.»

«Io invece sto a riposo dal mattino alla sera, con la cameriera che mi serve caffè babà e sfogliatine.»

«Lo so, sei stanca pure tu. Ma se volevi fare la signora, non era a me che ti dovevi attaccare.»

Poi, come spesso accade, ci fu chi pensò di trasformare i sospetti in certezze. In un primo tempo con allusioni velate, poi con un biglietto fatto scivolare di notte sotto la porta di casa: "A Nicola ci piacciono le bionde, non più le brune".

«Le bionde ti sbatti? A scopare fuori casa non ti stanchi, non ti senti le ossa rotte? Fetente di un malacarne disgraziato farabutto figlio di cane...» lo aggredì lei la prima sera che tornò a casa.

«Statti quieta, che ti sentono i vicini» tentò lui.

«Me ne fotto dei vicini, tanto che sono cornuta già lo sanno!» ribatté Melina con furia, avventandosi contro di lui.

Nicola le bloccò le braccia, la strinse forte, non lasciò che si divincolasse e le cercò la bocca. Fecero la pace a letto, dimenticandosi di mangiare, e alla fine lei era spossata, placata, sazia e infelice.

Infelice perché non aveva osato chiedere, e lui non aveva né spiegato né negato, infelice perché aveva capito che il biglietto diceva la verità.

Ma le bionde vengono e poi vanno, e sono di sicuro loro che gli si strusciano addosso, che lo provocano, che se lo tirano in camera, perché è più bello di un attore del cinema, alto forte bruno e con la fossetta che tira i baci, un uomo che su al Nord non ne vedono di uguali, e si capisce che gliene viene la voglia, a ste scostumate, a ste donnacce in calore che vengono giù a rubarci i maschi, pensava per consolarsi un poco. È la novità del lavoro, e lui ci è cascato, non è sant'Antonio che alle tentazioni ci resiste sempre, è un uomo giovane, col sangue caldo, aggiungeva ancora. Ma stava mentendo a se stessa, e lo sapeva.

Da piccola dormivo nel lettone grande quando papà non c'era, ma non c'era quasi mai e io respiravo il calore e l'odore di mamma, un odore buono di pelle e di terra e di foglie e di limoni e di fiori, un odore che anche adesso riconoscerei tra mille altri e che qualche volta sento ancora come se ce l'avessi sotto il naso. La faccia di mamma la ricordo meno, cioè ce l'ho presente ma è quella fissa delle fotografie, non la sua di quando mi abbracciava e accarezzava e stringeva forte e diceva parole colorate e profumate: bella bella bella, più bella della Rosa carnicina, della Peonia cinese, dell'Altea, della Dalia, del Papavero tra il grano, più bella assai dei Pomodorini a grappolo, dei Peperoncini a mazzetti, del Cavolo cappuccio... e poi mi baciava tutta. Aveva le labbra calde e morbide e a me venivano i brividi di piacere lungo i nocciolini della schiena. Anche la sua voce non la ricordo più, mi torna soltanto qualche volta nei sogni e vorrei fermarla nella mente ma non ci riesco.

Mamma era diventata triste, adesso so il perché. Al mattino andavo sempre con lei al vivaio e le giocavo vicina, ma quando cantava la sua voce era diversa, era sforzata, come se la comandassero o lo facesse solo per non pensare. Ci tenevamo compagnia, io e lei, e più tardi io lei e Toto, e a me papà non mancava, anzi stavo meglio se non c'era, perché dormivo nel lettone. Poi, anche quando c'era, dormivo nel lettone lo stesso, e lui invece sul lettino mio in cucina, che gli spuntavano i piedi e ci stava stretto stretto. Mamma però di notte dormiva poco, se mi capitava di svegliarmi per fare la pipì o perché avevo sete, la trovavo con gli occhi spalancati a fissare il muro di fronte come se fosse la tele. Da fuori entrava un po' di luce del lampione vicino a casa, e in quel mezzo buio gli occhi le mangiavano la faccia. Mamma, perché non dormi? le chiedevo, e lei rispondeva Mo dormo, sta' tranquilla, però comincia tu.

«Si sta consumando gli occhi dal gran piangere, non mangia quasi niente ed è diventata pelle e ossa, la mia povera figlia» sbottò una sera Assunta, alla prima forchettata di pasta, «e tutto per colpa di quel disgraziato, di quel farabutto, di quel vigliacco merdadicane!»

«Ma', la bambina...» cercò di interromperla Tore.

«Angela dici? Angela ha da sapere pure lei che Nicola è peggio di una merdadicane, di uno sbocco di catarro, di una pozza di vomito, peggio di tutte le peggiori fetenzie che ci stanno sulla terra, peggio di...»

«Ma', siamo a tavola!»

«E allora? vi è venuto a tutti lo stomaco delicato? delicato per le parole, ma i fatti li sapete digerire bene! Anche se sono più pesanti delle pietre, anche se gridano vendetta agli occhi del Signore, anche se la stanno devastando, la mia Melina... E sì che glielo avevo detto che il merdadicane era solo buono a tirarsi giù la lampo della patta, e non per pisciare...»

«Mamma, adesso basta.»

«No che non basta. Mi devo sgavazzare, che ne ho mandate giù troppe. Prima le baldracche le cambiava a ogni cambio di mutande, adesso invece si è incistato di una sola, che è ancora peggio.»

«Chi sono le baldracche, nonna?»

«Sono le malefemmine, sono quelle che rubano i mariti delle altre. E la baldracca che ha rubato Nicola si chiama Helga, una tedesca mangiasego, una cagliata andata a male, rancida e muffita. Ma che uomini siete, che ve ne state lì a strafogarvi di maccheroni, invece di difenderla, la povera Melina, di prendere le sue parti, di insegnare al merdadicane come si sta al mondo...»

«Assunti', ma che dobbiamo fare, mazzolarlo, ammazzarlo?»

«Ammazzarlo no, che siamo cristiani, ma una mazzolata ci potrebbe pure stare.»

«Ma', stasera sragioni. E se anche lo menassimo, pensi che dopo lui cambierebbe?»

«E chi lo sa. Le ossa rotte fanno male a tutti. Magari ci penserebbe due volte prima di inforcare la sua baldracca.»

«E noi andremmo in galera, è questo che vuoi?»

«Ih, in galera! Lo voglio proprio vedere che fa la denuncia! E voi siete in due, contro due non ce la fa...»

«Ma', con rispetto parlando, ma c'hai le pigne in testa. Papà ha sessantasei anni e il cuore ballerino, io...»

«Tu sei sano e una lezione gliela puoi dare.»

«No. Posso andare a parlargli, se vuoi...»

«Ma che parlargli, quello delle parole se ne fotte, quello capace che t'intorta, che ti piglia pure per il culo.»

«Ma', piantala. Mangia invece, che i maccheroni si stanno freddando.»

«Stasera non mi va. Stasera ho il cuore a terra» disse Assunta, e intanto tirò su una forchettata di maccheroni dal piatto.

Ubaldo Manconi decise di dare una sterzata alla propria vita. C'erano decisioni che non poteva o non aveva il coraggio di prendere, come andarsene di casa liberandosi della sorella, oppure cercare un altro lavoro, ma poteva sposarsi, per tacitare almeno il secondo soprannome che i suoi allievi avevano cominciato a usare in alternativa al primo: *'o Borbone ricchione.* E fu per pigrizia, per comodità o per mancanza di iniziativa che il pensiero gli corse a Rosaria, a cui aveva offerto un aperitivo e fatto vedere le due auto d'epoca. Da allora erano passati quattro mesi e Rosaria sopra Ubaldo ci aveva messo una croce definitiva.

Anche lei voleva cambiare vita: una mattina si era trovata la madre morta nel sonno, già fredda, con gli occhi chiusi e le mani intrecciate sul petto, come a voler dare il minor disturbo possibile. Era corsa a svegliarla prima che quell'animale del padre, che già bestemmiava per non aver trovato il caffè caldo e zuccherato giusto nella tazza, la andasse a tirare giù dal letto a calci. Aveva finito di tribolare, in silenzio com'era sempre vissuta, la povera Mari', e se per caso aveva chiesto aiuto sentendosi morire, il marito non se n'era accorto, assordato dal suo stesso scatarrare e russare e dalla mezza sbornia che lo stordiva ogni sera.

Restare in casa, per Rosaria, significava fare ancora di più la serva e la cuoca al padre e ai fratelli, ricavandone in cambio male parole musi lunghi e proteste perché spendeva troppo.

«Spendo troppo? ma lo sapete o no che tutto costa caro, la carne, il formaggio, il caffè, i detersivi...»

«E tu ci metti il pizzo sopra, così mangi a tradimento.»

«Allora a far la spesa ci andate voi, così vediamo.»

«Noi già ci ammazziamo di lavoro, non come te che poggi il culo su una sedia tutto il giorno.»

«Vi voglio vedere, tutti e tre, a fare il mio lavoro, voi che a tener la penna in mano vi vengono i sudori, che un computer non sapete neppure accenderlo!»

Il padre s'era alzato per mollarle un ceffone e lei, invece di scansarsi, aveva afferrato un coltello dal tavolo e Provaci!, aveva detto a muso duro, lasciando tutti sbalorditi per il gesto e per la voce. Il padre s'era riseduto e i fratelli erano rimasti con la bocca da pesce.

In verità, dopo la morte della madre, Rosaria il suo stipendio lo teneva tutto per sé. La verdura la frutta e il vino venivano dalla campagna dove il padre e i fratelli lavoravano, il resto lo comprava coi soldi che le davano in casa per il vitto e le bollette, e un po' di cresta la faceva senza nessuno scrupolo.

Ma ciò che voleva era andarsene. Per poter badare un poco a sé, per avere tregua dopo le giornate di lavoro, per non sentirsi schiacciata da un destino miserabile che non si era scelta. Ma fino ad allora i due che l'avevano adocchiata e le avevano mostrato un certo interesse erano le copie sputate dei fratelli, un po' meno arroganti e brutali, ma soltanto in via provvisoria, soltanto prima di diventarle padroni con il matrimonio, e lei se li era scrollati di dosso con decisione, come si fa con i mosconi d'estate.

Quando Ubaldo si rifece vivo, in lei si riaccese la speranza.

L'ora di pietra al sabato dura un minuto, e spesso un po' meno. Ma io sto attenta a esserci, a non lasciarmi scappare quel momento sospeso nell'immobilità, con la città senza abitanti, con le vie vuote come per l'incantesimo di un mago potente, perché è un momento bellissimo, come sono belle certe cose che stanno nei miei ricordi. La veduta della marina dalla contrada delle capre, con l'acqua lontana che luccica come le scaglie di pesce fresco; il cestinetto di vimini con i limoni sfusati che stava sempre sulla tavola di mamma e poi di nonna Assunta; il glicine in fiore al cancello della casa della marchesa, il respiro salato del mare che nei giorni di vento arrivava fino alle case... il pezzo di faccia di Occhi Verdescuro.

Chissà cosa fa nei giorni che non viene al mercato, forse si sposta in un'altra piazza, dove c'è più gente che gli compra i libri. Però, anche se oggi fosse il suo giorno nel mercato qui vicino, non ci potrei andare, perché al sabato qualche volta la zia fa una capatina per cambiarsi il vestito, per prendere qualcosa da dare ad Alfonso, oppure per controllarmi, chissà.

Alfonso ha una ditta di arredo bagno vicino a Piacenza, al venerdì pomeriggio sul tardi viene su, il sabato va a trovare i clienti per vendergli le cose che produce e la domenica riparte. La zia dice che gli conviene, perché i rappresentanti sono tutti degli sfaticati che non ci mettono impegno, mentre lui è vero che si sbraccia e si spolmona, ma i risultati li vede. Qui ha un piedaterra, che non è un basso ma sarebbe una soffitta abitabile avuta in eredità da suo nonno, insieme con un alloggio che affitta.

La zia sta con lui il venerdì sera e tutta la giornata e la notte del sabato, lo accompagna dai clienti restando in macchina, poi si comprano qualcosa per pranzo e vanno a mangiare nel piedaterra, oppure si prendono due panini al bar, se lui ha fretta. La sera qualche volta mangiano al ristorante e poi tornano nel piedaterra. Ho chiesto alla zia perché non se lo sposa, il suo Alfonso, e lei ha storto la bocca e ha detto che non si può.

«C'hai il divorzio, no? Ti puoi sposare di nuovo.»

«Non si può.»

«Ma perché?»

«Perché lui è già sposato.»

«E non vuole separarsi?»

«No, perché sua moglie è malata, non tiene il coraggio di farla stare ancora più male.»

Sarà, ho pensato. Però il coraggio di far stare male te lo tiene, ho pensato ancora, perché lo vede anche un cieco che ci patisci a fare la ruota di scorta, a non chiamarlo mai e ad aspettare sempre che sia lui a farsi vivo, a restare nascosta come un'immigrata clandestina.

Secondo le categorie della nonna, Alfonso sarebbe un merdadicane come mio papà e Rosaria una baldracca rubamariti come le tedesche, ma secondo me non è proprio così. Alfonso non l'ho mai visto e non so niente di lui, escluso quel poco che mi ha detto la zia; ma lei, la zia, non è una baldracca, è una povera disgraziata che si è attaccata a chi le ha rivolto uno sguardo e una parola gentile, è come un cane sperso che si affeziona a chi l'ha tolto da in mezzo alla strada e si contenta di una cuccia, di un tozzo di pane e una ciotola d'acqua.

Della prima e della seconda tedesca di mio padre

non voglio sapere niente, preferisco non conoscerne neppure la faccia, e in quanto a lui, non so, secondo nonna Assunta dovrei odiarlo e rinnegarlo. Ma quelle poche volte che è venuto al paese a trovarmi, aveva l'aria di chi si sente in colpa e in imbarazzo, non sapeva dove tenere le mani, voleva abbracciarmi ma si fermava a metà, faceva fatica a guardarmi in faccia. Non posso dire di volergli bene, più che altro mi fa pena, una pena che non fa male però, come quando si legge sul giornale o si sente alla tele la notizia di uno sconosciuto che ha avuto una disgrazia. Una pena lontana, che si dimentica subito, che non tocca davvero.

Tore si informò dell'orario di Nicola e andò all'albergo sulla marina per parlargli.

«Cerco Nicola Schettino» disse al portiere.

«Chi devo dire?»

«Salvatore Palumbo.»

Il portiere sollevò la cornetta del telefono e riferì.

«Dice che mo viene. Può aspettarlo nel lounge.»

«Nel che?»

«Nel salotto.»

«No grazie, preferisco fuori.»

Nicola comparve dopo pochi minuti, i capelli bagnati di doccia, l'aria stropicciata, senza il suo solito sguardo malandrino. Sospirando si mise di fronte a Tore che lo aspettava appoggiato a un muretto e che fece fatica a incominciare, improvvisamente spiazzato.

«Te lo ricordi ancora che tieni una moglie e una figlia?» chiese con voce dura.

«Me lo ricordo sì, dalla mente non mi scappa mai.»

«Non ti scappa ma a casa non ci torni, Carmelina la fai morire a morte lenta, Imma quasi non ti conosce, noi ci svergogni al tuo paese e al nostro. Ma dove tieni la coscienza, che uomo sei?»

«Io a Melina voglio bene e mi fa un sacco di pena. Però...»

«Però?»

«Non puoi capire, Tore. Tu sei fatto di un'altra pasta, tu ragioni con la testa e fai quello che è giusto, io non ci riesco. Io non ero uomo da matrimonio e lei lo sapeva. Però allora il mio dovere l'ho fatto.»

«E ti credo! L'avevi presa e subito ingravidata, senza stare a pensarci.»

«No, io ci pensavo a stare attento, ma...»

«Ma?»

«Lasciamo perdere, che indietro non si torna.»

«E mo, che intenzioni hai?»

«Tore, io le intenzioni ce l'avrei buone, ma come vedo la tedesca non ragiono più. O, se preferisci, ragiono col cazzo, perché quella mi tiene alla catena, come mi teneva Melina che senza averla addosso non ci vivevo. Lo so che non capisci. Tu a Graziella vuoi un bene ragionato, un bene col cuore e con la testa, io di tua sorella c'avevo fame, non mi bastava mai, me la sentivo tra le mani e tra le gambe mentre guidavo, mentre parlavo coi clienti, mentre li aspettavo. Una febbre, una malattia. Poi è passata. Passerà anche con Helga, lo so, ma adesso è peggio della terzana, perché in mezzo non ci sta un giorno di riposo.»

«E Melina che deve fare, secondo te? Aspettare che passi, far finta di niente?»

«Tore, non lo so che deve fare, ma qualunque cosa faccia, io l'accetto. La separazione, il divorzio, quello che vuole. Lei ha ragione e io torto, ma se mi chiede di rinunciare a Helga non lo posso fare. Potrei promettere e giurare di sì, ma poi sarebbe no.»

«Nicola, parli come un guaglione di sedici anni, che guarda solo all'oggi e non sa figurarsi il futuro da uomo, parli come uno che degli impegni se ne fotte, che la responsabilità non la sente...»

«Parlo come un animale, vuoi dire.»

«Sì, come un animale, e anche peggio, che certi animali alla compagna e ai figli ci stanno accanto, almeno finché non sono grandi.»

«Non ci posso fare niente. Ma Melina è giovane, è bella e se vuole ne trova dieci meglio di me.»

Tornando a casa, Tore pensò che sua madre aveva ragione, una mazzolata ci sarebbe stata bene. Forse con le ossa rotte la febbre di Nicola si sarebbe smorzata. Ma lui, Tore, non era uomo capace di mazzolare o far mazzolare.

Fu un fidanzamento breve, quello tra Ubaldo e Rosaria. Chiacchierato da tutti e osteggiato con ferocia da Matilde.

«Imparentarci con una famiglia di zappaterra! Con dei cafoni che tengono le unghie listate a lutto, che fanno il bagno a Pasqua e a Natale, che puzzano di latrina e di sudore. Se fosse viva nostra madre...»

«Magari fosse viva! Sarebbe riuscita a sbolognarti a qualcuno, magari a un suo parente vedovo, con dentiera e parrucca, e non ti avrei più sulle croste!»

«Per tua conoscenza, sappi che di mariti, se mi va, ne trovo fin che voglio.»

«E dove? Sulla Luna, su Marte? che qui non ne ho visti a far la coda.»

«Giacomo Barucco, Mimmo Marrone, Nando Aiello: basta che gli dia una guardata da femmina che incoraggia e vedi come corrono!»

«E tu dagliela sta guardata! Dagli anche qualcosa di più, che così si spicciano a pigliarti. Però, per tua conoscenza, sappi che Giacomo Barucco ha già fatto le pubblicazioni e si piglia un tocco di gnocca brasiliana che lévati; e quanto a Nando Aiello, se non ha cambiato gusti ieri l'altro, con le donne ci fa poco. Resta Mimmo Marrone, ma i carabinieri lo mandano a chiamare un po' troppo spesso: o è un infame, o ha un faldone di magagne da tre chili.»

Matilde cercò di svicolare.

«Il pranzo di nozze gli zappaterra lo offrono almeno? Chissà dove, poi. Sotto la tettoia di plastica di una pizzeria, magari. E io i parenti nostri non li invito, che mi vergogno troppo.»

«Guarda che chi si sposa sono io, non tu. E gli inviti, caso mai, toccherebbe a me farli. Ma comunque statti tranquilla, nessun pranzo e nessun rinfresco, ci sposiamo a Napoli solo coi testimoni.»

«Di nascosto, perché ti vergogni pure tu.»

«No, perché non vogliamo scassaballe. E dato che sto matrimonio ti sconturba, non sei invitata. Per me il testimone lo fa un mio collega, il professor Schiano, per lei il notaio Polito, che loro non si vergognano.»

«Ma tutti i parenti nostri! Dio che figura!»

«Ai parenti nostri mandiamo l'annuncio dopo.»

«Come per un funerale.»

«L'annuncio e una bella bomboniera, che li consola del pranzo mancato.»

In verità, il proposito di un matrimonio senza sfarzo e senza parenti era partito da Rosaria, cui l'aveva suggerito il notaio un pomeriggio che il caldo si tagliava col coltello della carne e lei, intanto che si sventagliava con la mano libera, gli aveva portato dei documenti da firmare.

«Come sulla bocca del Vesuvio, eh Rosaria?»

«Qui da voi no, che la macchina dell'aria condizionata dà refrigerio, ma di là sì.»

«E tu siediti qua, goditi il refrigerio, che intanto parliamo un poco.»

«Grazie, signor notaio.»

«Allora, dove lo fate, sto matrimonio? Alla parrocchia grande, alla cappella della Madonna del Soccorso, alla chiesetta di Santa Restituta? E dove il rinfresco?»

«Non lo sappiamo ancora. Sa, i suoi parenti e i miei non s'azzeccano tanto. In chiesa ancora ancora, ma dopo...»

«E voi fottetevene dei parenti, con licenza parlando.»

«Ma come si fa?»

«Si fa, si fa. Vi sposate a Napoli, e il pranzo ve lo

mangiate solo con i testimoni. Quattro persone in tutto, una roba piccola.»

«Si offenderanno, ci sparleranno dietro...»

«Che importa? Le chiacchiere non fanno farina. E tu ti risparmi un bel po' di soldi. Te li tieni da parte, che non si sa mai. Ma dimmi una cosa: dopo fai la signora o continui a lavorare?»

«Continuo, signor notaio, continuo.»

«Brava ragazza. Così non mangi fiele dal mattino alla sera.»

«Per via... per via della signorina Matilde?»

«Eh sì, quella fiele e rospi ti farà inghiottire, se non l'incantoni al posto suo.»

«A quello ci deve pensare Ubaldo.»

«No, ci devi pensare tu a non farla allargare. Anzi, sai che ti dico? che la meglio cosa è se vi prendete un quartierino da soli e lei la lasciate a far la marchesina in villa.»

«Lui non vuole, dice che la villa è grande, che di spazio ce n'è tanto, che non ci pestiamo i piedi.»

«Be', tocca a voi decidere. Io però il consiglio te l'ho dato. Ancora una cosa: chi fa da testimone a te? uno dei tuoi fratelli?»

«No, per carità.»

«Chi allora?»

«Non lo so. I miei parenti sono tutti dei tarri, di amiche vere non ne ho...»

«Se vuoi, ci sono io.»

«Oh sì, sarebbe un onore grande, signor notaio.»

«Affare fatto. Sei una brava guagliona, Rosaria, e io lo faccio volentieri.»

Anna si è innamorata di Peter.

Innamorata per bisogno, secondo me, e per vicinanza. Per bisogno, perché a stare sempre chiusi e nascosti si ha voglia di un'emozione nuova, che però sia vera, non copiata dai programmi della tele o suggerita dai parenti cretini. Chi è il tuo fidanzatino? chiedevano le mamme e le sorelle grandi alle mie compagne delle elementari. Io alle elementari non mi sono innamorata di nessuno. C'avevo troppi guai, per giocare a un gioco così stupido, e tolto Gennarino nessuno mi filava.

Adesso invece mi piacerebbe scoprire come si sta da innamorati. Adesso sarebbe bello che un ragazzo mi prendesse la mano, mi facesse qualche carezza, mi baciasse sulla bocca. Un ragazzo un po' più grande di me, e che fosse gentile, che avesse voglia di parlare e ascoltare, uno che chiedesse i permessi e non facesse il padrone come se io fossi una cosa sua. Io non sono di nessuno, oppure posso esserlo, ma solo se lo decido io, di mia spontanea volontà. Moreno era troppo piccolo per saperlo, ed Enzino troppo carogna bastardo e schifoso per immaginarlo.

Anna si è innamorata per bisogno anche perché, nella casa-prigione, tra le tensioni e i litigi e le incomprensioni degli occupanti, lei cercava una specie di sollievo, di consolazione tutta per sé. Aveva i libri, come me adesso, che le tenevano su il morale, ma le mancava l'aria, cioè qualche boccata di libertà, e Peter è diventato la sua via di fuga dall'oppressione. Ma secondo me, ci ha messo dell'impegno per innamorarsi di lui, si è data una spinta, mentre io credo che sia più bello quando capita per forza propria.

Innamorata per vicinanza. C'era solo lui, non poteva scegliere e se l'è ritoccato a suo piacimento, senza neppure accorgersene, oppure accorgendosene poco poco, soltanto in superficie. Credo che sia così, perché nelle parole di Anna io ci sento delle incertezze, delle perplessità che non vuol confessare né a se stessa né a Kitty, cioè al suo diario. Insomma, Peter era quel che c'era, e lei non aveva scelta.

E io, io avrò possibilità di scegliere, cioè di diventare grande in un modo normale? oppure mi capiterà che uno di loro mi fa secca in due secondi, o peggio ancora dopo avermi...

Basta, non ci voglio pensare; adesso accendo la radio e sento musica e parole.

Assunta si impose e accompagnò la recalcitrante Melina dall'anziano dottor De Lucia.

«Dottore, sta figlietta mia deperisce, mangia poco, dorme ancora meno e, insomma, si consuma.»

Il dottore visitò Melina per puro scrupolo, ma una specie di diagnosi l'aveva già formulata, perché le notizie circolavano, e sebbene rifuggisse i pettegolezzi, non era duro d'orecchi. Pressione, pulsazioni. Respira forte. Ti fa male qui se premo? No. E qui? Neppure. Apri la bocca, tira fuori la lingua eccetera.

Alla fine sospirò indulgente:

«Tu nel corpo non hai malattia, ma nel cuore sì, o se preferisci nella mente ne tieni una brutta e bisogna farla passare.»

Melina lo fissava con gli occhi di carbone, la faccia bianca come quella della statua di Santa Restituta.

«Non mi dici niente?»

«Che vi devo dire, dottore? La malattia del cuore non ha medicine.»

«Invece sì.»

«Quali?»

«La volontà e il tempo.»

«Ih, dotto'!»

«Niente ih, Melina. Il guaio grosso è che tu non vuoi guarire, che al tuo male ci sei attaccata come una mignatta, credi che l'hai provato solo tu e che durerà per sempre. Per questo te lo scaldi in petto come fosse un passerotto bagnato mentre invece è una serpe coi denti del veleno. Ma vedo che a quello che ti dico non ci credi per niente.»

«No dottore, io vi porto rispetto, ma a staccare la mignatta dal cuore non so come si fa.»

«Prima di tutto si pensa che è una mignatta o se preferisci una spina, che se la lasci dove sta fa venire il pus e l'infezione. Fino a quando il dolore te lo coccoli, sta' sicura che non passa. Ma perdio, sei giovane, sei bella da far sciogliere le pietre come burro: guardati intorno, prenditene un altro di uomo e quello mandalo a farsi fottere.»

Il dottore s'era accalorato e a Melina venne un sorriso stento.

«Quante ore dormi per notte?»

«Quattro, anche meno.»

«Camomilla, passiflora, biancospino, tiglio?»

«Come un bicchiere d'acqua fresca.»

«Allora ti prescrivo delle gocce. Otto, non di più, alla sera quando ti metti a letto. E la mattina, prima della tazzulella 'e cafè, un tuorlo d'uovo sbattuto con zucchero e marsala, come una volta. Voglio rivederti tra quindici giorni con un po' di colore sulla faccia.»

Melina non tornò dal dottore. Assunta si sbracciò e spolmonò, ma la figlia non gliela diede vinta. In compenso, aumentò il numero delle gocce e riuscì a dormire sei o anche sette ore per notte. La mignatta, però, continuava a succhiarle il sangue.

Zia Rosaria arriva a casa più tardi del solito e scarica dall'ascensore una grossa stufa elettrica.

«Gli hanno messo il riscaldamento a metano, nel piedaterra, e questa non gli serve più» spiega.

«E a noi ci serve?» chiedo.

«No, però il piedaterra è piccolo e troppo ingombrato.»

«Dove la metti?»

«Pensavo nello sgabuzzino, ma con la brandina aperta non ci sta.»

«Allora?»

«Allora la porto in cantina e già che ci sono metto un po' d'ordine.»

«Se vuoi ti aiuto.»

«No, te non ti deve vedere nessuno.»

Alzo le spalle. Mettere in ordine la cantina della zia scaduta non è un gran diversivo ma vuole pur sempre dire uscire dalla reclusione, e ho l'impressione che zia Rosaria, dal canto suo, pensi che ci sono modi migliori di passare le ore della domenica pomeriggio. Anche se, per la verità, di quei modi non sa trovarne neppure uno.

«Magari dopo pranzo» dice dopo un po', «quando tutti fanno la pennica. Ti metti un giubbotto mio, ti tiri su il cappuccio, che tanto in cantina c'è freddo...»

«Come vuoi.»

Prima di scendere in cantina, la zia si chiude in camera, prende il vecchio giubbotto dall'armadio.

«Tieni, mettiti questo, e il cappuccio quasi sugli occhi, mi raccomando.»

Precauzione inutile, perché non incontriamo nessuno.

Il corridoio delle cantine è lunghissimo, fiocamente illuminato e al fondo svolta a destra.

«Dove finisce?» chiedo.

«Il corridoio? Finisce lontano, perché qui da basso ci stanno anche le cantine delle due case oltre l'angolo.»

«Come mai?»

«E che ne so? Forse una volta il padrone era uno solo e le case le aveva fatte costruire tutte insieme. Oppure è un fatto di economia. Le tiri giù tu le ragnatele? A me mi vanno nei capelli.»

Lavoriamo per un'ora abbondante. Alla fine la cantina, proporzioni a parte, è come quella degli gnomi di un libro che mi aveva regalato zia Graziella.

Melina sembrava star meglio, il dolore si era un po' addomesticato. La notte sprofondava in un sonno denso senza sogni, al mattino si sentiva addosso un torpore che la rendeva lenta ma che impediva alla mignatta di succhiare troppo sangue. Le ore più dure erano quelle del tardo pomeriggio, al ritorno dal vivaio, quando sola in casa con Imma il cuore riprendeva a dolorare. A volte, se ricordi e rimpianti e gelosia e rabbia e desiderio e sconforto le facevano in petto un groppo troppo violento, se la sua vita le sembrava la traversata senza fine di un deserto di pietraie, se neppure Imma, con il suo chiacchiericcio e la sua tenerezza infantile, le apportava un po' di consolazione, ecco, in quei momenti lì si sedeva affranta su una sedia, con i gomiti appoggiati al tavolo di cucina e la testa tra le mani.

«Cos'hai, ma'?»

«Niente, tesoro, adesso passa.»

«Allora hai un poco di male.»

«Sì, poco poco, tu gioca.»

Ma Imma non riprendeva a giocare, la guardava inquieta e interrogativa e lei era costretta ad alzarsi, ad andare in bagno e a chiedere sollievo alle gocce.

Assunta veniva quasi tutti i giorni a trovarla, portava teglie di pasta al forno, di caponate, di coccio all'acqua pazza, e ogni volta insisteva perché tornasse a vivere con loro, almeno finché il magone, il panteco del cuore, non si fosse acquietato.

«No, ma'. Questa è casa mia, e io qua resto.»

«Resti perché speri che torni.»

«No. Resto perché la soddisfazione di vedere lo scuorno mio non gliela voglio dare a nessuno.»

«Meli', come sei messa tu lo sanno pure le lucertole sotto i sassi! Vieni a farti un po' di sangue buono da noi, che si sta in compagnia, che c'è papà, c'è Tore, e Graziella e la guagliona che viene su una meraviglia! Tu una famiglia che ti vuole bene la tieni, e l'infame e la sua zoccola vadano pure a morire ammazzati.»

Ma Assunta dovette capitolare, come spesso era accaduto, davanti alla cocciutaggine della figlia. E non servirono a nulla neppure gli svariati tentativi degli altri membri della famiglia, a cui Melina oppose una resistenza opaca ma inflessibile. Il dottor De Lucia andò a cercarla due volte, ma come lei sentì l'ansimante maggiolino svoltare dal vicolo chiuse l'imposta della finestra, prese in braccio Imma zittendola con l'indice sulle labbra e finse di non essere in casa.

Sono le cinque del pomeriggio. C'era una minaccia di pioggia nell'aria, ma le folate di maestrale l'hanno allontanata e il cielo è tornato sgombro.

Melina ha quietato il panteco del cuore con le gocce e ora che è sereno riempie la lavatrice di biancheria, ma di detersivo non ne trova neppure una scaglia.

«Vieni Imma, gioia di mamma tua, che usciamo.»

«Ci portiamo anche Toto, però.»

«Sicuro.»

Escono. Toto, come sempre, si slancia fuori e traversa al galoppo per andare a mettere la sua marca su quelle di Black, il cane dei dirimpettai.

Melina chiude la porta, si avvia a traversare, Imma a un passo dietro di lei.

Il fuoristrada sgomma affrontando la curva del vicolo, arriva sparato sbandando.

Melina è troppo lenta a scansarsi, i riflessi annebbiati dalle gocce.

Viene urtata, poi sollevata sul cofano contro il parabrezza, poi ributtata a terra quasi venti metri più in là.

Una sagoma umana disarticolata in una posa assurda sull'asfalto pieno di buche.

Imma cade seduta a terra, un rivolo caldo tra le gambe, e grida Mamma!

Toto accorre si accuccia guaisce e ulula accanto a Melina.

Dalla macchina scendono due guappi di don Raffaele, o di Ciro, con le mani in tasca.

La strada si affolla di gente.

Mamma! mi ricordo di aver gridato, poi per tanto tempo le parole non mi uscirono più. Concetta e sua figlia Michela mi si misero davanti perché non guardassi, ma io avevo già visto tutto. Anche il sangue. Tra i serpenti neri dei capelli di mamma ne era comparso uno rosso che si srotolava piano piano.

Mi portarono in casa di Concetta, mi diedero un bicchier d'acqua, mi dissero Bevi bevi piccerella, ma io non avevo sete, avevo il fastidio delle mutande bagnate e la paura che qualcuno si rubasse Toto. Mamma? Mamma sapevo che non la rubava nessuno, ma che era stata rubata per sempre.

Fuori c'era un vociare come quando passa la processione, poi sentii le sirene e dopo ancora arrivò un carabiniere a chiedere È questa la guagliona? Sì, rispose Michela, e la meschinetta ha visto tutto. Parlavano già davanti a me come davanti a una muta, e infatti lo ero, ma loro non lo sapevano ancora. Che parenti tiene la bambina? chiese subito il carabiniere e Michela rispose che aveva già telefonato alla concessionaria dove lavoravano gli zii. E il padre? continuò lui. Ih, il padre, sapesse... Bisogna avvertire il padre, insisteva. Il padre è un maluomo che di moglie e figlia se ne fotte...

Bevvi adagio adagio il bicchiere d'acqua e poi mi

misi a piangere piano perché mi sentivo spersa e provavo dentro di me una cosa nuova che era l'infelicità.

Arrivarono Graziella e Tore e subito dopo la nonna.

«Dov'è, dov'è?» chiedeva gridando.

«L'ha portata via l'ambulanza» rispondeva qualcuno.

«Ma è... è viva?»

«Sì sì, mo all'ospedale le fanno subito le cure.»

Invece credo che tutti sapessero che per mamma non c'era più molto da fare.

Nonna e Tore andarono all'ospedale, da me restò Graziella, che mi prese in braccio e quando si accorse che ero bagnata mi tolse le mutandine, mi sciacquò e asciugò poi cominciò a carezzarmi dolce dolce:

«Mamma torna, vedrai. Torna presto. Non piangere, boccuccia di rosa, non piangere più.»

Invece io continuai a piangere e a singhiozzare piano, poi mi venne sonno e mi addormentai in braccio alla zia.

Al matrimonio di Rosaria e Ubaldo, Matilde volle esserci.

«Eh no, caro mio, non puoi abolirmi da parente!» aveva detto al fratello, con una voce che sembrava rompersi come un filo d'acciaio troppo teso. «Cosa direbbe la gente se sapesse che tua sorella non l'hai voluta invitare? Oppure è lei, la zappaterra, che non mi vuole? Che si crede superiore e tira già su la cresta?»

«Prima di tutto Rosaria fa la segretaria del notaio, e poi l'idea del matrimonio intimo è venuta a me, non a lei.»

«Figurarsi! Figlia e sorella di zappaterra, cameriera, impiegata e alla fine imparentata con noi. Una bella carriera, tutta in salire! E in quanto al matrimonio stuppagliuso, di' piuttosto che a lei non pare vero e sull'argomento ci ha soffiato sopra da gatta, così non scuce neppure una lira ed entra in casa nostra nuda e cruda. A proposito, il corredo gliel'hai chiesto se ce l'ha?»

«Il corredo? Ma che ti frega? C'abbiamo casse piene di lenzuola e asciugamani e coperte con pizzi e senza pizzi che bastano per tre vite.»

«Ah no! Il corredo di mamma è roba mia e me la tengo.»

«Chi l'ha detto, dove sta scritto? Nel testamento mamma non ne parla, papà è morto tra le braccia di una zoccola e il testamento non l'ha fatto, quindi si divide pari pari.»

«Il corredo spetta alla figlia femmina.»

«Per farne che? per lasciarlo chiuso nelle cassepanche?»

«Per farne quello che voglio io.»

«E allora tientelo, facci fare la muffa sopra come alla tua patana, facci fare le ragnatele, che tanto te nessuno t'arrepassa!»

In quanto al corredo, Rosaria, che non voleva passare da pitocca, un sabato pomeriggio andò a Napoli e in un grande magazzino comprò tre paia di lenzuola e federe, una coperta, sei asciugamani da bagno e una dozzina di canovacci da cucina. Quando Matilde vide quell'approvvigionamento scarso e proletario, di cotone a buon mercato, senza frange e merletti, senza ricami e nastrini entre-deux, chiamò in disparte il fratello e gli fece acidamente notare che la zappaterra non doveva aver l'abitudine di lavarsi il culo. Una volta tanto aveva ragione, dato che a casa di Rosaria il bidè non era mai esistito.

Sull'anello di fidanzamento, fratello e sorella si presero quasi per gli stracci. Stavolta sul testamento della marchesa c'era un'indicazione precisa: tutti i gioielli, a eccezione di un anello, due orecchini e una collana, spettavano a Matilde. Orecchini e collana erano specificati, ma riguardo all'anello stava scritto che, siccome era destinato alla futura nuora, la scelta spettava a Ubaldo.

Questo no, quest'altro no, questo era della bisnonna, questo nelle dita di Rosaria era un insulto alla memoria della mamma, a quest'altro ancora lei, Matilde, era troppo affezionata...

«Porcaputtana!» arrivò a imprecare Ubaldo e spintonando la sorella arraffò non casualmente il più bello, un brillante montato con quattro smeraldi a fargli corona.

Comunque, nonostante l'astio e le litigate, Matilde al matrimonio non mancò e si invitò pure al pranzo di nozze, in un ristorante sulla passeggiata Cristoforo

Colombo. Fece la signora di gran mondo, elogiando il cibo e il vestito della sposa, elargendo sorrisi e carinerie, ma masticando fiele nel vedere l'anello di brillante e smeraldi al dito di Rosaria e soprattutto chiedendosi inviperita da dove spuntasse la bella spilla d'oro e smalto che aveva sul bavero della giacca.

Era il regalo di nozze del notaio a Rosaria, ma nessuno gliel'aveva detto.

Avvisato dai carabinieri, Nicola mollò prima possibile la comitiva di turisti e la sua Helga e si precipitò all'ospedale.

Melina era appena morta. Accanto al letto c'erano Assunta Saverio e Salvatore, sconvolti e in lacrime. Anche lui aveva il cuore in tumulto, sia per la pena, sia per il terrore dell'incontro, che di sicuro la suocera gli si sarebbe avventata contro, gli avrebbe urlato in faccia le peggiori infamie, si sarebbe sfogata coi gesti e le parole.

Invece niente. Nessuno dei tre gli rivolse la parola, come non fosse parente, come non esistesse: continuarono a piangere in silenzio e a fissare Melina finché gli inservienti non la portarono via. Soltanto allora, passandogli accanto per uscire dalla stanza, Assunta gli parlò a voce bassa, ma tagliente più della lama di un rasoio, in cui il disprezzo e il rancore erano un blocco di cemento:

«L'hai ammazzata tu. Ricordatelo. E Imma non ti è più figlia, perché non la meriti.»

Nicola non rispose, diviso tra sentimenti opposti che gli scalciavano nello stomaco: lo sconcerto e l'afflizione per la morte della moglie, la consapevolezza di esserne in parte responsabile, il sollievo per la scenata che aveva scampato, la soluzione del cruccio relativo alla sistemazione della figlia.

Sì, come marito e padre aveva delle grosse colpe, ma da quel che gli avevano riferito Melina non si era buttata sotto la macchina, aveva attraversato la strada da sbadata e il fuoristrada andava troppo forte. Quindi la colpa vera era di quel malavitoso dell'autista, che un incidente simile l'aveva già provocato, anche se non c'era scappato il morto ma quasi, che a uno così la patente gliela dovevano togliere per sempre, ma c'era da giurare che se era uomo di don Raffaele o di Ciro non si faceva neppure mezz'ora di camera di sicurezza e chissà dov'era adesso, magari già a casa sua o in giro per i suoi porci affari, quel bastardo figlio di puttana. E in quanto alla piccerella, come avrebbe potuto badarci lui?, col suo lavoro sul pullman, oggi qui domani in Calabria, poi in Sicilia, senza orari precisi, sempre al servizio dei turisti, e i suoi vecchi erano troppo malandati, il padre ciucco quasi sempre e con la ciucca cattiva: no, da loro non era ambiente per crescerci Imma. I suoi di lei invece, anche se l'avevano sempre guardato con gli occhi storti o peggio, alla creatura volevano bene e lui le avrebbe passato un mensile, come aveva sempre fatto con Melina buonanima, solo che adesso c'era da fare il funerale e in banca aveva sì e no i soldi per una corona di fiori...

Uscì dall'ospedale e al bar di fronte si fece servire un doppio whisky. Gli spettava un permesso di due giorni, peccato che Helga sarebbe partita per la Calabria con la comitiva e un autista di riserva.

Quando mi svegliai adagio adagio mi trovai a letto, ma non era quello di mamma e me. Poi capii che stavo nel lettone dei nonni, a casa loro, e dalla cucina arrivavano delle voci basse come sotto una coperta con dei buchetti di silenzio.

Provai a chiamare nonna Assunta, ma la voce non mi uscì. Stava lì, la voce, al principio della gola, ma c'era la porta chiusa che le impediva di uscire, che le diceva Alt, da qui non si passa. Allora scesi dal letto e andai di là. C'era un muntone di gente, come quando una guagliona deve andare alla prima comunione e i vicini vengono a vedere com'è il vestito bianco, se lungo o corto, coi pizzi e le balze, o semplice semplice da orfanella o da creata. Non c'era nessuna guagliona, ma tutti si voltarono come se il vestito bianco ce l'avessi io e allora mi ricordai di mamma e mi misi a piangere. La nonna mi prese in braccio, ma aveva una faccia strana, come se i pezzi si fossero rotti e qualcuno li avesse aggiustati con la colla, ma senza metterli bene a posto. Il muntone a poco a poco se ne andò, ma sembrava che a tutti dispiacesse di tornare a casa senza niente, senza aver mangiato una sfogliatella e bevuto un bicchiere di vino dolce.

«Bella di nonna, Cerasella mia, non piangere più. Non tieni un poco di fame?»

Dissi di no con la testa.

«Ma sì che la tieni. Ti va un poco di budino al cioccolato, o preferisci un piattino con la mozzarella e le olive?»

Scossi di nuovo la testa, anche se il budino al cioccolato di nonna Assunta mi piaceva assai. Solo che era difficile dirlo solo con la testa.

Poi, dalla porta della cucina che era rimasta aperta, entrò Toto e io mi liberai dalla stretta della nonna e scesi ad abbracciarlo. Tutti e due seduti a terra, a parlarci a modo nostro e lui mi diceva che era disperato e io anche.

Che non parlavo più, se ne accorse Tore il giorno dopo.

«Ma'» disse, «a Imma non le esce una parola.»

«È ancora spaventata» rispose lei, «non bisogna forzarla. Svagarla piuttosto. Di' a Graziella se la porta alla marina con Angela, a raccogliere i sassi colorati che le piacciono tanto.»

Passarono un po' di giorni, tre quattro cinque. A turno mi dicevano Amore parla, Tesoro parla, Stella del paradiso dicci qualcosa, ma io restavo muta.

Al funerale non mi fecero andare. Solo anni dopo seppi che la nonna aveva buttato a terra la corona di fiori con la scritta TUO MARITO sul nastro viola, ma Tore l'aveva rimessa al suo posto, sul carro che portava mamma al camposanto.

Fiele e rospi aveva profetizzato il notaio, e fiele e rospi furono.

Gli sposi avevano deciso di andare in viaggio di nozze a Parigi:

«A Parigi addirittura?» aveva chiesto Matilde.

«Sicuro, a Parigi. Qualcosa in contrario?»

«Per carità. Sei tu che la sposi. Ma bastava Roma, o Palermo, che la zappaterra più in là di Napoli non c'è mai stata.»

«Se sento ancora la parola zappaterra, giuro che ti faccio mangiare i denti.»

«Ih, che paura che mi fai! Impiegata da nu notaio, te piace 'e cchiù?»

«Si chiama Rosaria. Ro-sa-ria. Troppo difficile? Ti si impastrocchia la lingua a dire sto nome? E ricordati che siccome sarà la sposa mia, tu le devi portare rispetto, se no...»

«Se no, cosa?»

«Se no te ne vai.»

«Ah no, mio caro. La villa è proprietà indivisa e io ci resto fin che mi pare.»

«Allora ce ne andiamo noi. Tu mi paghi la mia parte e poi ci marcisci dentro tutta sola.»

Ma erano minacce al vento, perché tutti e due, per ragioni diverse, a quella casa ci tenevano troppo. Perché era una villa "da marchesi", perché nel garage c'erano due auto d'epoca belle come sculture, perché era ciò cui stava legato il loro residuo prestigio.

Rosaria non era innamorata di Ubaldo, ma durante il fidanzamento si era sforzata per convincersi del contrario. Non è un brutto uomo, è gentile, educato: cosa voglio di più? Mi porta a vivere in una bella casa, tutto il contrario di dove vivo ora, che nel bagno c'è una tinozza invece della vasca, e chiamarlo bagno è passarlo di grado, perché è un cesso, con il boiler sopra la tinozza che si svuota nel water con la gomma, e sì che metterci una vera vasca non era la fine del mondo, ma i maschi della famiglia hanno sempre detto no, pecché 'a vasca da bagno è nu capriccio, na mania da femmine, anzi da zoccole. La sorella? La sorella di Ubaldo è una zitella più acida di un limone d'inverno, ma io cercherò di zuccherarla con la pazienza, che quella non mi è mai mancata, se no a quest'ora non sarei qui, ma sottoterra, dopo essermi impiccata al ramo di un noce.

Il viaggio di nozze fu emozionante come una convalescenza. Bella Parigi, e grande, e piena di vita: sembrava il risveglio dopo una lunga malattia, il recupero lento delle forze e della fiducia, ma poi ogni giorno finiva con la sera e la notte, e rientrando in albergo lei avvertiva una specie di sfinimento, non dovuto alla stanchezza, ai tanti passi fatti nei luoghi canonici del turismo, ma a qualcos'altro che si rifiutava di decifrare e di accettare. Qualcos'altro che la faceva dubitare del buon esito della malattia.

Al ritorno, Matilde li aspettava con addosso un'ansia contraddittoria. Non le piaceva stare da sola nella casa troppo grande, e in fondo il rapporto conflittuale col fratello le mancava. Ma tra loro due adesso ci sarebbe stata l'intrusa, la zappaterra come continuava a chiamarla tra sé, che avrebbe accampato diritti e preteso di imporre le sue regole. Eh no, si diceva, io sto qua da sempre e qua le cose si fanno a modo mio, non scomodo certo le mie abitudini per renderle la vita facile, lei ha voluto fare il passo più lungo della gamba e ora si tenga i crampi e i dolori muscolari. Che poi, non è manco una gran bellezza, e cosa Ubaldo ci abbia trovato è un mistero, a meno che non sia una di quelle zoccole che a letto fanno e si lasciano fare di tutto, una zoccola mascherata, e non mi stupirei se il notaio Polito l'avesse assunta proprio per quello, per farsi fare i servizietti sotto la scrivania. Che bastava vedere al pranzo come se la covava con gli occhi, chillu pullasto 'mpalato, comme stava chino 'e superbia pecché era 'o testimone, manco lei fosse la regina Taitù.

Mi portarono dal dottor De Lucia.

«Non ci posso fare niente» disse lui.

«E chi allora?»

«Mah... La Madonna di Pompei se ci credete, oppure, chissà, uno di quegli specialisti, un neurologo infantile, uno psicologo, oppure un logopedista...»

«Ci date poche speranze, dotto'!»

«Sta piccerella ha subito uno sconturbo forte e nel fisico non c'ha niente: il guaio non sta lì, sta nell'anima e di dottori veri dell'anima non ce ne stanno ancora.»

«Ma passare, così com'è venuto, passare da solo non è possibile?»

«Sì che è possibile. Ma bisogna non starle addosso, non forzarla, non dirle tutti i momenti Parla, parla! Lasciarla quieta, invece, e cercare di capire quello che vuol dire, è l'unica medicina.»

I nonni erano sconsolati e scuotevano la testa. Quando aprirono il portafoglio per pagare il disturbo, lui disse di no, che non era proprio il caso, e dopo un paio di settimane venne a trovarci al paese. A me portò un cane piccolo di pezza, nu cacciutiello, che piaceva tanto anche a Toto, che lo credeva un cucciolo suo e appena poteva se lo portava in giro per casa prendendolo con la bocca. Quando lo vedevo che faceva il canepapà a me veniva da ridere e tutti erano un po' contenti.

Però il nonno cominciò pian piano ad ammalorarsi, così mi disse tanto tempo dopo la nonna. Era diventato malinconico e non aveva più voglia di aggiustare le cose, i ferri da stendere che si erano strappati, la gamba di una sedia che cedeva, e neppure badava più all'orto e l'insalata montava, i pomodori si pigliavano i pidocchi, le melanzane crescevano stitiche e rugose come la faccia della vecchia Carulina. Invece se ne usciva di casa e andava in treno, che con la tessera della pensione ci poteva salire gratis e certe sere tornava a casa che era notte e la nonna andava su e giù per la cucina ad aspettarlo.

«Save'» diceva la nonna, «devi reagire, non mi devi mancare pure tu.»

«Hai ragione, hai ragione, ma è più forte di me. Ce l'ho sempre davanti agli occhi, con la faccia bianca...»

«Sta' zitto, che c'è la piccerella. Piuttosto, portala un po' a fare dei giri su sti treni, falle vedere Napoli Sorrento Amalfi Caserta, che ai bambini il treno piace assai, si divertono a guardare fuori, a fare ciao, a vedere le stazioni...»

E infatti il nonno per mesi mi portò con sé nei suoi viaggi. Certe volte prendevamo da casa i panini o le fette di focaccia e la Coca-Cola, certe altre compravamo nei vicoli la pizza rossa o i bomboloni i babà o le sfogliatelle, poi ci sedevamo sui gradini di una chiesa o sulle panchine di un giardino come i turisti veri. Per la strada il nonno mi teneva stretta stretta per mano e non mi lasciava allontanare di un passo.

Quei viaggi mi piacevano molto. C'erano così tante cose nuove da vedere che mi dimenticavo un po' di mamma e del fatto che non sarebbe tornata mai. Poi cominciò la scuola e sui treni non ci andai più.

Alla fine della prima elementare mi promossero perché ero disabile, cioè essendo muta non leggevo, non ripetevo le tabelline, non cantavo le canzoni insieme con gli altri, e i disabili alle elementari non si possono bocciare, perché hanno già l'handicap, dicevano le maestre, e con loro bisogna avere pazienza, anche se restano ciucci.

Io però ero la meno ciuccia di tutti, ma le maestre non se ne convincevano. Scrivere, scrivevo; e facevo le addizioni sul quaderno di aritmetica, tre ciliegie più quattro ciliegie qual è il risultato? Il risultato è sette, scrivevo, e prima degli altri. E nei dettati di errori ne facevo pochi, avevo imparato la differenza tra c'è e ce n'è, ma restavo disabile e, salvo qualche carezza distratta, per le maestre era come se non ci fossi. Forse perché io ero l'unica che non faceva casino e loro avevano già un gran daffare con le urla e le liti di tutti gli altri.

Poi, un giorno, quando facevo la seconda, mentre sgranavo le fave nell'orto per mangiarle a cena col pecorino, mi venne in mente all'improvviso la canzone di mamma, con le parole e la musica. Le parole erano uscite fuori dalla gola come se la porta si fosse spalancata da sola, senza nessuno a spintonarla, e allora me le cantai a bassa voce, poi sono andata in cucina davanti a nonna e lo guardai. Ciao Cerasella, disse lei e io:

Nella città di Mantova
c'è una ragazza bella
e il re che l'ha veduta
la volle rivedere...

La nonna si mise a ridere e a piangere nello stesso tempo, si chinò a terra, mi abbracciò stretta e mi baciò mille volte.

Chissà com'è essere innamorati per davvero. Io avevo appena cominciato, giù al paese, poi è successo quel che è successo e mi è passato. Forse anch'io, come

Anna, ci avevo messo della buona volontà, perché ero curiosa di provare come ci si sente dentro.

Lui era il nipote dell'impiegata dell'ufficio postale ed era venuto ad abitare con lei da poco, perché, diceva la zia, i suoi s'erano trasferiti in Africa, il padre a lavorare nel petrolio e la madre a fargli la guardia per via delle negrette che se no se lo pigliavano loro. Lui, il figlio, cioè Giovanni, da solo a Napoli non poteva stare di sicuro, che come fa un ragazzo a studiare all'università e lavarsi, stirarsi, e fare i lavori?

Io credo che le cose fossero un po' diverse, cioè che la moglie avesse seguito il marito perché non fosse troppo spaesato in un posto così lontano, e che il figlio a Napoli sarebbe stato troppo sulle spese, mentre dalla zia il fitto era gratis. E credo anche che lui, Giovanni, sarebbe stato più contento a restarsene solo e lavarsi mutande e calzini, piuttosto che vivere con una zia capèra.

Che Adelina fosse pettegola e bugiarda lo diceva sempre nonna, perché a chi andava a riscuotere la pensione o a fare una raccomandata sibilava sempre le ultime cattiverie sui paesani, e il più delle volte si inventava pure le cose, così i nonni si erano tolti dalla posta e avevano aperto il conto alla banca, anche se era meno conveniente. Di raccomandate ne avevano poche da fare e nel caso gliele davano a Graziella che ci pensasse lei.

Comunque, Giovanni era un bel ragazzo, alto e slanciato, e lo vedevo gustarsi la granita al bar della piazza o chiacchierare, sempre al bar, con due o tre ragazzi che come lui studiavano a Napoli e allora io mi prendevo un cono gelato o un ghiacciolo e poi mi sedevo sul muretto di fronte a mangiarlo e a guardarlo. Una volta lui si è voltato dalla mia parte e mi ha sorriso e io penso di essere arrossita. Però non gli ho mai parlato, perché non c'è stata l'occasione, e forse per questo mi ero innamorata ma solo poco.

Con Occhi Verdescuro invece ho parlato. Non tanto, ma da quelle poche parole ho capito che deve essere gentile d'animo, cioè che con me non è stato gentile perché ero cliente, ma perché sono una persona e le persone non sono sassi da scansare o prendere a calci a seconda dell'umore.

Il brutto è che di lui non posso parlare con nessuno, anche se mi piacerebbe tanto farlo.

«L'hai già finito il libro di Anna Frank?» mi chiede lui.

«Quasi. Mi manca poco.»

Guardo sul banco, perché mi emoziona guardarlo in faccia. Tutta la faccia, perché oggi, che fa meno freddo, non ha la sciarpa e invece del berretto di pelo con i paraorecchie ne ha uno da baseball, con la visiera girata giusta, per fortuna, perché non mi sono mai piaciuti quelli che la portano voltata dietro, che mi sembrano tutti dei baccaloni. Una faccia proprio bella.

«Ti è piaciuto?»

«Sì.»

«Com'è che ti chiami?»

«Lucia. E tu?» sono stata pronta a rispondere, perché speravo che me lo chiedesse e mi ero preparata.

«Paolo. Ma com'è che non vai a scuola?»

«Le medie le ho finite» ho mentito.

«E non studi più?»

«Studio al serale. Faccio un corso da parrucchiera.»

«Perché al serale?»

«Di giorno guardo mia nonna che non sta bene.»

«Che cos'ha?»

«Ha... ha che è vecchia.» Questa non me l'ero preparata.

C'è stata una pausa, io continuavo a guardare i libri esposti sul banco e lui – lo sentivo – guardava me. Ho alzato gli occhi:

«Gli altri giorni dove li vendi i libri?»

«Da nessuna parte. Li vende mio zio.»

«Ah.»

«Ha avuto un brutto guaio di salute e non ce la fa a stare tutti i giorni al mercato. Io lo aiuto, così mi guadagno un po' di soldi.»

«Allora lavori solo tre giorni alla settimana.»

«No, non proprio. Faccio l'università, e in più lavoro da cameriere nei fine settimana. Alla pizzeria Da Arnaldo. Ci sei mai stata? La margherita, la quattro stagioni e il calzone sono da leccarsi i baffi.»

«Io i baffi non li ho.»

«Lo vedo, anche se sei imbacuccata da Polo Nord.»

«Patisco il freddo.»

«Vieni dal Sud?»

«Perché, si vede?»

«No, si sente dall'accento che non sei di qui.»

«Sono di... Avellino. Cioè, di un paese della provincia. Cosa studi all'università?»

«Lettere antiche.»

«Sarebbe?»

«Latino, greco eccetera.»

«E dopo?»

«Dopo cosa?»

«Quando hai finito di studiare.»

«Mi piacerebbe insegnare.»

«Deve essere bello.»

«Credo di sì. E tu farai la parrucchiera?»

«Chi lo sa. Vedremo.»

«Compri niente oggi?»

«Questo.»

«Allora ti piacciono proprio le storie di prigionia.»

«Di questo mi piace la copertina. Quanto fa?»

«Quattro euro.»

«L'altra volta solo due.»

«L'altra volta la copertina mancava.»

«Però non è giusto.»

«Cosa?»

«Due euro tutto il libro e due euro solo la copertina.»

«Sai che sei un bel tipo? D'accordo, due euro, anche se ci rimetto.»

«Non voglio che ci rimetti. Tre euro vanno bene?»

«Benissimo. Ti rivedo mercoledì?»

«Spero di sì.»

Torno a casa passando da altre strade, ma so che sono stata imprudente. Gli ho detto troppe cose, anche se sono tutte bugie. Non potevo fare altro però, non potevo dirgli che farei la terza media se non mi fosse capitata la disgrazia e tutto il resto. Non potevo dirgli il mio vero nome, e che non assisto nessuna nonna, e che mai farei la parrucchiera. Ma non sapevo quali corsi serali ci sono qui, e mi ero preparata quella risposta perché al paese di Graziella ne hanno aperto uno e ci sono andate tre, anzi quattro ragazze del mio, di paese. Io, dopo le medie, volevo continuare a studiare, fare il liceo scientifico come lo zio Antonio, ma è andato tutto in malora.

Però non avrei conosciuto Paolo. Ma non devo montarmi la testa come facevano le mie compagne. Anche se quando ho alzato gli occhi e l'ho guardato in faccia, ho sentito un brivido vero e il cuore batteva così forte che mi rimbombava nelle orecchie. Batte forte ancora adesso, meno di prima ma non ancora normale.

Paolo è un bel nome. Paolo e Imma, Imma e Paolo. Ma lui crede che mi chiami Lucia e se mi pensa mi pensa come Lucia. Però perché mai dovrebbe pensarmi? È troppo grande per me, cioè io sono troppo giovane, che i quattordici anni li compio solo tra quattro mesi, e poi lui va all'università, dove ci vanno anche tante ragazze di un'età più giusta, che sono più istruite perché hanno fatto le superiori e possono parlare con lui delle cose che studiano, il latino il greco e le altre materie.

Però mi ha guardata con interesse e mi ha parlato come se parlare con me gli piacesse, insomma non per dovere, e mi faceva pure uno sconto grosso, che però non era giusto. Se uno lavora, qualcosa deve guadagnare e nel caso suo magari deve risponderne allo zio. Chissà se si guadagna abbastanza a vendere libri usati, io penso mica tanto, perché tutte e due le volte c'ero solo io a comprarne, e ho speso in tutto soltanto cinque euro. Ma forse nell'altro mercato dove va lo zio c'è più smercio, e il sabato, come in tutti i mercati, ci andrà più gente.

Paolo lavora anche in una pizzeria. Da Arnaldo, ha detto. Mi piacerebbe tanto andarci, perché di una vera pizza ho voglia da un po', vera, non con la pasta surgelata che è sempre troppo molliccia o troppo dura, vera come la fa nonna Assunta, che mette il lievito di birra e lascia che la pasta gonfi al punto giusto, poi la stende un po' col mattarello e alla fine la fa girare sulle dita per allargarla bene, proprio come fanno i pizzaioli veraci. Comunque, niente pizza da Arnaldo perché non si può. E poi, chissà, magari a Paolo non farebbe piacere che lo vedessi mentre prende le ordinazioni e porta i piatti e le birre, però perché allora me ne avrebbe parlato? No, secondo me non si vergogna del mestiere che fa, perché è un mestiere onesto, non come quelli dei malacarne amici di Enzino, che era un malacarne peggio dei peggio, e i loro mestieri sono la droga, le prostitute, il pizzo, gli incendi e le ammazzate.

Io è uno come Paolo che mi voglio prendere per marito. Uno che ha studiato, che sa parlare di tante cose, che le donne non le tratta come fossero animali, uno gentile come Tore con Graziella, come il nonno con la nonna.

Solo che se mi voglio prendere uno che ha studiato devo studiare anch'io, e non restare così come sono, senza neppure il diploma delle medie, che ho dovuto lasciarle prima di finirle, anche se mi piaceva andarci.

Alle medie mi sono trovata bene, al contrario delle elementari. Alla fine della quinta mi avevano licenziata con il giudizio di buono, e sulla scheda avevano anche scritto che avevo un carattere introverso e non partecipavo assiduamente alla vita di classe. Ma che vuol dire sto *assiduamente*? che non alzavo la mano tutti i momenti per rispondere a vanvera come facevano gli altri? che non mi alzavo dal banco per andare a parlottare all'orecchio con le maestre? che non ridevo alle scemenze raccontate da Lisa o da Franchino? Io avevo imparato a non fare le cose inutili, stavo attenta quando serviva, e quando non serviva pensavo ai fatti miei. Secondo me, mi avevano dato *buono* e non *distinto* per ripicca, perché ero diversa da come volevano loro, perché non gli saltavo al collo per abbracciarle, perché sapevano che mi piaceva tanto andare a passeggio da sola, con Toto, nei dintorni del paese, invece di giocare sulla piazza con le altre bambine.

Alle medie le compagne e i compagni non si occupavano di me, e questo era già un bel passo avanti. Le ragazze in prima avevano formato tre maniate, cioè tre gruppi, e me mi avevano lasciata fuori, o meglio: una maniata mi aveva chiesto se volevo entrarci, io per gentilezza avevo risposto di sì, ma poi siccome mi annoiavo a starci, pian piano me ne ero venuta via e loro era come se non se ne fossero accorte. Parlavano quasi soltanto di ragazzi, soprattutto di quelli di terza, poi in seconda c'avevano già dei fidanzati più grandi che venivano ad aspettarle fuori alla fine delle lezioni. I maschi con noi parlavano poco, si credevano superiori oppure fingevano, perché magari una compagna gli piaceva, ma si vergognavano a farglielo sapere. Qualche volta facevano i bulli, davano spintoni e pizzicotti forti, da lividi blu, ma con me non ci hanno mai provato, forse perché la storia del calcio che avevo rifilato a Moreno aveva fatto il giro del paese.

Al ritorno dal viaggio di nozze, Rosaria mise in atto il suo proposito di avere pazienza e sbagliò in pieno. Lasciò che la cognata continuasse a decidere tutto lei, cosa mangiare e a che ora, come dividersi i lavori di casa, quali fiori piantare nel giardino, come riordinare le stanze comuni. Matilde, che si era immaginata competizione e battaglie, restò delusa e inconsciamente si infuriò al punto tale da assumere atteggiamenti di perfidia persecutoria.

Rosaria non amava il pesce alla griglia, soprattutto perché non ne sopportava l'odore? bene, tre sere alla settimana avrebbero mangiato tonno sgombri scampi pesce spada grigliati con un po' di rosmarino aglio e una spennellata di olio. In cucina, dove, specialmente d'inverno, il puzzo della grigliata si attaccava ai muri e non se ne andava più.

Rosaria detestava stirare? allora, oltre alle camicie e ai pantaloni suoi e del marito, che stirasse anche tutta la biancheria di casa e qualcos'altro: «Visto che tieni il ferro in mano, Rosa', dai una botta a ste due sottane. Ah, e pure a ste magliette, che non vale la pena di attaccare il ferro n'ata vota».

Rosaria voleva vedere un film in cassetta? Proprio quella sera alla tele c'erano i suoi – di Matilde – programmi preferiti, si comprasse una tv e un videoregistratore tutti per sé, dato che lo stipendio le correva tutti i mesi.

Già, lo stipendio. Sullo stipendio si appigliava l'invidia di Matilde, su quei soldi che le finivano in mano solo in parte, dato che Rosaria le passava, per le spese del vitto, la stessa cifra di Ubaldo, e il resto se lo teneva per sé. Che se ne fa la zappaterra – si chiedeva – di quello che le resta appiccicato tra le dita? alla famiglia vecchia non lo sgancia di sicuro, che va a trovarla solo per le feste grosse. Probabilmente se lo mette su un conto in banca tutto suo, non su quello di Ubaldo, dove non ha la firma, che quella ce l'ho io, e vorrei vedere se l'avesse tolta a me che sono sua sorella da sempre per darla a lei, che adesso è sua moglie ma domani chissà.

Matilde si rodeva al pensiero di non sapere quanto la cognata guadagnasse e quanto, di conseguenza, le restasse da spendere per se stessa o da mettere in banca. La rodeva pure di non poterla accusare di scialo, perché Rosaria, anche se era andata ad abitare in una casa da marchesi, non si era dimenticata da dove veniva. Si era comprata qualcosa di nuovo da mettersi addosso, ma roba da grandi magazzini, sobria, da non accantonare dopo una stagione; si lavava e pettinava i capelli da sola e andava a farsi aggiustare il taglio solo ogni tre mesi o giù di lì, non si scapricciava in niente. E inoltre, a parte il sospetto maligno sui rapporti erotici col notaio Polito, non si poteva accusarla di nulla, che era tutta casa e lavoro, e questo era il peggio, per Matilde.

Ubaldo, invece, se ne stava finalmente in pace: in casa, almeno, dal momento che con la sorella non si accapigliava più e la moglie non lo sfiniva con proteste e lamenti. I soprusi di Matilde non li vedeva o fingeva di non vederli, e comunque erano roba tra donne. Se non ci fossero stati quei guaglioni screanzati e merdosi a scuola... ma nella vita non si può avere tutto, si consolava filosofeggiando. E per consolarsi ancora di più, decise che con l'argiamme ricavato dalla vendita del terreno si sarebbe fatto accomodare a nuovo una delle due auto del nonno.

Imbacuccata da Polo Nord, ha detto. Effettivamente, per via della paura di essere riconosciuta, e anche un po' per il disagio che provo nel fare una cosa che so di non dover fare, quando esco mi nascondo, lasciando scoperta la faccia proprio il minimo, e se potessi mi metterei addirittura quel vestito che portano le donne musulmane nei Paesi dove gli uomini sono fanatici e le trattano come fossero solo cose, cose di proprietà. Il vestito della paura e della prigione per loro, come per me il cappuccio sulla testa e la sciarpa sulla bocca.

Così imbacuccata sono davvero goffa, penso mentre mi guardo allo specchio lungo dentro l'armadio della zia. Mi tolgo la sciarpa e il giubbotto, mi passo le dita tra i capelli, mi studio.

Sono tutta diversa da Marika, ma sono bella anch'io. Più bella adesso che a casa, forse per via della pettinatura. Questi capelli così corti, che prima mi davano rabbia e umiliazione, ora mi piacciono, mi fanno sembrare più decisa, più sicura di me, e anche meno... meno paesana. Adesso ho una faccia da ragazza di città, di quelle che prendono il tram, vanno in giro a guardare le vetrine, chiacchierano coi compagni e gli amici, e non hanno puntati addosso gli occhi delle culone gambecorte o delle vecchie ciantelle e 'mmediuse.

Voglio che Paolo mi veda la faccia, così quando pensa a me, se mi pensa ogni tanto, mi rivede nella mente come sono davvero, anche se col nome e tutte le notizie sbagliate.

Mi rimetto il giubbotto della zia per vedere come figuro senza cappuccio, faccio avanti e indietro davanti allo specchio, mi guardo di profilo da una parte e dall'altra. Il giubbotto è un disastro, mi ingrossa e poi è vecchio, col nero che è diventato lustro e striato, smangiato ai polsi e all'orlo. Ma come faccio a comprarmene un altro? I soldi li avrei, quelli per il mio onomastico, però un giubbotto non si può nascondere come un libro. E quello cinese della zia, con i draghi e le lanterne, non mi piace proprio, a parte il fatto che è troppo vistoso. Probabile che non piaccia neppure a lei, dato che non lo mette mai, forse lo ha comprato in un momento in cui stava più scontenta del solito e i draghi e le lanterne, chissà, le hanno fatto sognare un viaggio, una fuga. Sì, perché di scappare secondo me ne avrebbe bisogno anche lei.

Ci sono pensieri che cerco di lasciare fuori dalla testa, come se non fossero miei, e quando ricompaiono li caccio via con la forza della volontà, ma non sempre ci riesco.

Il pensiero che è sempre lì pronto a rientrare è quello di Vincenzo detto Enzino, il figlio giovane di don Raffaele, quello che il padre guardava con occhio tenero perché gli era nato quando non ci sperava più, quello che avevano mandato a studiare fuori Italia perché aveva una testa calda, troppo zolfanella, e che poi era tornato e aveva cominciato a farsi notare in paese per le sue pose da padreterno borioso e manesco. Sui marciapiedi bisognava lasciargli il passo, in macchina era lui il padrone di tutte le strade, al bar si faceva servire per primo e fulminava con gli occhi chi non si scansava in fretta dal bancone. Non è come papà suo, diceva la gente, e neppure come suo fratello Ciro, che un po' più di creanza la dimostra, anche se è tutta una razza di malepelli. Di buono Enzino aveva una cosa sola: che di fisico era slanciato e moro, e le ragazze ci facevano dei pensieri sopra. Anche le mie compagne di prima e seconda media, che quando parlavano di lui gli venivano gli occhi brillanti e se lo incontravano per strada si davano di gomito e ridacchiavano di nascosto da stupide, ma lui manco le vedeva ste guaglioncelle troppo verdi d'età.

Invece una volta che si era imbattuto in Marika, lei l'aveva vista eccome.

Marika con la kappa, non quell'altra con la ci che è piatta come un'acciuga e ha gli occhi di fuori come le rane: Marika con la kappa era proprio la più bella del paese. Di statura mezzana, con le gambe lunghe, i capelli castani chiaro tutti mossi, gli occhi viola con le pagliuzze, morbida come pandispagna e piena di curve dolci. Che non si potevano non notare, perché d'estate aveva dei top e dei jeans ciucciati addosso come fossero la seconda pelle e d'inverno teneva aperta la cerniera dei giubbotti perché si vedessero i bottoncini del seno sotto le magliette. Tante donne del paese, soprattutto le culone gambecorte, quando la vedevano avevano l'invidia negli occhi e le maleparole sulle labbra:

«Mo guarda sta pupata, sta zèza che fa vuta' 'a capa a tutte ll'uommene!»

«Se crede d'esse na diva, sta babbàna...»

«Bonafemmena la madre, bonafemmena la figlia!»

Invece la mamma di Marika non era bonafemmena per niente, faceva il turno di giorno alla pompa di benzina respirando veleno da quando s'era ritrovata vedova, e Marika aveva il piacere della sua bellezza, che secondo me è una cosa normale. Però l'occhiata di Enzino l'aveva colpita e si era voltata indietro.

Io fin quasi ai dodici anni avevo il corpo da bambina, poi mi è venuto il mestruo, mi sono sviluppata e in pochi mesi a momenti non mi riconoscevo da sola. Bella, bella di nonna tua!, mi diceva nonna Assunta cento volte al giorno, e io speravo di diventare identica a Marika. Adesso pensare a lei è come avere una ferita che continua a fare pus, dà delle fitte lunghe di rimorso e non guarisce mai. Adesso non devo pensarci.

Ubaldo, alla concessionaria Volkswagen, si rivolse a un meccanico in tuta:

«Dove posso trovare Salvatore Schiano?»

«Salvatore sono io, ma di cognome faccio Palumbo.»

«Ah, scusatemi, ho fatto confusione. Il professor Schiano è mio collega, e mi ha detto di rivolgermi a suo genero...»

«Che sono io.»

«Ecco, lui mi ha detto che siete bravissimo coi motori, che forse il lavoro lo potete fare.»

«Che lavoro?»

«La macchina di mio nonno.»

«Di vostro nonno?» ripeté Salvatore, pensando a un rudere peggio di quello del dottor De Lucia.

«Una Lancia Astura coupé IV serie, del 1939.»

«Una macchina di lusso, una vecchia signora.»

«Già. Ma non va avanti, anzi il motore neanche si accende.»

«Normale, di anni ne ha assai.»

«Ne aveva una così Galeazzo Ciano, il genero del duce.»

Che bella referenza, pensò Salvatore, e chiese:

«E voi che ne volete fare?»

«Rimetterla a posto, poi partecipare ai raduni.»

«Ah.»

«Si può fare?»
«Devo vederla. Dove la tenete?»
«Nel garage della villa. Ce n'è anche un'altra.»
«Un'altra Lancia?»
«No. Un'Isotta Fraschini tipo 8, ma la Lancia mi piace di più.»
Un lavoro di soddisfazione, pensò Salvatore. Ma anche complicato, per uno come me che le auto d'epoca le ha viste solo sulle riviste. Però è una bella sfida.
«Posso vederla, studiarla un po', e poi vi dico.»
«E mi fate anche il preventivo.»
«Quello è più difficile.»
«Perché?»
«Perché se qualche parte del motore non si può aggiustare, bisogna trovare un pezzo di ricambio adatto, e quelli non hanno mica listino, è roba che chi ce l'ha fa il prezzo che vuole. Poi c'è la carrozzeria, e quella non la curo io.»
«Intanto, potete venire a vederla, senza impegno?»
«Certo, senza impegno né mio né vostro.»
Ma non appena Salvatore vide la vecchia signora se ne innamorò e il lavoro l'avrebbe fatto anche gratis, solo per la soddisfazione.

Io ho una sorella, anzi sorellastra, che si chiama Greta. Non l'ho mai vista, e neppure sua madre Ursula, che vive con mio padre a Monaco.

Papà, dopo la morte di mamma, si trovò un lavoro in Germania con l'aiuto di Helga e lasciò per sempre il paese. Gli altri nonni, quelli che praticamente non vedevo mai, si presero la macchina del gas e il frigo che avevano regalato per il matrimonio, e i miei veri nonni gli altri mobili, per ricordo e anche perché li avevano pagati loro.

Papà fa sempre l'autista, ma adesso per un giornale e non va più in giro con i turisti. Con Helga si sono lasciati dopo tre anni, poi c'è stata Uta e adesso Ursula. Ai nonni manda dei soldi per il mio mantenimento, ma sono poca roba, e adesso che sto con la zia scaduta credo che li mandi a lei.

Una volta Angela mi ha chiesto se mio padre non mi manca, e questa, anche se lei è tanto gentile, è una domanda un poco scema. Solo un poco però. Infatti non sento la mancanza di lui come persona, cioè come Nicola Schettino, perché non mi ha mai fatto da padre, sento però la mancanza di un padre, come idea. Ad Angela ho risposto con un no secco, senza stare a spiegare, anche perché di padri ne ho avuti e ne ho ancora due, cioè zio Salvatore e il nonno, che però adesso è sempre disattento e stanco di tutto. La mamma invece mi manca proprio come persona, mi manca la sua voce, il suo sorriso, il suo odore. Ma non mi fa più male pensare a lei e ricordare di quando stavamo insieme nel letto abbracciate, di quando mi chiamava con i nomi belli dei fiori, di quando mi cantava la canzone della città di Mantova. Adesso il dolore per la sua morte è diventato un'altra cosa, forse nostalgia, è come un intenerimento dolce, un ricordo che non brucia più, che invece scalda come un calore lontano.

Per Greta e Ursula non provo niente, sono soltanto due nomi. Una volta papà era tornato al paese per chiedermi se volevo conoscerle e se volevo andare a vivere con lui e con loro, io ho risposto di no e credo che lui abbia tirato un respiro di sollievo. Non so perché l'avesse fatto, forse qualcuno, su in Germania, glielo aveva suggerito, magari aveva parlato con un prete oppure aveva visto un programma alla tele sugli obblighi dei genitori, insomma a me pareva che stesse facendo una specie di penitenza, un "penso" come quelli che le maestre assegnavano alle elementari e nessuno faceva mai. Invece di "Scrivi 40 volte sul quaderno a righe: In classe non devo litigare coi compagni", per lui il penso era "Devo andare a chiedere a Imma se vuole venire a vivere con me". Lui era stato più diligente di noi scolari e san Gennaro gli aveva fatto la grazia del mio rifiuto.

La nonna, quando era arrivato in casa, non l'aveva neppure fatto sedere e aveva tenuto la porta spalancata come a dirgli di sbrigarsi in fretta. Lui aveva depositato sul tavolo una busta con i soldi e un regalo per me e se n'era andato senza salutare.

Per nonna, la morte di mamma è ancora un dolore che brucia forte.

Per Assunta era arrivato il tempo dello sconforto.

Prima c'era stata la spina piantata nel cuore vedendo Melina distruggersi per amore, poi il dolore greve e cupo come un pozzo senza fondo per la sua morte. Dopo ancora, il lungo mutismo della nipote, povera piccerella sconvolta dall'aver visto la madre volare in aria come un fantoccio di pezza e poi ricadere a terra inanimata. E nel frattempo era iniziato il lento e progressivo imbozzolarsi di Saverio, il suo chiudersi nell'apatia e nell'assenza per difendersi dal male di vivere. Infine a Imma era capitata la disgrazia grossa, e c'era stata la necessità di allontanarla da casa per proteggerla e proteggersi, l'esigenza di mentire con tutti, la paura di uscire di casa, il timore continuo di un agguato, una vita da topi sotto la scodella.

Assunta aveva cominciato a prendersela con Dio, che era stato e continuava a essere cieco sordo e muto, che invece di un buon padre si era dimostrato un persecutore accanito o quanto meno uno spettatore indifferente di fronte all'ingiustizia e al sopruso. Ma forse tutta la faccenda di Dio era soltanto un bluff dei preti per tener buona la gente, per impedirle di alzare la testa, di reclamare una boccata di giustizia e di serenità qui sulla terra e non dopo, in un posto che chissà se c'è.

Ma che m'importa a me, si chiedeva, che i diavoli

inforchino il culo di don Raffaele Ciro Enzino e tutta l'altra malacarne che gli sta attorno, che m'importa che il merdadicane debba camminare sui carboni ardenti quando io non ne saprò niente e starò come una citrulla a sedere su una nuvola e a sentire il coro degli angeli?

Altre volte, invece che con Dio che forse c'è e forse no, se la prendeva con se stessa. È tutta colpa mia quello che è capitato, diceva tra sé. No, proprio tutto no, ma buona parte sì.

Sapeva che alla tenace e violenta passione di Melina non sarebbe stata comunque in grado di tener testa: inutile impedirle di uscire e se anche l'avesse legata in casa, lei avrebbe trovato il modo di liberarsi e scappare. Ma dopo, dopo sì che di colpa ne ho avuta, si rimproverava. Dopo dovevo portarla via con me, via da quella casa senza uomo, dopo dovevo usare i modi duri, anche la forza, perché magari Melina voleva piegarsi solo a una forza superiore alla sua, una forza che le consentisse di abbandonarsi al destino invece di negarlo. Io quella forza non l'ho avuta e non sono riuscita a salvarla, a evitare l'incidente. Che incidente vero non è stato, ma piuttosto un omicidio lento e prolungato che prima le ha rubato l'anima e poi il corpo. Lei, la mia Melina svelta e orgogliosa e volitiva, ridotta a una larva lenta e impacciata, che chiedeva alle gocce il coraggio di tirare avanti e che forse di vivere non ne aveva più voglia.

E dopo ancora, i miei sbagli con Imma, che ha ereditato da chissà chi lo spirito di vagabonda. Invece di giocare con le altre bambine, lei andava a passeggio. Prima almeno con Toto, che come cane non mette paura neanche ai passerotti, ma se non altro era una presenza accanto a lei, e dopo via da sola. Oggi non esci, le dicevo, e lei non rispondeva né sì né no, ma se solo mi distraevo un momento, lei in casa o nell'orto non c'era più, sgusciata via come le lucertole da sotto un vaso o una pietra. Andava in giro per le contrade intorno, a guardare le limonaie, a scalzare le conchiglie dai massi, a incantarsi da lontano alla vista della marina. Una zingara, una randagia. E ogni volta io mi proponevo di tirarle uno schiaffo, nu pacchero bello deciso sulla faccia, ma poi quando tornava e me la vedevo davanti, povera orfanella senza madre né padre, povera creatura che il male l'aveva già provato sulla sua pelle, il braccio non si alzava e avevo solo voglia di stringermela addosso. Così si ripeteva Assunta.

Altre volte ancora si incolpava delle superbiose e malaccorte vanterie d'un tempo. Ecco, rimuginava tra sé, io mi felicitavo della famiglia, del nostro star bene insieme, di non avere obbligazioni con nessuno, e quando stavamo a tavola la sera mi si allargava il cuore nel vedere quanto eravamo fortunati ad avere la salute, la casa, il lavoro e soprattutto l'affetto tra di noi, e il destino, o quel Dio che se c'è è invidioso, se n'è accorto e ha voluto farci pagare tutto con interessi da strozzo. Dovevo impedire che il pensiero si completasse, dovevo cacciarlo dalla testa prima che si formasse per intero, spingerlo via come se fosse un moscone o un tafano, impedirgli di incistarsi come una zecca. Ma come si fa, si chiedeva poi sconsolata, come si fa a evitare di pensare?

Il parroco, che l'aveva vista diradare e poi disertare le funzioni religiose, un pomeriggio era andato a trovarla. Lei lo aveva fatto entrare, gli aveva servito una tazza di caffè e un bicchierino di limoncello, ma l'aveva interrotto alle prime battute del suo predicozzo:

«Ah no, padre, non mi tiri in ballo la storia di Giobbe. Che se è stato Dio a portargli via tutti i suoi beni, pecore vacche e cammelli, a fargli morire figli e figlie, a mandargli la lebbra o quel che era, e insieme ai dolori del corpo le ingiurie della moglie, ecco io di quel Dio lì non voglio sentir parlare. E per favore non mi dica che i suoi fini sono incomprensibili ma giusti, perché allora ci doveva mettere in grado di capirla la sua giustizia, visto che, come dice la Bibbia, ci ha fatti a sua immagine e somiglianza. E non mi dica neppure che dopo di figli Giobbe ne ha avuti altri, perché i figli morti non si possono rimpiazzare come un servizio di piatti che cade dal ripiano della credenza. Dieci figli Dio gli ha ammazzato e dopo lui, Giobbe, doveva essere contento di averne altri?»

Il parroco tenta di spiegarle che sta bestemmiando, che il dolore la fa straparlare, ma Assunta ritira dal tavolo tazzina zuccheriera limoncello e bicchierino, chiudendo d'imperio il discorso:

«Se vuole, padre, preghi per la mia anima, ma finiamola qui.»

Poi si mette a sciacquare tazza e bicchierino nel lavello.

Povera Anna, morta così giovane. Con tutto il suo desiderio di vivere, la sua ansia di fare, le sue speranze. E anche con la delusione nei confronti di Peter, che nelle ultime lettere arriva a confessare apertamente. Ci avevo visto giusto, a pensare che si era innamorata di lui per vicinanza e per bisogno.

E io allora? Anch'io vivo in una situazione non normale, prigioniera come lei, con qualche ora d'aria, d'accordo, ma senza la possibilità di andare a scuola, di parlare con qualcuno che non sia la zia scaduta.

La scuola mi manca molto, e non l'avrei mai creduto. Mi manca la possibilità di imparare cose insieme ad altri, di sentirmele spiegare bene, di fare domande quando non capisco. A scuola, se i professori sono bravi, se fanno bene il loro lavoro, non si imparano soltanto i fiumi, le guerre, a parlare inglese e a risolvere le espressioni di algebra, si imparano anche cose altrettanto importanti se non di più, e cioè a distinguere il male dal bene, e che i boss non sono da rispettare, che sono dei criminali, e se fanno assumere i figli di Concetta al porto e quelli di Spedito alla forestale, lo fanno non per buon cuore, ma perché servono ai loro affari, per il contrabbando, per la droga o per gli incendi.

Studiare sui libri non mi basta, perché quando mi vengono dei dubbi, quando vorrei capire meglio, non posso parlarne con nessuno. Con la zia? Non credo che saprebbe rispondermi, e poi la sera non parliamo granché, solo piccoli discorsi che io chiamo di servizio, su cosa deve comprare come cibo, su quale maglietta le devo stirare, su che programma devo mettere alla lavatrice. Per il resto, anche se abitiamo insieme, siamo due estranee.

Ho parlato con Paolo, è vero. Ma sono stata costretta a mentire, a essere con lui una persona diversa da quella che sono veramente. E se continuo a pensare a lui, ai suoi occhi verdescuro, alle sue mani – veramente ne ho vista una sola, ma l'altra sarà uguale –, forse è perché sono quasi nella stessa situazione di Anna, perché pure lui è entrato nei miei pensieri per vicinanza e per bisogno.

Una volta la nonna mi ha detto che nei tempi passati ci si sposava quasi senza essersi conosciuti, che i matrimoni erano decisi dai genitori, senza stare a sentire l'opinione dei figli, e che in tante parti del mondo si fa ancora così. Mi ha anche detto che la maggior parte delle volte il marito e la moglie non solo si sopportavano ma finivano con l'affezionarsi l'uno all'altra, che insomma insieme stavano bene e facevano una vita serena, sempre che non ci fosse di mezzo la fame. A me sembrava una cosa assurda e mi chiedevo come si potesse essere felici accanto a una persona che non si è scelta, ma adesso mi viene in mente che mamma è stata infelice da morire accanto a mio padre che aveva voluto prendersi a tutti i costi.

Insomma, la vita è molto più complicata di quanto credevo prima e mi accorgo che è difficile non avere dubbi su di sé, sugli altri, su ciò che abbiamo fatto o non fatto, sulle cose che ci capitano o che facciamo capitare. E perdipiù ho il dubbio sul dubbio, cioè mi chiedo se il non avere tante certezze belle solide come il masso di contrada Munì sia un bene o un male, una fortuna o una sfortuna.

Ieri l'ora di pietra è finita in un modo diverso dal solito. Non c'è stato il rumore in avvicinamento di una macchina o di un camion, né l'aprirsi e lo sbattere di uno dei portoni delle case di fronte o del bar: c'è stata invece, nel perdurare del silenzio, la comparsa improvvisa di un cane senza guinzaglio senza museruola senza padrone. Un cane che si era sperduto o che avevano abbandonato, un bastardino marrone col pelo ispido e corto, che camminava in mezzo alla strada guardando di qua e di là come se cercasse un indirizzo. Sono scoppiata a piangere senza quasi rendermene conto, lacrime e singhiozzi come non mi capitava da tempo, e addosso una tristezza grande grande.

Avevo bisogno che qualcuno dei miei mi abbracciasse, che mi facesse sentire con il corpo che mi vuole bene, che conto qualcosa nella sua vita. Mi sono abbracciata da sola, mentre continuavo a piangere e a osservare il cane, che si è fermato un paio di volte a muso in su, a cercare il conforto di una presenza, di uno sguardo.

Poi è arrivata una macchina, lui si è scansato verso il marciapiede e ha svoltato l'angolo.

Stamattina per andare al mercato ho scelto una strada diversa. Pioveva già dalla notte e ho avuto paura di non poter uscire, non certo per l'acqua fitta e sporca, ma perché il vecchio giubbotto nero si sarebbe bagnato e il rischio di farmi scoprire era grande: se per caso la zia avesse aperto l'armadio, per sceglierci un altro paio di jeans o una maglia, il giubbotto umido mi avrebbe subito denunciata. Però rinunciare all'uscita mi dispiaceva troppo, perché la mia ora d'aria è una consolazione, e nella consolazione c'entra anche o soprattutto Paolo. Allora ho pensato che l'ombrello nero con la cupola di nylon – l'altro rosso l'aveva preso la zia – avrei potuto farlo asciugare vicino al calorifero, oppure col fon, molto più facilmente che non il giubbotto che è di una stoffa spessa. E siccome avevo l'ombrello che mi proteggeva un po', non ho tirato su il cappuccio e non ho messo la sciarpa.

La strada che ho preso stamattina all'inizio è tutta un negozio. Tanti sono di cinesi e vendono cineserie, cioè vestiti con gli spacchi o le balze, teiere, pentole diverse dalle nostre, pupazzi tipo gatti dorati che muovono una zampa, bicchierini piccoli piccoli di ceramica, sveglie, occhiali da sole e robe così; poi vengono gli alimentari, ma di africani, e nelle vetrine ci sono barattoli e scatole dei loro cibi, ma le etichette e le confezioni sono così sbiadite che devono essere lì da mesi se non da anni. Davanti alla porta di uno di questi era fermo un nero alto quasi due metri che teneva in braccio una bambina piccola con tante treccine e se la sbaciucchiava sulle guance e sul collo, mentre lei faceva dei gridolini tutta contenta. Poi c'è una tabaccheria e nella vetrina vuota un gatto rossiccio faceva la toeletta del mattino e dopo... dopo mi sono presa uno spavento.

Sì, perché dopo i negozi sono finiti e invece di una casa alta come le altre ce n'era una di solo due piani e sul portone aperto a metà c'era scritto CARABINIERI e davanti al portone ce n'era uno che non avevo visto prima a causa dell'ombrello tenuto basso.

Fare dietrofront non mi sembrava prudente, attraversare la strada proprio lì, dove non c'erano le strisce, peggio ancora, così ho fatto finta di niente e gli sono passata davanti, abbassando ancora un poco l'ombrello, con le ginocchia rigide e il cuore scalmanato. Mi sono sentita al sicuro solo una ventina di metri più in là, dopo aver svoltato l'angolo.

Al mercato c'era poca gente e lo spazio del banco dei libri era vuoto. Allora, per superare la delusione, mi sono comprata un babà dal furgone dei dolciumi, ma sapeva di segatura e dopo il primo morso l'ho buttato nel cestino dei rifiuti.

Anche all'inferno – dice la dottrina cristiana – c'è una gradazione delle pene, e nell'inferno matrimoniale Rosaria precipitò di cerchio in cerchio sempre più giù. In capo a un anno Matilde aveva trovato un pretesto nuovo per darle pena: la mancanza di un cosiddetto lieto evento.

Non che smaniasse dal desiderio di un neonato urlante sbavante e scacazzante in culla, anzi, la prospettiva, quando la considerava con un po' di realismo, la faceva addirittura inorridire, greve com'era di incognite. Per esempio: con un bebè cui badare la cognata sarebbe andata ancora a lavorare? Se sì, sarebbero toccate a lei, la zia, buona parte delle cure parentali, e cambiare pannolini puzzolenti, preparare biberon, far fare i dovuti ruttini dopo le pappe non erano attività cui avesse pensato di doversi dedicare nella vita. Certo, nell'ipotesi del matrimonio col fedifrago Salvo Tagliafierro un figlio o due erano contemplati, ma con l'ovvia presenza di una balia, di una mammula, a levarla dai fastidi. Se invece Rosaria avesse abbandonato il lavoro, la prospettiva non era migliore: tutto il giorno in casa, lei col suo ninno, ad alzare la cresta, a dettare legge. E c'era pure il pericolo che Ubaldo si insuperbisse e invece di stare neutrale cominciasse a parteggiare per la moglie che l'aveva reso padre.

Ma siccome erano tutte prospettive future, mentre al presente c'era l'opportunità di sfinire Rosaria con allusioni sempre meno velate al suo difetto di donna, all'opportunità Matilde si attenne e riuscì a stanare Ubaldo dal suo quieto sopravvivere domestico.

«Ti sei preso na muglièra sterile» cominciò a sibilargli quand'erano soli, e più avanti: «Zappaterra e strèppa per soprammercato» e lui non protestava, perché andava convincendosi che il melone gli era uscito bianco, come nella canzone.

Rosaria ingoiava sgarbi e frecciate e intanto si mangiava il fegato, finché decise di fare qualcosa in merito.

«Signor notaio» disse un giorno al suo capo, «mi dovreste dare un giorno di permesso.»

«Quando vuoi, magari un venerdì, che così chiudo lo studio e mi faccio un weekend lungo.»

«Allora tra quindici giorni, che tenete un solo appuntamento e si può spostare.»

«Bbuono, ma me la dici una cosa Rosa'?»

«Se posso, signor notaio.»

«Ti fanno mangiare lucertole e rospi, che stai diventando verdolina?»

Rosaria scivolò sulla sedia di fronte alla scrivania senza essere stata invitata e scosse la testa per trattenere le lacrime.

«Quella ficasecca di tua cognata o sbaglio?»

A Rosaria scappò un mezzo sorriso: a Matilde la definizione di ficasecca si addiceva di più che a lei quella di zappaterra.

Il notaio interpretò il sorriso come una conferma e continuò:

«Per cosa ti dà il tormento?»

«Perché non resto incinta.»

«E naturalmente, secondo lei, è difetto tuo.»

«Già. Per questo vi ho chiesto il permesso, per andare a farmi vedere.»

«Dove?»

«A Napoli, perché qui se vado all'ambulatorio poi lo sa mezzo paese.»

«Se non hai ancora preso appuntamento, ti mando io dalla moglie di un mio amico, che fa la ginecologa ed è pure brava. Ti va?»

«Grazie, se non è troppo disturbo, però.»

«Però, Rosa', lasciati dire una cosa: tu a quella vipera non le devi lasciare campo. Se lei ti dà un morso, tu dagliene due, che così le insegni a vivere. Ma tuo marito non ti tiene le parti, non la fa stare al suo posto?»

«Eh, sapete com'è fatto Ubaldo...»

«Già, lo sappiamo tutti: *'o Borbone senza cavallo*. E senza midollo.»

Pomeriggio lungo e noioso. La pioggia mi mette malinconia, mi snerva. L'ombrello è asciutto al suo posto, la zia non si accorgerà di niente. La casa è pulita e in ordine. Per cena ho preparato il gattò di patate, basta che lo inforni alle sette, e quaranta minuti dopo è pronto. L'insalata di lattuga è lavata e scolata, si condisce all'ultimo momento. Non ho voglia di fare niente, né di studiare, né di ascoltare la radio, né di leggere. Il libro nuovo, quello che ho comprato lunedì, ha una bella copertina con un campo di grano maturo, sullo sfondo c'è una collina bassa e in alto le nuvole bianche e il cielo azzurro. Forse è il campo di grano che mi ha messo malinconia, che mi ha fatto tornare in mente la piana a fianco di contrada Munì, che all'inizio di giugno è tutta d'oro con in mezzo le macchie rosse dei papaveri, e quando tira il vento si piega a onde con un fruscio leggero come di risacca.

Contrada Munì. Non ci devo pensare a contrada Munì, ma il ricordo è sempre lì che bussa per entrare. La piana di grano da una parte, il masso che forse è venuto giù dal cielo o forse è affiorato dalla crosta della terra, lievitando come una pagnotta nel forno, una strada sterrata nel mezzo e dall'altra parte la limonaia degli eredi Barucco. La strada, piena di buche, di sassi e d'erbacce, porta alla Casaccia, che è una vecchia masseria abbandonata, senza più porte e imposte alle finestre, con metà del primo piano sprofondato a terra e il tetto squarciato. Dentro, dicono, è piena di topi di serpi e pure di maleombre e per questo sulla sterrata non ci passa mai nessuno. Gli eredi Barucco, che stanno in America, la limonaia l'hanno lasciata andare a schifio, così le piante si sono prese i pidocchi e la cocciniglia e siccome non vengono potate da anni hanno messo su dei rami matti storti e disordinati, fanno pochi limoni picchiettati di bianco che marciscono subito e nessuno si sogna di raccoglierli. In mezzo alle piante sono cresciuti dei rovi e degli arbusti di cisto e io lì in mezzo mi ero pulita uno spiazzetto e ci venivo ogni tanto a leggere un "Topolino" e a guardare da lontano il mare azzurro, dietro la tenda verde delle foglie basse dei limoni.

Quel giorno di due anni e mezzo fa, il fuoristrada è arrivato lento, si è fermato nello slargo e sono scesi Enzino e Marika. Avrei fatto meglio a sgattaiolarmene via, ma avevo paura di fare rumore e di pungermi con le spine, così sono rimasta dov'ero, zitta ferma e nascosta.

Alle tre e un quarto del pomeriggio, Enzino era entrato nel bar della piazza. Fuori, il sole fondeva l'asfalto; dentro, un ventilatore smuoveva l'aria e offriva un'illusione di ristoro. Al bancone e ai tavoli non c'era nessuno, solo Marika leccava il suo gelato alla fragola davanti allo schermo lampeggiante di un videogioco. Se lo gustava lentamente, in quella relativa frescura, prima di affrontare il ritorno a casa nell'aria immobile e infuocata del primo pomeriggio.

Catello, il barista, si era rintanato nel retro, con le cuffie dell'iPod sulle orecchie e, stravaccato su una sdraio, teneva d'occhio distrattamente la porta, ciondolando a tratti nel dormiveglia. Non sentì né vide l'arrivo di Enzino.

Quello che Enzino e Marika si dissero non si può sapere, ma si può congetturare che lui abbia rivolto alla ragazza qualche parola lusinghiera, un complimento alla sua bellezza. Di sicuro l'invitò a una gitarella in campagna, ma non per quel pomeriggio, perché Marika poco dopo rientrò a casa, forse segretamente compiaciuta di aver destato l'interesse del figlio del boss. Di sicuro si diedero appuntamento per il giorno dopo, ma lontano da occhi indiscreti, a un'ora più tarda, meno accecata di sole.

Il ricordo è un film. Non vorrei rivederlo mai, ma tante volte parte da solo nella mente, come se qualcuno proiettasse a mia insaputa una videocassetta o un dvd. Quel qualcuno schiaccia un bottone e le immagini si srotolano, chiare e nitide, senza graffi o salti nella pellicola. Quel qualcuno forse è qualcosa e si chiama rimorso e vergogna e paura.

Marika ha un vestito bianco e rosso, rosso di ciliegie e piccole fragole, con la gonnella corta corta e larga, e il corpino stretto stretto, cucito addosso. I capelli li ha legati morbidi in una coda, forse perché fa tanto caldo, anche se sono le sei del pomeriggio passate da un pezzo e io dovrei essere già a casa, dato che ho promesso alla nonna che avrei fatto solo due passi.

Invece m'è venuta voglia del profumo dei limoni, che era il profumo di mamma, e del luccichio del mare lontano, così sono arrivata fin qui, nel mio spiazzo segreto.

Enzino ha un paio di pantaloni blu, ma non sono jeans, sono di un tessuto più leggero, perché i jeans con questo caldo fanno sudare, e sopra ha una polo azzurra con un piccolo stemma, forse un coccodrillino, non riesco a vedere bene.

Scesi dalla macchina, si spostano verso destra, per guardare il mare proprio davanti a me, quattro passi oltre il primo filare dei limoni, e invece del mare io adesso vedo le loro schiene. Stanno vicini e parlano a voce bassa, a me arriva ogni tanto, quando c'è uno sbuffo di vento, qualche mezza parola. Enzino le mette un braccio sulle spalle e stanno così, l'uno accanto all'altra, per un minuto o forse meno, poi lui la fa voltare verso di sé, la abbraccia stretta e la bacia. Adesso sono di profilo: lei non si divincola, ma si vede che è stata presa alla sprovvista, che forse è anche un po' spaventata, perché la stretta è troppo forte e infatti sta rigida con le braccia lungo i fianchi, serrate nella morsa di quelle di lui. Ma magari è uno spavento che le piace, un'emozione che, chissà, non ha ancora provato, quella di fare una cosa che le viene imposta ma che ha voglia di fare. Certo di ragazzi ne avrà già baciati, ma lui è diverso, lui è uno che conta, che può avere tutto quello che vuole, che adesso vuole lei, che è abituato a prendere senza chiedere il permesso...

Ma quando lui, sempre tenendola stretta con la sinistra, insinua la mano destra nella scollatura e dà uno strappo deciso, lei comincia ad avere davvero paura, allontana le labbra e il viso da quello di lui, dice un NO TI PREGO che arriva sino a me e cerca di divincolarsi. Subito dopo stanno lottando, lei inarca il busto all'indietro e cerca di respingerlo con il braccio libero, ma lui è più forte, allarga i lembi dello strappo e i due seni alti e sodi sono alla portata della sua mano della sua bocca dei suoi denti. Enzino china la testa su quei seni e morde, perché il NO di lei è più alto e nella voce vibra una nota di pianto e di dolore.

NO NO LASCIAMI: adesso è un grido in cui c'è paura e disperazione, intanto continua a lottare e quando lui l'allontana un poco da sé riesce a sorprenderlo con una ginocchiata e a liberarsi. Libertà che dura un passo solo, perché lui l'afferra per la gonnella svolazzante, la fa cadere, le si rovescia addosso, ansima insulti su di lei che grida AIUTO e la fa tacere a suon di schiaffi che le spostano la testa a destra e a sinistra.

Penso che dovrei aiutarla. Ma ho paura: paura di non poter far niente di utile per lei, paura per me. Chiudo gli occhi, mi copro le orecchie e se potessi smetterei anche di respirare. Continuo però a sentire come dei gemiti soffocati, degli altri rumori che non riesco a decifrare e solo dopo un tempo che mi sembra lunghissimo, quando mi pare che i rumori siano finiti, mi impongo finalmente di guardare.

Marika è sempre a terra, di lei intravedo la gamba sinistra e un pezzo della gonnella all'inizio delle cosce. Enzino invece è in piedi, cammina nervoso e ha il cellulare all'orecchio. La voce mi arriva a tratti, sento le parole "incidente" e "presto fate presto", poi lui va alla macchina, apre il portellone posteriore e resta in attesa.

Tremo, faccio fatica a reprimere i conati di vomito, in bocca ho un sapore amaro e insieme acido, il tempo si è fermato. Starò qui per sempre e non mi troveranno mai. Piango.

Sento il rumore di una macchina che si avvicina e si ferma, le portiere che sbattono e poi accanto a Enzino ci sono Mimmo e Peppuccio, i suoi due tirapiedi.

«Mo, che casino che hai combinato!» dice forte Mimmo. Dei due malacarne appena arrivati è il più forzuto, con bicipiti grossi come meloni, il naso rincagnato e piatto, l'occhio sinistro cecagnolo. L'altro, Peppuccio, è più smilzo e il naso ce l'ha smangiato dalla rogna, cioè dalla coca, e gli occhi rossi come quelli delle foto col flash.

«Da zio Mario, ci pensa lui» decide Enzino.

«E se si scansa?» chiede Peppuccio.

«Se si scansa, digli che col caldo il pericolo del fuoco si fa grosso» è la risposta.

Mimmo e Peppuccio sollevano Marika da terra prendendola per le gambe e per le spalle e si allontanano.

«E dopo, venite a sistemare qui. Un lavoro ben fatto, eh!» chiude Enzino.

«Tranquillo, ci pensiamo noi. Toh, le chiavi della macchina nostra.»

Se ne vanno tutti. Dopo qualche minuto me ne vado anch'io, passando tra i rovi in mezzo ai limoni. Canto pianissimo, quasi tra me e me *Nella città di Mantova,* perché ho paura di diventare muta un'altra volta, *Nella città di Mantova Nella città di Mantova Nella città di Mantova* senza riuscire ad andare oltre.

Marika non ha ancora compiuto quindici anni. Non li compirà più.

Quel pomeriggio arrivai a casa passando dietro al paese, per non farmi vedere, ma a metà strada dovetti fermarmi a vomitare la bava nerastra che mi ero tenuta in corpo, così mi sporcai malamente la maglietta e le gambe mi diventarono ancora più molli.

I nonni e gli zii erano in cucina ad aspettarmi, incerti se venirmi a cercare da soli o dare l'allarme ai vicini. Nonna Assunta alzò il braccio per darmi un pàccaro sulla faccia, ma si fermò in tempo, non appena si accorse che ero graffiata e sconvolta. Non rinunciò però a scuotermi per le braccia e a chiedere con voce rabbiosa:

«Ma si può sapere cosa combini? il crepacuore a tutti ci vuoi far venire? ma lo sai che ore sono?»

Era tardi, stava per far buio, ma che ora fosse di preciso non lo sapevo, perché non avevo l'orologio. Addosso avevo una grande stanchezza, brividi dappertutto e non me la sentivo di parlare.

«Niente dici? muta un'altra volta?»

Salvatore le lanciò uno sguardo di rimprovero, lei s'impaurì per quello che aveva detto e cambiò tono:

«Cosa sono sti graffi, piccerella?»

«Sono caduta.»

«E ste macchie?»

«Ho mangiato delle more» mentii «che mi hanno fatto male e ho vomitato.»

Allora mi mise una mano sulla fronte e sentì che scottava.

«Ti sei intossicata, ecco cos'hai fatto. Ma lo capisci che non devi fare la zingara, che ad andare in giro come una gatta randagia ti possono capitare brutte cose? Chissà cosa gli avevano dato sopra le more, magari il veleno...»

«Non esagerare, ma', nessuno spreca gli anticrittogamici sulle more selvatiche. Però a sta guagliona devi darle una regolata, tenerla più sott'occhio, più riservata.»

«Devi, devi: come se fosse facile. Ma mo, con sto schianto che ci hai fatto prendere a tutti, a tutti eh!, tu, Imma, devi promettere che non te ne scappi più, che te ne stai buona a casa o al massimo sulla piazza, con le altre guaglione della tua età... Prometti?»

«Sì.»

«Diccelo bene.»

«Prometto. Posso andare a letto?»

«Senza cena?»

«Ho vomitato, non ne ho voglia.»

«Vuoi una limonata?»

«No, voglio solo andare a letto.»

«Ma'» intervenne Graziella, «datele magari qualcosa per la febbre, che le è venuta la faccia tutta rossa.»

La febbre mi durò per tutta la notte e il giorno dopo e se i miei non mandarono a chiamare il dottor De Lucia fu perché tutto il paese era in subbuglio per la scomparsa di Marika.

Mariagrazia Esposito vedova Carulli, la madre di Marika, finì il turno alla pompa di benzina alle sette e mezzo, come ogni sera. E come ogni sera aveva due bocce di gonfiore alle caviglie, un leggero raschìo in gola e un percettibile fastidio alle tempie. Salì sul suo cinquantino di terza mano e tornò a casa. Marika non c'era, ma non si allarmò affatto: la tavola pronta, sul gas una pentola di ratatuglia e in frigo l'insalata di pollo avanzata dal giorno prima. La cucina spazzata e il lavello sgombro di piatti sporchi: sua figlia aveva fatto i lavori e probabilmente era andata in piazza o da qualche amica a chiacchierare.

Mariagrazia si sedette sul malandato sofà che una volta era il letto di Marika, appoggiò i piedi su una sedia, e si preparò a godere i refoli di fresco di un temporale che andava avvicinandosi da un bel po'. Sarebbe stato il momento adatto per una sigaretta, ma aveva smesso da qualche mese, perché il lavoro alla pompa di benzina era già sin troppo pericoloso per i suoi polmoni, come aveva imparato da una trasmissione alla tele, così si accontentò di stiracchiarsi e sistemarsi in una posizione comoda. Poco dopo si assopì.

A risvegliarla fu la cannonata di un tuono: il temporale era vicino, non pioveva ancora, ma si era fatto scuro. Per un paio di secondi si chiese se il buio dipen desse dal temporale o dall'ora, poi, dato uno sguardo all'orologio, cominciò a preoccuparsi per il ritardo di Marika.

Si alzò, con l'intenzione di andare a cercarla in piazza o nei dintorni, ma proprio in quel momento cominciò il rovescio, con il cielo zigzagato dai fulmini e le bordate dei tuoni sempre più assordanti.

Si sarà rifugiata nel bar, ipotizzò tranquillizzandosi un poco, o sarà restata da un'amica: è da pazzi mettersi per strada sotto questo diluvio e io invece sono stupida, che non ho pensato subito di chiamarla al telefonino. Rovistò nella borsa, tirò fuori il cellulare e chiamò quello della figlia, che però risultò spento o non raggiungibile. Strano, si disse, mentre l'apprensione montava insieme con l'intensità della pioggia. Ma, a tranquillizzarla di nuovo, eccolo lì il telefonino rosso di Marika, poggiato sul ripiano della credenza, dove quella sbadata doveva averlo dimenticato. O lasciato di proposito, perché si era messa quel vestituccio senza tasche e, chissà perché, era uscita senza la borsa di paglia abbinata, con i rametti di ciliegie e fragoline, che appena l'aveva vista in una vetrina se n'era incapricciata.

È uscita per svagarsi un poco, pensò, per prendere una boccata d'aria, e si sa come sono le ragazze, che se incontrano un'amica perdono la cognizione del tempo, si mettono a parlare fitto fitto di moda, di trucco, di fidanzatini e cose così. A me un po' dispiace che si è lasciata con Roberto, pensava, che quello è uno che dà affidamento, studia alle superiori e non ha grilli per la testa, però Marika la capisco anche un po', perché i suoi di lui sono poveracci come noi, il papà muratore e la mamma che va qualche ora a servizio, con altri due figli più piccoli da mantenere. Lei è giusto che speri di trovare di meglio, bella com'è, solo che qui ce ne sono pochi di quelli che tengono creanza e soldi puliti. Magari a Napoli... però se ad agosto partecipa al concorso di Miss Mareblu, magari qualcuno la nota, le fa delle foto, la invita ai provini, insomma la introduce nell'ambiente giusto... solo che dovrebbe avere sedici anni compiuti, e lei non li ha anche se li dimostra, non ne ha neppure quindici e se chiedono la carta d'identità è un guaio, un diciassette, e me la scartano subito...

Intanto la pioggia continuava a picchiare fitta, una cortina, un sipario che quasi impediva di vedere le case di fronte. D'accordo che per la campagna è una manna, e anche per noi cristiani, che ci toglie un po' di calura, però se il cielo aspettava un'ora o due a scatenarsi, sto temporale me lo godevo tutto, si ripeteva Mariagrazia, con Marika qui accanto a me e invece così sto sulle spine. E sta alluccuta una telefonata me la può pure fare, tanto per quietarmi, perché un telefono lo trova di sicuro dove si è riparata, e invece non ci pensa, a quell'età è così, anch'io ero sventata e facevo patire i miei...

Alle nove e mezzo, Mariagrazia scese in strada. Il temporale si stava allontanando, ma cadevano ancora goccioloni pesanti e rari. MARIKA MARIKA! cominciò a gridare forte e i vicini si affacciarono a balconi e finestre o sugli usci al pianterreno.

«Che, non sta in casa?» si stupì una vecchia.

«Mo starà tornando» suggerì qualcuno.

«L'avete cercata al cellulare?» chiese qualcun altro.

«Avete provato al bar di Catello?»

«È uscita alle sei, no un po' prima, che c'era già aria di temporale ma lontano.»

«E dove è andata?» chiese Mariagrazia.

«Chi lo sa. Non in piazza, però, ha tagliato prima, verso la Cappelletta.»

«La Cappelletta alle cinque chiude.»

«Mariagra', che piangete a fare? Tra poco torna.»

«Sti ragazzi ci guastano il cuore, con tutti i patimenti che ci danno.»

Alle dieci non pioveva più. I vicini erano sciamati in giro a cercare Marika, mentre un paio di donne erano rimaste a consolare Mariagrazia, pur sapendo che non c'era da aspettarsi buone nuove.

Alle undici passate da poco, furono avvisati i carabinieri.

Dovevo raccontare tutto subito. Non lo feci perché ero stordita e febbricitante, perché quello che avevo visto e sentito era *troppa cosa* e non avevo la forza di parlarne. La nonna mi chiese un paio di volte se per caso avevo visto Marika e io per due volte scossi la testa, che a dire forte No non ci riuscivo.

I carabinieri cercarono dappertutto, nel paese e nei dintorni, ma i cani arrivarono solo due giorni dopo e inoltre la pioggia aveva già cancellato tutte le tracce. Nessuno aveva visto niente: dopo che aveva svoltato nella strada della Cappelletta, di Marika si erano perse le tracce. Oppure qualcuno che aveva visto o intravisto o intuito taceva, proprio come me.

Una fuga d'amore? Improbabile, col fidanzatino Roberto la storia era finita da un paio di settimane e lui aveva un alibi senza buchi; altri fidanzati non ce n'erano e nessuno pensò a Enzino e ai suoi, anche perché nessuno li aveva mai visti insieme a Marika. E se anche i carabinieri avessero avuto dei sospetti, di sicuro c'era almeno una mezza dozzina di persone pronta a giurare che stavano da tutt'altra parte.

Un rapimento allora. Ma non per chiedere un riscatto, che di soldi non ce n'erano, per qualcosa di ancora peggio, si sospettava. E le culone gambecorte a mormorare tra loro che, povera ragazza, un po' se l'era andata a cercare, sempre così strizzata com'era nei vestiti, e si capisce che gli uomini si attizzano, e qualcuno di passaggio, non del paese diociscampi, doveva aver pensato che lei ci stava, e magari lei ci stava pure e poi era finita male.

Che se ne fosse scappata lontano in cerca di avventura non lo pensava nessuno, e meno di tutti sua madre, che continuava a ripeterlo ai carabinieri e ai giornalisti dei giornali e delle televisioni venuti a intervistare cani e porci per riempire pagine e servizi di foto e di niente. Marika era bella e pure fotogenica, così i giornali continuarono a pubblicarle per un po', ma sempre più piccole, finché smisero del tutto, perché c'era stata una faida tra due famiglie di Baiano con quattro morti ammazzati. E quattro morti nuovi rubano la notizia a una ragazza scomparsa, anche se è la solita storia di camorristi e la gente dice che finché si ammazzano tra loro non è un gran male.

Ai carabinieri e anche a Mariagrazia arrivarono un mucchio di telefonate, c'era chi l'aveva vista a Roma, vicino alla stazione Termini, chi insieme ai giostrai di Benevento, chi ancora al Nord, Milano Torino Genova, ma erano tutte invenzioni di gente che aveva tempo da perdere o aveva bisogno di occhiali.

Dolore contato è un po' consolato, si dice da noi, ma il mio non era solo dolore, era rabbia paura nausea disgusto, e contarlo non potevo. Così me lo tenni dentro a marcire, a guastarmi i pensieri e il sonno, finché cominciò pian piano a scolorire, anche se era sempre pronto a risputare fuori la sua puzza appena qualcuno pronunciava il nome di Marika. O appena scorgevo da lontano Enzino e i suoi amici schifosi.

«Salvato', mi ha lasciato a piedi» disse al telefono il dottor De Lucia.

«Il maggiolino?»

«E chi, se no?»

«Dottore, ve lo dicevo che prima o poi...»

«È stato più poi che prima, però adesso sto inguaiato.»

«E dove di preciso?»

«Verso contrada Moglia, prima del bivio sulla provinciale. Piglia un cavo e vieni a tirarmi, per piacere.»

«Non si può.»

«Come non si può? Ti è passata la voglia di faticare?»

«No, dottore, non si può più tirare una macchina con il cavo. Ci va il carro attrezzi.»

«Madonna, sempre a complicare le cose. Il carro attrezzi costa una cifra...»

«Non ce l'avete l'assicurazione?»

«Eh figurati... solo per i danni, per tutto il resto no. Uno strappo non lo puoi fare?»

«Se ci vedono i carabinieri ci fanno la multa a tutti e due.»

«Coi carabinieri me la vedo io. Stanno sempre a chiedere favori e una mano lava l'altra. Allora ci vieni o no?»

«Va bbuono, ma è l'ultima volta dotto', con tutto il rispetto.»

I carabinieri e la stradale stavano da un'altra parte, l'impresa andò a buon fine senza intoppi, ma quando Salvatore mise la testa dentro il cofano, la scosse subito:

«Potevamo lasciarlo là.»

«Come sarebbe?»

«Sarebbe che avete fuso il motore e non c'è più niente da fare.»

«Niente niente?»

«Niente. Sta macchina è nu guaio, nu disastro: gomme freni carrozzeria e adesso il motore fuso. Mica ve la siete sposata, dotto'. Pigliatevene un'altra.»

«Nuova no.»

«Perché no?»

«Perché con l'età che ho, non ci arrivo a finirla e la lascio vedova. E anche per i soldi.»

«Di seconda mano, allora. Ma in buona salute.»

«Me la trovi tu? che sia un affare, però.»

«Tranquillo, ci penso io.»

«Di' un po', è vero che aggiusti una macchina d'epoca del *Borbone*?»

«Di Ubaldo Manconi, volete dire.»

«Sì, *'o Borbone senza cavallo*.»

Salvatore torse la bocca in un mezzo sorriso. Era la prima volta che sentiva il soprannome di Ubaldo e lo trovava appropriato.

«Una Lancia Astura coupé IV serie del '39, un gioiello.»

«Ih, blasonata pure lei con tutti sti nomi. Si può vedere?»

«Di là, venite.»

Andarono nella seconda officina, quella riservata alla preparazione delle macchine nuove, tra le quali la Lancia troneggiava.

«Bella assai» approvò il dottore. «Dove l'ha pescata?»

«Era di suo nonno, il padre della marchesa. Stava in garage da anni.»

«Infatti non la vidi mai. Con suo padre non ricordo che abbia circolato. E adesso lui che ci vuol fare? le gite al mare, i picnic in camporella?»

«I raduni, dice. Dice pure che una uguale ce l'aveva il genero del duce.»

Il dottore ridacchiò:

«Eh me lo vedo proprio! Senza cavallo ma con la Lancia Astura coupé. Un gerarchetto di provincia fuori tempo massimo. I tempi cambiano ma i coglioni restano coglioni.»

Questa volta a ridacchiare fu Salvatore: Ubaldo non gli stava antipatico, ma un po' coglione lo trovava pure lui, soprattutto da quando gli piombava in officina tutti i giorni, a gironzolargli attorno, a chiedergli come procedeva il lavoro, ad asfissiarlo con domande inutili, a fargli fretta. E sì che gliel'aveva detto subito di non aver premura, perché c'era il problema dei ricambi e inoltre lui alla Lancia ci poteva lavorare solo nei ritagli di tempo, che se no il lavoro sarebbe costato uno sproposito.

Ma quello era come se fosse sordo. Oppure preferiva passare il tempo in officina invece di starsene a casa sua.

Il notaio Polito non voleva essere indiscreto, ma la curiosità gli dava prurito come la puntura di una vespa. E non era soltanto curiosità, perché alla sua segretaria si era affezionato, come uno zio alla nipote più attenta e silenziosa. Di nipoti veri ne aveva cinque, tre femmine e due maschi, figli di un fratello suo e di una sorella della moglie, ma attenti erano solo alla futura eredità, che si auguravano non tardasse troppo ad arrivare, mentre di lui come persona se ne fottevano alla grande. Vedovo da quasi vent'anni, e senza figli, non aveva voluto risposarsi, perché l'unione con la sua Teresa era stata così affettuosa, così appagante e intima che gli aveva messo una malinconia preventiva l'idea di poterla confrontare con un'altra. Poi non ci aveva pensato più.

Trattenne la curiosità per un paio di settimane, sperando che fosse lei a parlargliene, poi sbottò:

«Allora Rosa', tutto bene per quella faccenda?»

Lei arrossì: voleva a sua volta confidarsi, ma glielo aveva impedito il pudore di raccontare cose "da femmina".

«Sì, signor notaio, io... io sono a posto. Tutto regolare, gli esami vanno bene.»

«E glielo hai detto?»

«A chi?»

«Alla ficasecca e a tuo marito.»

«Sì, prima a lui e poi a lei.»

«E loro?»

«Loro dicono che non esiste.»

«Cioè?»

«Che il difetto non sta mai nell'uomo.»

«Ma dove vivono, sulla luna? Passi per la ficasecca che è pure, con licenza parlando, una testa di cazzo, ma tuo marito ha studiato, si è preso una laurea, non lo facevo così ignorante. O così supponente.»

Il notaio in materia aveva nozioni precise. Teresa, a suo tempo, avrebbe potuto avere quanti bambini avesse voluto, lui invece no. Quando lo avevano saputo si erano dispiaciuti, ma erano riusciti a bastarsi. E Teresa, se possibile, lo aveva amato ancora di più.

«Lui sta dalla parte della sorella. Non mi difende mai.»

«E tu difenditi da sola. Perlamiseria, ne fai dieci di loro due, sia detto senza offesa per Ubaldo. Che però, se ti ha sposata, è dalla tua parte che deve stare. Sempre.»

Rosaria rimasticò quelle parole a lungo. Le aveva già pensate da sola, ma l'avallo del notaio le rendeva ancora più motivate.

E, lentamente, si annidò in lei la decisione di cambiare, di non ingoiare più frecciate sgarbi e soprusi, insomma di difendersi, come le era stato suggerito.

Certe volte penso che Marika l'ho uccisa io. Con la mia immobilità, con il mio silenzio durante e dopo. Ma avevo soltanto undici anni, ero una bambina. Essere bambini forse è un'attenuante, forse cancella addirittura la colpa, ma non ne sono così sicura.

Dopo la scomparsa di Marika, che io sapevo essere morta mentre altri lo sospettavano solo, per quasi due anni non ho più fatto passeggiate in campagna, e siccome il movimento mi mancava tanto, mi iscrissero nella palestra Fortitudo che sta nel paese dove lavorano gli zii. Ci andavo tre volte la settimana, il lunedì il mercoledì e il venerdì, gli stessi giorni di Paolo al mercato, e mi accompagnava la nonna in macchina, perché il nonno non guida più, troppo distratto com'è diventato, poi tornavo con Salvatore e Graziella.

In palestra il movimento c'era, ma mancava il silenzio della campagna, o meglio i suoi rumori, che mi piacciono tanto. Il fruscio delle foglie calpestate in autunno, il sibilo del vento in inverno, le cantate degli uccelli in primavera, il concerto degli insetti d'estate. E poi gli odori: quello di terra asciutta o bagnata, di erba, di fiori di acacia o di limoni. La voglia di campagna era l'eredità che mi aveva lasciato mamma.

In palestra l'odore era diverso, più forte e chiuso, era di sudore, di talco, di piedi. Lì dentro mi stancavo e quietavo, e intanto mi irrobustivo alle pertiche, alle corde, alla cavallina, ai pesi, alle macchine. In palestra gambe e braccia mi sono diventate forti.

Negli altri pomeriggi, finiti i compiti, aiutavo la nonna a cucinare e in poco tempo diventai brava, ma ad allargare il foglio della pizza con le mani non ci sono mai riuscita. Però impastare mi piaceva tanto e con le mani forti che ho la pasta mi riusciva morbida e senza grumi, pronta per lievitare. Qui, quando mangiamo la pizza, la zia compra al supermercato il panetto di pasta surgelata, ma il sapore è tutto diverso. Gliel'ho detto un paio di volte che mi basta la farina e il lievito di birra, ma lei dice che poi si ritrova l'angolo cucina impolverato e insomma non mi dà retta. Il fatto è che, vivendo da sola, deve aver perso il piacere di cucinare e anche l'abitudine.

Le mie passeggiate, però, continuavano a mancarmi e certe volte mi veniva voglia di scappare, ma avevo fatto una promessa e non volevo tradirla. Poi è stato più forte di me, ho spiegato alla nonna che mi sentivo in gabbia e lei ha detto Va bbuono, qualche volta puoi andartene in giro.

Di Marika in paese non si parlava più.

Sono le nove e mezzo di sera. Rosaria e Imma siedono l'una accanto all'altra sul divano di fronte alla tele. Seguono abbastanza distrattamente la trama di un film a metà tra il giallo e la fantascienza, pensando a tratti ai fatti loro, quando gli squilli del cellulare fanno trasalire entrambe. Rosaria si alza perplessa – mai nessuno la chiama a quell'ora –, scava nella borsetta che lascia di solito sul tavolino accanto al divano, trova il telefono e quando vede sul display il numero e il nome di chi la chiama, se ne va in camera da letto e chiude la porta. Quando torna, due o tre minuti dopo, è visibilmente turbata, o meglio scossa.

Imma la osserva, incerta se fare domande o no, ma siccome la zia è pure impallidita, si decide:

«Qualcosa che non va?»

Rosaria scuote la testa, ma intanto dagli angoli degli occhi cominciano a colarle due lacrime.

«Zia, dimmi: brutte notizie? I nonni, gli zii, Angela?»

«No, no.»

«Sicura?»

«Lo sai che al cellulare non chiamano...» e intanto alle lacrime solitarie se ne sono aggiunte altre.

«Chi allora?»

Rosaria tenta ancora una debole resistenza scuotendo la testa, poi si arrende:

«Alfonso.»
«Gli è successo qualcosa?»
«No... è che domani e sabato non ci vedremo.»
A Imma non sembra che il fatto meriti una crisi di pianto: «Se non può venire, vi vedrete la settimana dopo».
«Non capisci. Lui viene, ma nel piedaterra ci va con la moglie.»
A questo punto Imma non sa come consolarla, ma dentro di sé pensa che l'esistenza della moglie alla zia non era sconosciuta. Una moglie malata, d'accordo, ma sempre moglie. Che però si dovrà arrampicare sui gradini di cinque piani e mezzo di scale. Mah.
«Non era malata, sua moglie?»
«Sì, sì.»
«Allora adesso sta meglio?»
«E che ne so? Io non gli chiedo mai niente. Lui invece...»
«Invece?»
«Mi ha chiesto... mi ha chiesto di andare nel piedaterra a... a metterlo a posto, a togliere le cose mie, le ciabatte, lo spazzolino, il pettine... cose così.»
Imma abbraccia la zia – è la prima volta – perché non sa cosa altro fare o dire e Rosaria risponde all'abbraccio.
Poi, piano piano, comincia a raccontare.

Le parole del notaio l'avevano decisa.
«Ubaldo, perché non ci prendiamo un quartierino tutto nostro, tu e io?»
«Per farne che? Tanto i figli non vengono.»
«Possiamo tornare insieme dai dottori, magari con qualche medicina... E poi, scusa, c'è tempo, non siamo mica vecchi.»
«Appunto. Mentre aspettiamo che vengano, possiamo continuare a stare qui.»
«Ubaldo, io qui ci vivo male.»
«Ma se stai fuori tutta la giornata.»

«La sera la notte e nei fine settimana però sto qui.»
«E che ti manca?»
«Tutto. Io qui non sono padrona di niente. Sono come una gatta entrata di straforo che si scaccia a pedate da tutti i posti dove si mette.».
«Io non ti ho mai dato pedate.»
«Tu no, ma Matilde sì.»
«Figurati! È che non hai ancora capito il suo carattere.»
«L'ho capito fin troppo. Lei è la figlia della marchesa Maria Sofia, io una zappaterra.»
«Zappaterra zappaterra... tu fai l'impiegata.»
«Certo, ma quando lei telefona alle vostre parenti, credo che siano parenti perché di amiche non mi pare che ne abbia, è così che mi chiama. E non è che le scappi di nascosto, perché sta ben attenta a farsi sentire.»
«Chissà cos'hai sentito, magari parlava della Fiorona.»
«Ma allora tu a quello che dico io non ci credi proprio.»
«Sì che ci credo, però esageri, prendi tutto a male.»
«Esagero, prendo a male? E come devo prendere il fatto che lei entra in camera nostra e mette le mani e il naso in tutti i cassetti e nell'armadio?»
«Be', questa è sempre stata casa sua.»
«Adesso è anche casa mia. E allora io entro in camera sua e faccio l'inventario di quello che ci tiene, come lei fa con me.»
«Ma scusa, che disturbo ti dà? mica tieni dei segreti, delle carte compromettenti...»
«Allora vediamo se a lei dà disturbo o no. Adesso vado a buttare all'aria camera sua.»
Ubaldo la trattenne per un braccio:
«Ma che vuoi fare, sei pazza?»
«Molto meno di lei. Ma da oggi si cambia.»
E la prima cosa che cambiò fu la considerazione che aveva del marito.

Venerdì, giorno di mercato. Oggi non piove, fa quasi bello. Bello come può esserlo qui, un bello diverso da quello della campagna, ma le nuvole bianche che si rincorrono tra i tetti delle case mettono allegria a vederle.

Ieri sera la zia era così intristita che mi è venuta paura che non andasse a lavorare, invece si è alzata alla solita ora, ha fatto le solite cose e poi è uscita. Veramente ha fatto anche una cosa diversa: ha lasciato a casa il telecomando, non so se per disattenzione o di proposito. Forse più per disattenzione, dato che era ancora sottosopra per la telefonata di Alfonso.

Più cresco e meno le capisco, le persone grandi. Sono capaci di fare le peggio cose senza averne coscienza. Certo, se Alfonso porta in città sua moglie, malata vera o immaginaria, non può farle trovare tracce della presenza di Rosaria nel piedaterra, però chiedere a Rosaria di andare là a fare pulizia mi sembra una coltellata ai suoi sentimenti. Di portare la moglie in un albergo, con una scusa qualsiasi, non gli è venuto in mente? Le scale ripide e lunghe, oppure un guasto al riscaldamento, o anche fingere all'ultimo momento di avere dimenticato le chiavi, per esempio. Il fatto è che quando vogliono salvare se stessi, gli adulti di fantasia ne hanno a palate, ma quando si tratta di non far soffrire gli altri si trovano a secco di risorse. È anche vero che i bambini che io ho conosciuto non erano meglio, però avevo la speranza che erano carogne perché erano bambini, e poi miglioravano. Invece.

Però Michele Amitrano, che racconta la sua storia nel libro che ho comprato da Paolo, è un bambino diverso. È pieno di attenzioni verso la sorellina e anche verso una bambina grassa che i compagni sbeffeggiano. Ha un segreto da nascondere agli altri, proprio come me. Ha soltanto nove anni, e se l'avessi conosciuto di persona, non solo sulla carta, due anni e mezzo fa, forse le cose nella mia vita sarebbero andate in un altro modo.

Questa mattina sto bene attenta a non fare la strada dell'ultima volta, perché carabinieri e polizia in questo momento sono miei nemici e non devono sapere niente di me. Quando sono nelle vicinanze del mercato mi prende l'ansia come prima delle gare alla palestra Fortitudo, perché ho paura che anche oggi Paolo non ci sia, e che debba accontentarmi di pensare a lui al posto di vederlo.

Cammino più in fretta, un passo che è quasi di corsa. Poi, quando imbocco la fila dei banchi e vedo che il penultimo posto è occupato, mi calmo e il sapore di zinco che avevo in bocca mi passa. Di zinco, come la bacinella dove la mamma mi sciacquava prima di mettermi a dormire e io mi sedevo dentro e leccavo i bordi.

Non devo pensare alla mamma. Non devo pensare a Marika. Non devo pensare a Enzino. Non devo pensare a Mimmo cecagnolo e a Peppuccio nasosottile. Sono troppe le persone a cui non devo pensare. E ho solo tredici anni e mezzo.

«Ciao Lucia. Sei bella senza cappuccio.»

«Grazie. L'altro giorno non c'eri.»

«Pioveva troppo. I libri sul banco si bagnano e si rovinano e dopo la gente non li compra più.»

«Ne vendi tanti?»

«Mica tanti. Ma lo zio non si rassegna, anche se di guadagno c'è poco o niente.»

«Perché non si rassegna?»

«Perché vendere libri è la sua vita. Prima aveva un negozio, poi gli hanno aumentato troppo l'affitto e l'ha dovuto lasciare. Così si è preso la licenza da ambulante.»

«È vecchio tuo zio?»

«Sessant'anni.»

«Non gli fa mica bene starsene tante ore in piedi al freddo.»

«Vaglielo a far capire. E tua nonna come sta?»

«Mia nonna? come al solito, ha i suoi dolori e tutto il resto.»

«Allora ci vieni una volta in pizzeria da Arnaldo?»

«Se mi portano...»

«Ci puoi venire anche da sola. Oppure con un'amica. Vi metto a un tavolino al fondo della sala e vi faccio un po' di sconto.»

«Chiedo. Ma non so se mi lasciano.»

«Un po' di svago te lo concederanno pure! Di giorno a badare alla nonna, di sera a scuola...»

Non so cosa rispondere. So solo che in pizzeria da Arnaldo non ci andrò mai.

«L'hai già finito il libro?»

«Non ancora.»

«E ti piace?»

«Tanto. La campagna mi ricorda quella del mio paese.»

«Ti manca?»

«Sì e no.»

«Come sarebbe?»

«Sarebbe che mi mancano il caldo, i colori, i profumi, ma non mi mancano certi paesani.»

Attenta, penso tra me, stai rivelando troppo. E ho paura che lui insista con qualche domanda pericolosa, ma da dietro il banco arriva una ragazza che gli dà un colpetto sulle spalle, lo fa voltare e lo bacia.

Non sulla bocca però, su una guancia, da amica.

Vorrei essere quella ragazza lì, che ha confidenza con lui, che magari lo vede spesso e va a trovarlo anche in pizzeria, che lo può incontrare quando vuole. Essere la sua ragazza mi piacerebbe ancora di più, ma so che sarebbe impossibile comunque, così non mi allargo neppure nei desideri.

«Lei è Linda, una mia compagna all'università» dice Paolo accennando a lei, «e lei è Lucia, una cliente.»

«Ciao Linda» dico, e poi subito: «Be', io vado. Ciao Paolo».

«Non compri niente oggi?»

«Oggi no. Lunedì magari.»

E scappo via. Senza correre, si capisce. Scappo perché le donne fanno domande più imprevedibili e sono più attente ai particolari. Tanto nel fine settimana non potrò leggere, con la zia sempre in casa.

Salvatore trovò la macchina adatta per il dottor De Lucia. La trattò direttamente con chi la voleva cambiare, senza passare attraverso la concessionaria, che avrebbe speculato sia sul prezzo d'acquisto sia su quello di vendita. Ci fece un giro sopra, esaminò il motore e ne fu soddisfatto: una Golf di sette anni, con sessantamila chilometri sulla groppa, ma tenuta bene, senza farle subire strapazzi. Alle piccole magagne avrebbe provveduto lui, quando fosse passata di proprietà, perché al dottore le riparazioni venivano fatte a un prezzo di favore.

Ma siccome la faccenda doveva restare segreta, il venditore temeva che sotto ci fosse un qualche inghippo.

«Voi la fate valutare da un'altra parte, a Napoli se vi va, e chi se la compra vi dà lo stesso prezzo» suggerì Salvatore.

«E se poi chi la compra piglia cento multe e a me tocca perdere un sacco di tempo per dimostrare che l'ho venduta? Sapete come vanno le cose.»

«Chi la compra è il dottor De Lucia.»

«Ah, allora sto tranquillo. E il prezzo fatelo voi, che di voi mi fido.»

Affare fatto. Il vecchio maggiolino fu mandato alla rottamazione, al padrone della concessionaria si disse che il dottore si era aggiustato direttamente con un suo paziente.

Salvatore ci lavorò sopra per qualche ora, e dopo che in carrozzeria fecero sparire un paio di bolli e qualche graffietto, la Golf sembrò appena uscita dalla fabbrica.

«Bella assai» approvò il dottor De Lucia. «E il colore, manco a farlo apposta, è quello che mi piace: chiaro, che non si vede tanto la polvere delle strade.» E poi, a voce bassa: «Se va come dici, ti sono in debito, Salvato'».

Mi ha detto che sono bella. Bella senza il cappuccio. E se non avessi sto giubbotto da barbona e dei jeans tagliati male, comprati al mercato, scommetto che mi troverebbe ancora più bella. Perché sono bella anche di fisico, con le gambe lunghe, la vita piccola e i seni alti. Il fisico credo che mi sia venuto così grazie alla palestra, alle tante ore che ci ho passato faticando e sudando senza risparmiarmi mai, perché quando facevo gli esercizi e dopo, quando ero spossata e senza forze, il ricordo e il rimorso per Marika non mi facevano quasi più sentire la fatica. Qui faccio tutti i giorni gli esercizi a corpo libero, ma non riesco a stancarmi abbastanza, e per non inciampare sempre nei brutti ricordi, devo impormi di pensare ad altro.

Ad Angela, per esempio.

Angela, mia cugina, deve avere suppergiù la stessa età di Linda, l'amica di Paolo, e va anche lei all'università. Studia a Roma, sta in collegio dalle suore, torna a casa il sabato e la domenica ma non sempre, perché certe volte si ferma per andare in biblioteca o per fare delle esercitazioni, che sono come i compiti delle medie. Oppure perché va a teatro o a sentire musica con la sua compagna di stanza che si chiama Fiorenza e che una volta è venuta a trovarci.

Ad Angela voglio molto bene, perché con me è sempre stata buona e mai gelosa o dispettosa. Quando i nonni mi hanno presa e mi hanno messa a dormire nella sua camera, non ha protestato, anzi certe sere si sedeva sul mio letto e mi raccontava una favola. La raccontava male, non come la nonna che era brava, però lo faceva di sua volontà, senza che nessuno glielo dicesse. Poi mi lasciava giocare con i suoi vecchi giocattoli, bambole musicarelli pentoline da cucina peluche, e al mare mi aiutava a cercare i sassetti di vetro colorati. Quando ho ripreso a parlare, lei mi dava consigli come una sorella maggiore, mi pettinava in tanti modi diversi, sceglieva per me le magliette che mi dovevo mettere.

Angela la invidio per tanti motivi, ma non con cattiveria. La invidio perché ha accanto sua madre, mentre la mia è morta, e suo padre, mentre il mio è lontano e a me pensa poco, i soldi per il compleanno e l'onomastico li manda sempre alle date sbagliate, e non gli è mai venuto in mente che io potevo preferire un regalo che aveva pensato e scelto, al posto dei soldi. Un paio di stivaletti, per esempio, o un giubbotto, che me li sarei messi volentieri, ma per fare dei regali così bisogna informarsi sul numero di piede e sulla taglia, insomma avere più nel cuore il destinatario. A Pasqua però manda sempre un coniglio di cioccolato con la sorpresa dentro, solo che arriva tutto acciaccato e mezzo squagliato.

Poi Angela la invidio perché, come dice nonna, ha il culo nel burro, cioè non ha patito le mie disgrazie, ma come immagine il culo nel burro non è che mi piaccia, perché chi ce l'ha per davvero si deve sentire tutto unto appiccicoso e scivoloso.

Però c'è una cosa di lei che non invidio, ed è un aspetto del suo carattere. Angela non si fa mai domande, a quello che le dicono ci crede sempre, prende tutto per vangelo e oro colato, e non si interroga mai sul perché delle cose. Per esempio, se lei fosse stata nei panni di Michele Amitrano, il bambino di *Io non ho paura*, non avrebbe notato il particolare della pentola e non si sarebbe fatta venire dei dubbi sulla sua famiglia.

Forse è un bene essere così placidi, così tranquilli, di sicuro non vengono dei pensieri incerti a tormentare la mente. Però, disgrazie a parte, io preferisco essere come sono. Oppure sono così per via delle disgrazie?

Non potrò mai saperlo.

La zia arriva a casa con un'aria dolorosa. Una ruga profonda le parte da sopra la radice del naso e le attraversa la fronte. C'era anche ieri e ieri l'altro e ancora prima, la ruga, ma più superficiale: la telefonata di Alfonso gliel'ha scavata in una notte. Le guardo la faccia diventata più vecchia e mi fa pena.

«Zia Rosaria» le dico, «ti ho preparato una sorpresa.»

«Bella?» si sforza a rispondere.

«Sicuro, se no mica la preparavo.»

«Sarebbe?»

«Ho fatto gli arancini di riso che ti piacciono tanto. E non c'è puzza di fritto, vero?»

«Sei una brava guagliona, Imma. Come hai fatto per la puzza?»

«Ho fatto il riscontro d'aria con la camera da letto. Ma sta' tranquilla, la finestra sulla strada l'ho aperta poco poco, quella sul cortile un po' di più, ma con la persiana mezza abbassata non se ne può accorgere nessuno.»

«E gli ingredienti ce li avevi tutti?»

«Sì, riso piselli in scatola ragù di carne uova mozzarella pane pesto: c'era tutto. Ne ho fatti anche per domani, già che c'ero. Sei contenta?»

«Degli arancini sì, di tutto il resto no.»

«In tutto il resto ci sono anch'io?»

«No, anzi. Mi tieni un po' di compagnia, cerchi di tirarmi su il morale.»

«Zia Rosaria, tu tutto devi cambiare.»

«E come si fa?»

«Non lo so, ho soltanto tredici anni e mezzo. Però la vita che fai è da meschina.»

«Siamo meschine tutte e due e abbiamo avuto troppe disgrazie.»

«Però non ci dobbiamo rassegnare.»

«Tu, forse. A proposito, quasi dimenticavo, con la fatica che mi è costata la storia del piedaterra. Fatica del cuore, non delle braccia. Togliere le lenzuola, sprimacciare i cuscini, guardare che non ci fossero capelli, prendere le robe mie, insomma abolire la mia presenza, come se non fossi mai stata lì. Cancellata dalla scena, capisci? E la sua telefonata di ieri sera, a chiedermelo come se fosse una cosa da niente, come, che so?, comprargli i biglietti del tram o i ticket del parcheggio. Tengo un macigno nel petto, da ieri. E a momenti dimenticavo di dirti una cosa grossa.»

«Sarebbe?»

«"Chi l'ha visto?" Lo fanno lunedì, alla tele.»

«Ti ha scritto zia Graziella?»

«No, ha telefonato dal mio notaio. Dal telefono di un altro notaio.»

«Il notaio Polito?»

«No, uno di Napoli dove era andata per lavoro. Ha chiesto il permesso alla segretaria e quella se n'è uscita dalla stanza per discrezione.»

«Avrà pensato che zia Graziella fa cornuto zio Salvatore.»

«Meglio così, perché Graziella ha potuto parlare aperta, senza mezze parole.»

«Che ti ha detto?»

«Che stanno tutti bene, che hanno registrato una parte della puntata, che al paese erano tutti in fermento perché hanno fatto domande a questo e a quello, e hanno tirato di nuovo fuori la storia di Marika, dato che la tua, di storia, sembra la fotocopia della sua. Però anche loro, i tuoi voglio dire, non si capacitano del fatto di Enzino. Che non gli hanno fatto il funerale, quasi l'avessero sotterrato di nascosto nella campagna, come i morti che ammazzano loro e non vogliono farli trovare. Ma Enzino non è un pezzente qualunque, un malacarne in affitto, Enzino è il figlio di don Raffaele e ai figli dei boss, se gli capita di restarci secchi, gli fanno dei funerali da vip, con corone e cuscini a strafottere, i negozi con le serrande abbassate, la messa grande in chiesa coi paramenti da lutto, e un prete che li benedica e sostenga nella predica che erano brave anime lo trovano sempre.»

«E allora?»

«Allora gira voce che sta di nuovo all'estero, non più a studiare, ma a fare affari.»

«Ma i miei cosa credono?»

«Non lo sanno neanche loro. Certo, tranquilli non sono.»

«E la gente?»

«La gente crede che hai fatto una brutta fine. Rapita stuprata e ammazzata. Magari non ammazzata, ma drogata e portata chissà dove a battere per un ruffiano, un rucche-rucche.»

«Mi hanno fatto un bel destino!»

«Speriamo che te ne fai un altro. Hai preparato anche un secondo?»

«Spezzatino con piselli. Quelli della scatola, avanzati dagli arancini.»

«Ci togliamo la tristezza con la cena. Anche con un bicchiere di vino. Avevo comprato un paio di bottiglie di Roero, un vino piemontese che ad Alfonso piace tanto, da bere nel piedaterra con lui, e invece ce ne beviamo una noi.»

«Io non ho mai bevuto vino.»

«Stasera è il momento giusto per cominciare. Un bicchiere solo, per allegria.»

«Zia Rosaria, me la dici una cosa?»

«Se posso.»

«Puoi. Com'è che mi sei zia?»

«Alla lontana, tanto alla lontana. I genitori di tuo nonno erano imparentati coi Manconi, cioè la tua bisnonna era sorella del bisnonno di Ubaldo. Adesso non sono neppure più tua zia.»

«E allora perché mi tieni?»

«È una storia lunga.»

«Non puoi raccontarmela?»

«Sì che posso. È la storia di un debito. Adesso mangiamo; dopo cena, con un po' di vino in corpo, la storia a raccontarla viene meglio.»

L'arrivo della troupe di Rai Tre aveva messo in subbuglio l'intero paese. La vicenda di Marika non era mai assurta all'onore di un'intera trasmissione in rete nazionale e perdipiù in prima serata, ma adesso veniva ricordata insieme con quella di Imma. Due ragazze scomparse a distanza di poco più di due anni, nello stesso paese e in circostanze misteriose. La prima bellissima, come testimoniavano le tante foto messe a disposizione dalla mamma, la seconda con i tratti più acerbi, ma con la storia di una tragedia familiare alle spalle. Un mix di elementi con un potenziale mediatico straordinario. Roba da rimediarci uno share non da partita di calcio, ma almeno da disastro ambientale.

Riprese di angoli del paese, di un paio di scorci nei dintorni, delle case in cui avevano abitato le due vittime, e poi interviste ai vicini, al barista Catello dove Marika aveva comprato l'ultimo gelato alla fragola il giorno prima della scomparsa, alle maestre di Imma, al parroco, alle comari. Tante interviste, molte delle quali sarebbero state tagliate in montaggio, con rabbia e scorno perenni degli intervistati.

Le due vicende, che cominciavano appena ad affievolirsi come chiacchiere da bar e da dopocena, ripresero a circolare sulla bocca di tutti, e le ragazze del paese tornarono a essere sorvegliate in ogni loro spostamento e tenute ingabbiate in casa la maggior parte del tempo. Qualcuna, più sventata e insofferente delle altre, arrivò a invidiare sia pure fuggevolmente la sorte di Marika e Imma.

Era sabato mattina. Rosaria si era alzata una mezz'ora più tardi del solito, Ubaldo era rimasto a godersi il torpore dolce del risveglio. Si stiracchiò nel letto, appoggiò il cuscino alla spalliera, aspettò il caffè che, come ogni mattina, la moglie gli avrebbe portato. Forte e poco zuccherato. Dopo, in cucina, avrebbe trovato la tavola apparecchiata per lui pronta per la vera colazione, con pane burro marmellata e un altro caffè, questa volta macchiato.

Rosaria era andata in bagno, si era messa una vestaglietta da casa, si era fatta un cappuccino con la macchina espresso, l'aveva bevuto in piedi, poi era andata nella stanza dello sbarazzo, che era anche stireria.

Ad aspettarla c'era una pila di biancheria da casa e, in cima alla pila, due magliette, un paio di pantaloni e una gonna di Matilde. Aprì l'asse da stiro, attaccò il ferro alla presa di corrente e selezionò i capi della pila: di qua la biancheria sua e di Ubaldo più tre asciugamani da cucina, di là biancheria e vestiario della cognata. Accese la radio a un volume sufficientemente alto da costringere Matilde nella stanza vicina a scendere dal letto.

«Più bassa la radio, Rosa', più bassa, che mi stai intronando» protestò seccata.

«È jazz. Il jazz va sentito alto. Senti che meraviglia ste percussioni» ribatté.

Matilde la guardò stupita: era la prima volta che la cognata non accettava un'osservazione che era anche un ordine.

«Con sto fracasso svegli Ubaldo.»

«Ubaldo è già sveglio. E quello che chiami fracasso è uno dei pezzi più belli della storia del jazz.»

«E tu come lo sai?»
«Anche se sono una zappaterra, figlia e sorella di zappaterra, qualcosa l'ho imparato.»
Matilde rimase del tutto spiazzata. La zappaterra stava davvero alzando la cresta, bisognava rimetterla al posto suo.
«Quando hai finito di stirare, c'è da passare l'aspirapolvere in soggiorno. La Fiorona ieri non ha fatto in tempo.»
«Vuol dire che lo passerà la prossima volta. Ti lascio il ferro attaccato dopo?»
«Attaccato perché?»
«Per stirarti la roba tua. Se preferisci lo stacco e stiri più tardi.»
«Rosa', arriva sto caffè?» chiese Ubaldo dalla camera da letto, mentre piano sax e basso si aggiungevano alle percussioni, ora in sordina.
«Ti ha chiamato Ubaldo» disse Matilde, nella speranza di riportare la situazione entro binari più consueti.
«E lasciamolo chiamare. Quando si stufa, si alza.»
Matilde batté in ritirata.
La guerra era iniziata.

«Zia Rosaria, perché proprio di sabato?»

«Perché il sabato viene dopo il venerdì. E quel venerdì, che faceva un freddo cane anche giù da noi, Matilde aveva cucinato la ricciola alla griglia, non aveva aperto la finestra neppure di una fessura, l'aspiratore l'aveva tenuto spento apposta e in cucina c'era una puzza di pesce arrostito che mi aveva mandato su due conati di vomito. Non sono delicata, ma quella puzza lì non la sopporto, cioè è il mio stomaco che non la sopporta e mi viene pure il sudore freddo alle tempie. E poi il pesce si può fare in tante maniere, al forno, in padella, con la salsa di pomodoro, mica c'è solo la griglia per cucinarlo, e invece da quasi due anni...»

«Solo alla griglia te lo faceva?»

«Sì, e le minestre le preparavo io, e la verdura pure, e anche i sughi, ma carne e pesce li toccava solo lei, erano roba sua. Dopo, quando venni qui, un po' per lo scurore dell'anima, un po' perché dovevo organizzare tante cose, di cucinare per bene mi passò la voglia.»

«Ma come facesti a trovare casa?»

«Il notaio Polito. Che lo devo ringraziare finché campo.»

«Lo senti ancora?»

«Sì, gli telefono almeno una volta al mese. Però gli faccio telefonate bugiarde.»

«In che senso bugiarde?»

«Nel senso che gli dico che sono contenta di tutto, che qui sto bene, che mi sono ambientata, che ho un fidanzato.»

«E lui ci crede?»

«Non tanto, ma fa finta. Comunque lui mi trovò casa per mezzo di sue conoscenze. E anche il lavoro, da un collega suo che però non è un signore come lui. Ma l'appartamento non aveva mobilio, e io all'inizio stavo in una pensioncina da disgraziati con gli immigrati neri e marocchini. Io e due ragazze che forse spacciavano in una stanza. E lavoravo e dovevo fare in fretta a procurarmi un letto un tavolo una macchina del gas perché intanto le spese correvano e i miei risparmi si bruciavano in fretta come la paglia. Appena fu possibile mi trasferii qui, imbiancai i muri, piano piano comprai le cose che mi mancavano, e sai con che soldi?, coi soldi dell'anello di fidanzamento che avevo venduto. La strega, la ficasecca, voleva che lo restituissi, perché un anello da marchesa non doveva finire a una zappaterra. Ma non gliela diedi vinta, lo tenevo nascosto già da prima nel cassetto della mia scrivania dal notaio, perché sapevo che lei buttava all'aria la nostra camera per trovarlo e tenerselo, e dire poi che io, la zappaterra, l'avevo perso.»

«Ma tuo marito, proprio mai mai ti difendeva?»

«Mai. Diceva che eravamo due galline e che nelle beghe da pollaio non voleva entrarci. Eppure sarebbe bastato così poco... ma lui voleva stare in pace a leggere le sue riviste di macchine, a specchiarsi nella sua Lancia, voleva non essere disturbato, che di disturbo gliene davano già abbastanza a scuola con le frecciate e i soprannomi. Però anch'io ho la mia parte di colpa.»

«Che colpa?»

«Eh... quando si è lontani, quando ci si mette fuori dal casino che si è combinato, si capisce che era tutto più facile, che si poteva uscirne in un modo diverso...

è quando si è dentro che sembra di soffocare e non si ragiona più.»

«Non so, non capisco.»

«Vedi, io sbagliai dall'inizio, da quando entrai in quella casa. Invece di portare pazienza, di abbassare la testa, dovevo entrarci da padrona. Ma è difficile, quando sai che dalla portineria sei passata ai piani alti, e ti sembra di non essertelo neppure meritato, e che sia già un miracolo da ringraziare il cielo con la fronte per terra fare il bagno in una vasca vera, tutte le volte che vuoi, senza che i fratelli e il padre ti piglino a male parole e ti diano della bonafemmena, che solo le bonefemmene c'hanno lo sfizio della pulizia. E sbagliai pure con Ubaldo: pretendevo che fosse diverso da quello che è, e si pigliasse la responsabilità di far andare bene il matrimonio, che facesse insomma l'uomo e non il pupatiello, così cominciai a detestarlo, più ancora di Matilde, e a fargli la guerra come la facevo a lei.»

«E poi?»

«E poi e poi... n'ata vota. Ho fittato quattro film, che abbiamo da far passare il sabato e la domenica. Mo sparecchiamo e poi ce ne vediamo uno, o anche due, se ci va.»

Penso e ripenso alle parole di zia Rosaria: bisogna mettersi fuori e lontani dai casini che abbiamo combinato o che ci sono capitati per poterli risolvere. Ma quando stai inguaiato, quando sei inciampato in una cosa più grossa di te, come fai a guardarla da fuori, come se dentro non ci fossi tu ma un'altra persona di cui ti frega poco o niente? Quando ci sei dentro, reagisci a caldo senza stare a ragionarci sopra, non hai la freddezza di considerare tutte le vie d'uscita, ti infili in quella che ti sembra la più veloce e la meno pericolosa.

Io, dopo il fatto di Marika, scappai a casa e la febbre fu il mio modo di reagire, di mettermi al sicuro, e anche di proteggere i miei. Devo aver pensato, senza neppure accorgermene, che Marika era morta, per lei non potevo fare più niente; e che stare zitta e tenere tutto per me era la continuazione di quello che avevo fatto prima, cioè non avevo fatto, perché Marika era stata stuprata e ammazzata sotto i miei occhi e io non avevo alzato un grido, anzi, se avessi potuto avrei anche smesso di respirare, sarei diventata un sasso, un rovo, una cosa senz'anima.

Sbagliato in pieno. A Marika chiedo perdono ogni giorno, ma non so se può perdonarmi, e quando il rimorso mi chiude la gola tanto da farmi temere di tornare muta, per consolarmi un po' mi dico che ero piccola, una bambina di undici anni, e che anche gli adulti sbagliano di fronte alle disgrazie e si infilano in vicoli ciechi, come fece mio zio Salvatore quando prese la decisione di farmi venire qui.

Ma adesso questi pensieri non mi consolano più, adesso che ho letto il libro di Michele Amitrano, che di anni ne aveva soltanto nove.

È stata nervosa per tutto il sabato e la domenica, zia Rosaria. Ma un nervoso diverso da prima, un nervoso di dolore, di delusione, di amarezza. Io non sapevo come distrarla, e mi accorgevo che anche quando guardavamo insieme i film fittati, lei con la testa stava da un'altra parte, a inventarsi un altro film, che come attori aveva Alfonso e sua moglie e come scena il piedaterra. Le ho detto Zia, perché non te ne esci un po', che la giornata per fortuna è bella, e vai a guardarti le vetrine in centro, o a passeggiare nel parco, che se potessi ci andrei io che ne ho tanta voglia? Ma lei ha fatto di no con la testa e io non ho insistito, perché capivo che a farle uscire le lacrime ci voleva poco.

Lei a combattere con la sua tristezza e io con la mia inquietudine. E con la storia di Michele Amitrano che continuava a tormentarmi. È un bambino di carta, che non è esistito veramente come Anna, però è un bambino possibile, una specie di Gennarino senza croste sulla faccia e, come il mio compagno delle elementari, si comporta diverso dagli altri, non fa finta di niente di fronte alla violenza. Gennarino, quando ancora ero muta, una volta ha strappato i capelli a Jessica, che era la più carogna del coro di quelle che mi dicevano Muta muta figlia di cornuta, e un'altra volta ha fatto a botte con Nunzio, che mi aveva rubato la fetta di crostata durante la ricreazione. Rubata buttata a terra e pestata.

Gennarino dovevo baciarlo, anche se le croste mi facevano ribrezzo, però lo capisco solo adesso che sono lontana ed è passato tanto tempo.

Cammino con la testa ingombra di pensieri e a momenti prendo la strada sbagliata, quella che passa davanti ai carabinieri. Ma si vede che è una giornata di pericolo perché, appena svolto a sinistra, arriva una macchina della polizia che frena di colpo cinque metri davanti a me. Freno anch'io, le gambe mi dicono di scappare, ma la testa mi dice di andare avanti, anche mentre dalla macchina scendono due poliziotti che si mettono a correre nella mia direzione. E mentre penso È finita, loro mi sorpassano e agguantano uno che guardava o fingeva di guardare una vetrina, gli danno una scoppola dietro la testa e quello sputa per terra tre fagottini bianchi. Ovuli di coca, lo so, l'ho visto nei film e telefilm. Uno spacciatore come ce ne sono tanti anche giù al paese, ma non mi era mai capitato di vedere che ne beccavano uno. Forse i nostri sono più furbi di questo nero, oppure hanno chi li informa di quando e dove passano i carabinieri o la polizia. Qualcuno come don Raffaele, Ciro e i compari loro.

Quando arrivo al banco dei libri, Paolo mi chiede subito se sto bene.

«Sì, perché?» gli rispondo.

«Sei pallida. Bianca bianca.»

«Sento freddo, sono tutta un gelo.»

«Ah già, sei abituata ad altri climi. Speravo di vederti in pizzeria, sabato o ieri.»
«Non ho potuto.»
«Non ti portano mai a svagarti un po'?»
«Qualche volta. Non in pizzeria però.»
«E dove?»
«Dai parenti.»
«Sai che svago.»
«Be', ci sono le cugine, chiacchieriamo tra noi.»
«Solo le cugine? Non ce l'hai il ragazzo?»
«No. Mai avuto.»
«Magari tra poco ne incontri uno che ti piace e fate coppia.»
Abbasso la testa sul banco, perché sento di essere arrossita. Uno che mi piace l'ho già incontrato e sta proprio davanti a me, ma coppia non la faremo mai. E improvvisamente ho voglia di scappare via, perché le sue parole mi hanno messa a disagio.
«Cosa compri oggi?»
«Non lo so» mi sforzo di rispondere.
«Vuoi un consiglio?»
«Sì.»
«Prendi questo» dice, allungandomi un libro.
«Quanto fa?»
«Niente, te lo regalo io. Poi mi dici se ti è piaciuto.»
«Grazie.»
«E vedi di stare allegra, perché oggi hai la faccia buia.»
Provo a sorridere, ma non ci riesco, credo.

Quando capitò il fatto mio, a ottobre, i giornali e i telegiornali mostrarono sempre la stessa foto, quella un po' di profilo che mi aveva preso il fotografo della scuola l'anno prima e che mi assomigliava poco o niente, tanto che la nonna non voleva neppure comprarla. Poi anche con me gli articoli e le foto finirono presto, perché ci fu l'alluvione in Alta Italia, con morti e dispersi, con paesi invasi dall'acqua e gente che dovevano salvarla coi barconi. La tele parlava di disastro ambientale e c'erano tante persone da intervistare ed esperti che avevano voglia di dire il loro parere.

Adesso, che sono passati quasi due mesi, sedute vicine sul divano di fronte alla tele, zia Rosaria e io stiamo aspettando che cominci "Chi l'ha visto?", e speriamo che nessuno dica niente di nuovo e che la foto sia sempre la stessa.

Io sono agitata, soprattutto perché sta trasmissione invece di farmi dimenticare da tutti, mi metterà di nuovo in esposizione. Non so di chi è stata l'idea, ma non mi sembra proprio una buon'idea. Non credo che sia partita dalla nonna o dallo zio Salvatore, forse hanno semplicemente accettato quando gliel'hanno proposta, ma io penso che hanno sbagliato. Forse lo penso perché sono lontana e in un certo senso fuori dal casino, oppure perché sto cominciando a credere che tutta la storia della mia fuga e del nascondermi abbia poco senso. È vero che sinora ai miei e anche a me non è successo niente, però non posso stare nascosta per tutta la vita.

«Mo comincia» dice la zia, prendendomi la mano. Mi volto verso di lei e le do un bacio sulla guancia destra. È la prima volta che la bacio, ed è anche la prima volta che lei mi stringe la mano. Ci vogliamo bene, a partire da giovedì sera.

La presentatrice è bionda, non sorride a vuoto e sembra che di quello che sta dicendo le importi qualcosa. Non che ci patisca per le persone scomparse di cui fa vedere le foto, perché non può di sicuro pigliarsi addosso il dolore di tutti, ma insomma ci mette l'espressione giusta.

Una donna di trentacinque anni di un paese vicino a Milano, sposata e con due figli, manca da casa da due settimane, e il marito dice che non avevano litigato, che si volevano bene eccetera; un uomo di sessantotto anni di Frosinone uscito un pomeriggio di un mese fa senza documenti e senza soldi e la figlia in studio lancia il secondo appello; una ragazza di diciassette anni scomparsa senza lasciare tracce e la mamma spiega che non andava bene a scuola, ma che non importa, l'importante è che si faccia viva, che non le sia capitato niente di brutto; poi ancora altri due casi e in sovrimpressione c'è il numero di telefono da chiamare per le segnalazioni e anche l'indirizzo e-mail.

Dopo, la presentatrice si avvicina a una specie di scrivania lunga, dietro ci sono la mamma di Marika, nonna Assunta e zio Salvatore e a me il cuore rimbomba nella testa. Saluti, strette di mano e subito dopo parte un filmato sul mio paese, che come paese non è granché, anzi, è abbastanza sgarrupato, e a vederlo adesso, così alla tele, mi fa meno nostalgia. Un giornalista racconta la storia della scomparsa misteriosa di due ragazze, a poco più di due anni di distanza l'una dall'altra, e poi sul video compaiono due foto di Marika, una solo del viso e l'altra a mezzo busto. Io mi agito sul divano, perché nella seconda si vede il corpino del vestito bianco e rosso con le fragole e le ciliegie, quello che indossava quando è stata ammazzata, e lei è bella da intenerire anche il cuore degli orchi. Non di quel malnato di Enzino, però.

Le due foto mie mi assomigliano e non mi assomigliano, cioè non assomigliano a come sono adesso e io penso subito che è stata un'altra furberia della nonna, che gli ha dato quelle dei miei undici anni, prima del mestruo, quando avevo le guance tonde come quelle degli scoiattoli mentre mangiano le nocciole, il viso pieno e i capelli lunghi.

«E chi ti riconosce, da quelle foto?» ammicca la zia.

«Nessuno, credo.»

«Non è che non ne tenevano altre, vero?»

«Ne tenevano, ne tenevano.»

«Hanno fatto bene.»

Il giornalista chiude il servizio con quattro interviste, due su Marika e due su di me. Catello il barista dice scemenze come al solito, Nunziata culona e gambacorta che a Marika dava della bonafemmena come a sua madre ora si mette una faccia da lutto e la ricorda come na guagliona gentile e accustumata; su di me parlano Carulina e la maestra delle elementari e risulta che sono una bambina riservata e un po' solitaria, tanto affezionata ai nonni e agli zii. Per fortuna niente di utile.

Poi la trasmissione torna in studio, in diretta come ricorda la presentatrice, e la nonna fa la sua recita. È la più convincente di tutti, e se io non fossi io convincerebbe pure me del fatto che non sa cosa mi sia capitato, dove mi trovi, e come mai non ci sia stata neppure una telefonata in tutto questo tempo. Riesce anche a spremersi due lacrime che la telecamera inquadra in primo piano.

«E brava Assunta, l'attrice doveva fare!» commenta zia Rosaria.

L'appello lo rivolge Tore e la voce gli trema, di imbarazzo e non di commozione, ma lo so soltanto io. Chiunque sappia qualcosa, dice, per favore lo comunichi, perché Immacolata ha poco più di tredici anni, vide la mamma morire per un incidente d'auto da bambina e in seguito al trauma rimase muta per tanto tempo.

Povero zio, penso, si sentirà tutto pizzicato dalle ortiche a fare sta sceneggiata.

«Bbuono» commenta zia Rosaria, «adesso nessuno ti collega più alla storia di Enzino e tra un po' le cose si mettono a posto.»

«Non so. A me sembra tutto sbagliato» ribatto.

Ho pensato che se nonna ha dato le stesse foto mie ai carabinieri, non c'è tanto pericolo che in giro mi riconoscano. E così ho deciso che oggi mi faccio una passeggiata bella lunga, in centro però, per vedere com'è sta città dove sono prigioniera. Semiprigioniera.

Ho anche pensato che Paolo mi guarda davvero, cioè mi vede proprio, si accorge per esempio se sono pallida o con la faccia buia e così ho preso un'altra decisione ed è che mi compro il giubbotto. In un modo o nell'altro riuscirò a nasconderlo nel borsone.

Però, siccome non so da che parte sta il centro, e non è prudente chiedere, mi sono arrangiata con le piante della città che stanno alle fermate importanti dei tram e dei bus: ho trovato la via che porta al mercato e ho cercato di fissarmi in testa il percorso da fare. Che è lungo assai, ma a me camminare piace.

Il centro è bello. Ci sono strade con i portici, certe vie hanno i viali alberati da una parte e dall'altra, i bar e le pasticcerie sono piene di gente, anche donne e ragazze scompagnate, e in vetrina espongono dei dolcetti piccoli e delle torte diverse da quelle nostre. Che però devono essere altrettanto buone. Le case non sono butterate come quelle della via dove abito con la zia, hanno facciate pitturate bene, balconi con ringhiere panciute, ma senza tanti fiori perché non è stagione. Sono arrivata sino al fiume, che scorre oltre una piazza grande e porticata, ho attraversato il ponte e mi sono incamminata dall'altra parte. Dopo un po' mi sono imbattuta in un mercato, ma diverso da quello dove viene Paolo, un mercato per gente ricca che sta da quelle parti. Però, ho pensato, nei mercati la roba si paga sempre meno che nei negozi, e così mi sono cercata il giubbotto nuovo e l'ho comprato: anche se è costato una cifra ne vale la pena, perché è bello assai.

Dopo che la Lancia Astura coupé ebbe ritrovato l'antica efficienza e splendore, Ubaldo e Salvatore la riportarono a cuccia in garage, il primo al volante e il secondo di fianco a suggerire la migliore tecnica di guida nell'uscita inaugurale. Che rimase anche l'unica per più di un anno, perché Ubaldo nutriva una certa apprensione, temendo di essere spernacchiato nel passaggio per la via principale del paese. Anche per il ritorno a casa, infatti, aveva preferito passare inosservato in un'ora buia, le sette e mezzo di una sera di gennaio fortunatamente così fredda e spazzata dal vento che quasi tutti se ne stavano rintanati al chiuso, solo che a bilanciare la fortuna era intervenuto l'inconveniente della carrozzeria che da luccicante era diventata opaca di polvere. Poco male, sentenziò Salvatore, basta una passata leggera col piumino, col piumino e mai con lo straccio!, per rimettere tutto a posto.

Il ritorno a casa della vecchia signora generò due conseguenze: prima di tutto le lunghe ore solitarie passate da Ubaldo in garage a contemplare il suo gioiello, e in secondo luogo l'inizio di una sporadica frequentazione con la coppia Palumbo-Schiano. Osteggiata da Matilde sia per partito preso (l'iniziativa infatti non era stata sua), sia perché aveva intuito una corrente di sotterranea simpatia tra Rosaria e Graziella.

E fu proprio nell'occasione della terza (e ultima) visita di Salvatore e sua moglie a casa Manconi che si verificò il cosiddetto incidente, nonché lo sconquasso famigliare.

Mi guardo nuda allo specchio lungo. Sì, sono bella. Forse questa è stata la mia rovina, come lo è stata per Marika. Ma al paese, tolta la nonna, non se n'era accorto nessuno. Nessun ragazzo che mi facesse il filo, che mi aspettasse all'uscita da scuola per attaccare discorso e poi accompagnarmi per un pezzo di strada. Ero bella in incognito. Invece ieri, in centro e tornando verso casa, dopo che avevo indossato il giubbotto nuovo e messo quello nero nella borsa di nylon, ho colto al volo delle occhiate di apprezzamento. Vestirsi bene aiuta, lo sapevo già, ma adesso l'ho sperimentato. Il giubbotto è di una stoffa lucida che sembra raso, ma non lo è perché è impermeabile, ha delle impunture verticali, i bottoni e la zip. Ma quello che mi ha incantata è stato il colore, violetto chiaro, della sfumatura del glicine, e quest'anno, ha detto la venditrice, il viola è di gran moda.

Non vedo l'ora di indossarlo per andare al mercato da Paolo.

Leggo tanto in questi giorni. Leggere mi allontana dall'inquietudine e dalla tristezza, o almeno le relega in sottofondo. Inquietudine perché mi sembra che tutti – io, i miei, zia Rosaria – abbiamo commesso tanti sbagli; tristezza perché mercoledì il banco dei libri non c'era. Avevo tanto desiderio di rivedere Paolo dopo che lunedì me n'ero scappata senza salutarlo, e speravo che si accorgesse del giubbotto nuovo e che mi dicesse qualcosa di carino, così il non trovarlo è stata una delusione grande.

La mia evasione quotidiana non ha senso, se nella settimana non ci sono tre fari di consolazione, e la consolazione consiste nel vederlo e soprattutto nel parlargli. Camminare qui in città, anche se mi sono accorta che è bella, che ci sono tante cose da scoprire, non mi regala tutto il piacere che provavo in campagna, è più che altro uno sfogo per le gambe, un modo per tenerle in allenamento, ed è forse perché non sono nata cittadina e qui mi sento straniera, oppure perché mi mancano tante cose, anche se adesso zia Rosaria non si porta più via il telecomando.

«Te lo sei di nuovo scordato» le ho detto martedì sera.

«No, svariati un po', che sei una buona guagliona e le giornate sono lunghe» ha risposto.

«Anche tu sei una buona guagliona, zia Rosaria.»

«Eh... guagliona una volta e mo appassuliata!»

«Appassuliata? ma quanti anni tieni?»

«Trentasei, figlia mia bella.»

«Trentasei sono pochi assai.»

«Dipende. Per una come me sono troppi.»

«La vorrei avere io la tua età.»

«E perché?»

«Perché i guai miei sarebbero passati.»

«Non ci credere, ogni età ha i guai suoi.»

Deve avere ragione lei. Mia mamma è stata infelice a vent'anni, i nonni dopo i sessanta, io più o meno dai cinque in poi. Non proprio sempre, ma per una gran parte del tempo sì.

Intanto ho pure scoperto che essere innamorata è come stare sull'ottovolante delle emozioni. Non so se soltanto nel mio caso, perché è un innamoramento segreto che nessuno conosce, compreso Paolo. Sull'ottovolante a un certo momento l'emozione sale sale sale e il cuore si carica, poi c'è come una pausa di felicità – sono i pochi minuti passati insieme a chiacchierare – e subito dopo comincia la discesa che è lunga lunga lunga e quando sono arrivata a terra prima che parta un altro giro ci vogliono tante ore. Però, a pensarci bene, anche per Anna era così, perché nei confronti di Peter passava da uno stato d'animo a un altro, sino al disamore finale. Ma, a differenza di Anna, io so che il mio innamoramento non ha uno sbocco possibile, cioè niente baci e abbracci, insomma niente di niente se non fantasticherie nelle tante ore che passo da sola.

Stamattina, dopo aver fatto ordine e pulizia in casa, ho tirato fuori dallo zaino l'antologia di scuola e l'ho aperta per caso su una poesia. Il primo verso, che è anche il titolo, dice Spesso il male di vivere ho incontrato. Anch'io, non solo l'autore, che quando la scrisse, secondo la nota, era molto più grande di me. E il rivo strozzato, la foglia accartocciata, il cavallo stramazzato mi sono piaciuti così tanto che ho imparato la poesia a memoria.

Zia Rosaria arriva a casa prima del previsto: doveva andare a fare un po' di spesa e invece non ha nessuna borsa di nylon appesa al braccio. Ha però la faccia stralunata e io penso che sia a causa di una nuova telefonata di Alfonso.

«Che c'è? dimmi dimmi...» chiedo subito.

«Roba grossa, enorme, da non crederci!»

«Cioè?»

«Ha telefonato di nuovo Graziella da Napoli, c'è andata apposta» dice, buttandosi di peso sul divano.

«Qualcosa di brutto?»

«È morto don Raffaele.»

«Be', non è sto gran male.»

«Sì, ma al funerale che hanno fatto stamattina, indovina chi c'era.»

«Tutti i suoi malamente.»

«Certo, ma pure Enzino.»

Mi butto anch'io sul divano, perché ho paura di cadere.

«È cosa sicura?» chiedo, quando la testa smette di girarmi.

«Sicura sicura, l'hanno visto in tanti.»

«Anche zia Graziella?»

«Lei no, stava a lavorare. Ma gliel'ha detto il padrone della concessionaria, che c'è dovuto andare per convenienza.»

«Non è che s'è sbagliato?»

«Ma figurati! Dice che aveva un paio di occhiali scuri che gli coprivano metà faccia e una cicatrice sulla fronte.»

«Allora non l'ho ammazzato.»

«Pare di no.» Un lungo sospiro, e poi: «Ti dispiace?».

«Non lo so. Da una parte sono contenta di non essere un'assassina, ma dall'altra...»

«Dall'altra?»

«Se era morto era meglio. Per me e per tutti.»

«Vero. Adesso, madonnamia, chissà che succede.»

«Succede che mi cercano a fondo.»

«Però mica è resuscitato come Lazzaro. Era vivo anche prima e non ti hanno cercata.»

«Oppure mi hanno cercata senza trovarmi. Per il momento.»

«Madonna, madonnamia che guaio. Ma è difficile che pensino che sei qua. Con tutte le precauzioni che abbiamo preso...»

«Speriamo. Magari è meglio se scappo in Belgio da zio Antonio.»

«Per il momento non ti muovi. Devono essere i tuoi a decidere.»

«Ma tu corri dei rischi.»

«Pazienza. Si vede che era destino. Magari mi tengo un coltello a portata di mano.»

Un coltello a portata di mano Rosaria l'aveva già avuto due altre volte.

La prima volta, quando ancora abitava col padre e i fratelli, stava sul tavolo di cucina; la seconda invece sul tavolo della sala da pranzo di casa Manconi – pronto per affettare il cocomero tenuto in fresco sino all'ultimo momento – insieme con i piattini e le coppette di Capodimonte, i cucchiaini d'argento e i tovaglioli.

Sera d'inizio estate, con un cielo nero di temporale, il lampeggiare delle saette in avvicinamento e il cannoneggiamento del tuono: meglio restare in casa, per non fare una fuga precipitosa sotto la pioggia, insieme con Salvatore e Graziella Palumbo, attesi per una visita verso le nove e mezzo, un quarto alle dieci.

Infatti alle nove e quaranta suonano al cancello, Rosaria si affretta a premere il pulsante d'apertura, e Matilde la squadra torva e risentita, da vittima di ripetuti soprusi. È così che, confusamente, si sente, dal momento che la zappaterra si comporta da padrona di casa, come se gli ospiti fossero solo suoi, sta sfacciata, che quando lei cucina il pesce alla griglia non si siede neppure a tavola, anzi, neppure in cucina entra, ma se ne esce subito per andare di corsa all'alimentari a comprarsi una fetta di torta salata o un trancio di focaccia farcita, e quando torna si siede in sala da pranzo a mangiare sbriciolando per terra, poi di spazzare manco ci pensa, che anzi quando lei gliel'ha fatto notare ha risposto che a pulire ci può pensare la Fiorona, visto che è pagata anche coi soldi suoi.

Fortuna che Ubaldo si è disamorato da un bel po', cioè da quando ha saputo che non è neppure capace di fargli un figlio, e di averla sposata si è pentito mille volte, e se non fosse che gli dispiace di far parlare il paese a quest'ora le avrebbe già dato il benservito.

Stasera Matilde ha un martello che le batte alle tempie, e neppure l'Efferalgan ha fatto cessare i colpi, di sicuro è colpa del clima pesante, del cielo che non riesce a sfogarsi con un bell'acquazzone, lei l'afa l'ha sempre patita, anzi, quando era ragazzina un paio di volte l'oppressione l'aveva addirittura fatta svenire. E il fatto che stamattina, quando si è imbattuta in Salvo mentre svoltava l'angolo nella via maestra e lui l'ha guardata con un mezzo sorriso stampato sulla faccia bugiarda e non l'ha salutata, ecco quel fatto di maleducazione non c'entra niente col suo mal di testa, che era forte già da prima. E per finire la giornata storta, anche gli ospiti si deve sorbire, il meccanico e la ragioniera, gente da poco, di nessuna conversazione e finezza, e il cocomero che ha comprato – bello grosso e rosso, che se l'è fatto saggiare col tassello – la zappaterra vuole offrirlo, prima dopo o al posto del gelato. Sui piattini e nelle coppette di Capodimonte.

No, i Capodimonte no. Quelli erano di sua madre e prima ancora di sua nonna, su quelli la zappaterra non deve metterci le mani, non ha alcun diritto di tirarli fuori dalla cristalliera come fossero suoi, e per usarli con chi poi?, con gente che non distingue un Capodimonte dalla plastica fatta in Cina ed è capace di sbreccarli col cucchiaino.

I Capodimonte tornano dove stavano prima, e i cucchiaini d'argento pure, quelli normali di acciaio inox bastano e avanzano.

I Palumbo non si sono presentati con le mani vuote, ma hanno portato una guantiera di dolcini secchi, che porgono subito a Rosaria – a Rosaria, non a lei –, e lei è costretta a rispondere ai saluti, ma la voce quasi non le viene e risponde con un mezzo sorriso che le stira appena le labbra.

Ed è Rosaria a dire Prego, accomodatevi, ho pensato che è meglio dentro, perché il temporale non tarda, su internet le previsioni meteo lo danno per le ventidue.

Le previsioni meteo su internet: è così che passa il tempo dal notaio la zappaterra, pensa Matilde, così e a fare sconcezze, magari.

In sala da pranzo i discorsi la tagliano subito fuori, perché cosa gliene può importare di sapere che Angela, la figlia dei due ospiti, è tanto brava a scuola, che Imma, la nipote, finalmente ha superato i suoi traumi e sembra una bambina tranquilla, e che la concessionaria Volkswagen ha assunto un nuovo addetto alle vendite, insomma sono discorsi neppure da bar, e lei con il mal di testa che la sta distruggendo deve sorbirseli, e pure con buona grazia, dato che l'educazione ricevuta non la butta via come un fazzoletto di carta usato, anche se con certa gente è sprecata.

«La gradite una fetta di cocomero bello fresco, oppure preferite una coppetta di gelato alla frutta?» chiede intanto la zappaterra.

«Non vi disturbate, signora...» risponde il meccanico.

Signora a lei!, che non sa neppure come si arrotolano gli spaghetti e li mangia penzoloni!

«Nessun disturbo, che dite! Magari prima il gelato, che ci rinfresca un po'?»

«Sì grazie, volentieri» accetta la ragioniera.

Rosaria va in cucina, torna con la vaschetta del gelato, la deposita sul tavolo e si accorge che i piattini le coppette e i cucchiaini sono spariti. Si volta verso la cognata, mani sui fianchi:

«Dove li hai messi?» chiede.

«Al posto loro.»

«Il posto loro adesso è qui» e batte con l'indice della mano destra sul tavolo.

Matilde fa spallucce, Ubaldo è come se non ci fosse, gli ospiti si guardano tra loro a disagio.

Rosaria apre la cristalliera, prende dal ripiano di mezzo le coppette di Capodimonte e sta per rimetterle sul tavolo quando Matilde, che si è alzata dalla sedia su cui stava impettita, la affronta:

«Quelle no! Quelle sono di mammà!»

«Per pigliarsi il gelato nella tomba di famiglia?»

«Screanzata, zappaterra!» sibila Matilde.

«Meglio zappaterra, che ficasecca come te!»

Un attimo di sbalordimento e la mano di Matilde si stampa sulla guancia di Rosaria che si volta di scatto, fa un passo indietro, afferra il coltellone da cocomero, si volta di nuovo sbilanciandosi in avanti e trova di fronte a sé Ubaldo, finalmente risorto dal letargo. Il coltello gli entra nel fianco, poco sopra la cinta.

Il lamento di lui, l'urlo di Matilde, le grida di sorpresa degli ospiti sono coperti dal fragore di un tuono. La camicia di Ubaldo si arrossa rapidamente di sangue.

Matilde urla istericamente Assassina assassina assassina, Rosaria lascia cadere a terra il coltello, Salvatore si avvicina a Ubaldo che è sbiancato e sembra vacillare.

«Sdraiatevi sul tavolo, professore» dice, ammucchiando in un angolo le coppette con una manata.

«I carabinieri, i carabinieri, mo chiamo i carabinieri!» grida ancora Matilde.

«Statevene ferma signorina» ordina brusco Salvatore «che prima vediamo i danni.»

Poi solleva la camicia di Ubaldo e tampona la ferita, che continua a buttare sangue, coi tovaglioli.

«Del ghiaccio, presto!» ordina ancora.

È Graziella a eseguire l'ordine e poi a occuparsi del ferito che si lamenta debolmente, mentre Matilde si è alzata e sta sollevando dalla forcella la cornetta del telefono. Salvatore gliela strappa di mano:

«Prima il dottore, è più urgente, signorina.»

«E poi, zia Rosaria?»

«Poi arrivò il dottor De Lucia, che l'aveva chiamato Salvatore, dicendogli di spicciarsi a venire con la borsa e tutto, dato che in casa Manconi c'era stato un incidente.»

«Ma tu chi volevi colpire?»

«La ficasecca, non Ubaldo, anche se allora quasi lo odiavo. Lui s'era finalmente messo di mezzo, ma invece di sistemare in riga la sorella, che mi aveva tirato un ceffone, era voltato verso di me, come se volesse tenermi buona, come se ancora una volta non stesse dalla parte mia.»

«Ma tu tenevi in mano un coltello, zia Rosaria.»

«Non quando lui si mosse. Il coltello l'afferrai dopo. Comunque non dovevo prenderlo, dovevo ribattere schiaffo con schiaffo e basta, ma ero esasperata, capisci, stavo uscendo pazza dalla rabbia e dallo stringicuore, e poi c'era quell'aria spessa, prima del temporale, quell'aria che tira fuori tutte le mattane, che ti sfruculèa dentro come uno spiedo... Ubaldo continuava a buttare sangue e a sbiancare sempre di più, anche se tuo zio gli aveva stretto la cinta sopra il taglio e ci premeva il ghiaccio sopra, e io non riuscivo a pensare a niente, come se fossi intontita da una bastonata. Per fortuna il dottore fu svelto ad arrivare, dato che abitava vicino e poi aveva capito dal tono di voce di Salvatore, più che dalle parole, che la cosa era urgente.»

«E cosa disse, quando arrivò?»

«Niente, neppure una parola. Si occupò subito di Ubaldo, gli fece due iniezioni, poi lo cucì, lo medicò e lo bendò.»

«E dopo?»

«Dopo disse Mo mi spiegate. E subito Matilde saltò su a reclamare che doveva avvisare i carabinieri, che se non lo faceva lui, com'era suo dovere, lo faceva lei, dato che in casa c'era un'assassina. Ma lui la mise subito a tacere.»

«Con tutto il rispetto, signorina Matilde, il mio dovere lo conosco da solo, non c'è bisogno che me lo ricordiate voi e ai carabinieri so cosa raccontare. Ma voi, che gli raccontate?»

«Che in casa c'è un'assassina, che ci voleva ammazzare, a me e a Ubaldo.»

«Due in un colpo solo?»

«Sì, se non la fermavamo.»

«Chi l'ha fermata?»

«Nessuno, ha gettato subito il coltello» s'intromise Salvatore.

«E perché voleva ammazzare vostro fratello?»

«Non lo so, ma prima dovevo essere io a prendermi la coltellata.»

«E perché?»

«Per via delle coppette di Capodimonte. Le ho detto che non andavano usate e lei ha preso subito il coltello.»

«No» intervenne di nuovo Salvatore, «il coltello, che stava sul tavolo, la signora Rosaria l'ha preso dopo che le avete tirato uno schiaffo.»

«Signora Rosaria, voi non dite niente?»

«Dico che non ci ho più visto. Dico che in questa casa sto come in galera. Galera per galera, facciamola finita e chiamate i carabinieri.»

«Un momento, un momento. Dopo i carabinieri, ci sarà il processo e i fatti vostri li sapranno cani e porci. La lite, le parole che vi siete dette... gli avvocati tireranno fuori tutto. Sarete come in piazza e la gente avrà di che parlare per un anno» fece presente Salvatore.

«Parlino, parlino, io non ho niente da perdere e mio fratello neppure. Chi ci perderà la faccia è lei, lei che è entrata in casa nostra come una serpe a mettere male, lei che non è neppure capace di fare un figlio a mio fratello che ci tiene tanto.»

«Ci tiene tanto a fare un figlio con una serpe?» chiese il dottore.

«Sì, per il nome, per continuare il nostro nome.»

«Professor Manconi, ve la sentite di parlare?»

Ubaldo scosse piano la testa:

«Ho tanto male, dottore.»

«Tanto non credo, vi ho fatto un sedativo. Comunque tra poco passa.»

«Io di figli ne posso avere quanti ne voglio. Me lo disse la ginecologa, e sta pure scritto nei fogli degli esami che mi prescrisse» intervenne Rosaria, con un tono spento e amaro.

«E vostro marito ne fece di esami?»

«Ma che esami e esami! Il maschio non ne ha mai di colpa!» esclamò Matilde.

«Questo lo dite voi. Al processo qualcuno sghignazzerà a sentirvi» osservò il dottore.

«Ma lo volete davvero questo processo?» chiese Salvatore rivolto a Matilde.

«Voglio che lei» e indicò con cenno del mento la cognata «vada in galera e che in questa casa non ci metta piede mai più.»

«Molto bene. Ma dopo il processo, o anche prima, dopo il verbale dei carabinieri, cioè da domani, in paese vi chiameranno tutti ficasecca» sbottò Salvatore, che per Matilde aveva sentito montare durante la serata un'avversione potente.

«Come osate, farabutto malnato e...»

«E meccanico» la sbeffeggiò lui.

Matilde boccheggiò. Nella testa adesso le rimbombavano delle cannonate.

«Dottore, la dovete proprio fare sta denuncia ai carabinieri? Non si può tenere nascosta la cosa, per il bene di tutti?»

«Salvato', la denuncia è obbligatoria.»

«Ma il professore qui, grave non mi pare.»

«Grave no. Ha perso parecchio sangue, ma si rimedia in fretta.»

«Le cose si possono aggiustare senza carabinieri avvocati processo e galera.»

«La fai facile, tu. Obbligo professionale a parte, qui se qualcuno parla, ci andiamo di mezzo tutti, anche tu.»

«Professore, la volete in galera vostra moglie? E volete che a scuola, della coltellata che vi siete preso, ne parlino tutti? E anche del resto, cioè del figlio che non viene, di chi porta i pantaloni in questa casa...»

«Io voglio solo dormire.»

«Non è una risposta, professo'. Non è quello che vi ho chiesto.»

«Rosaria non la capisco più...»

«E la volete in galera.»

«No.»

«È la vostra parola, la parola da uomo?»

«Sì.»

«E voi, signorina Matilde, carabinieri processo galera e sputtanamento per tutti, o un po' di buon senso?»

«Io in casa con un'assassina non ci vivo.»

«E se Rosaria se ne va?»

«Se va via per sempre, allora...»

«Salvato', continui a farla facile. Il professore non può andare a scuola in queste condizioni, deve presentare un certificato medico che lo esoneri. E io che ci scrivo sul certificato? Che ha un poco di mal di pancia?»

«Sapete voi cosa scriverci. Per esempio, che tagliando il cocomero gli è scappato un poco il coltello.»

«Ma per favore, chi vuoi che ci creda? E poi, uno che invece di tagliare il cocomero si dà una coltellata in fianco passa subito per minchione.»

«Dottore, qualunque cosa ci scriverete, nessuno la metterà in dubbio, e un controllo sulla vostra parola il preside non lo fa di sicuro.»

«Mettiamola così: il professore se ne sta a casa da

scuola e la moglie se ne va di casa. Secondo te, nessuno ci fa sopra un film?»

«Mettiamola diversa. Rosaria sta qui ancora per qualche tempo, finché il professore si rimette, e solo dopo se ne va.»

«No. Io in casa non la voglio più.»

«Signorina Matilde, se si va al processo, voi di casa è meglio che non ci usciate più, che dietro vi spernacchieranno a vita. Rosaria sta qui e state separate, la casa è grande.»

«Salvato', ma decidi tutto tu? che ti ha preso stasera, la fregola?»

«Mi ha preso che di guai in sto paese ne abbiamo già tanti, ed è meglio evitarne altri. Allora, sto certificato lo fate, dotto'?»

«Lo faccio, ma per te, e mi tolgo il debito della macchina. Adesso però un debito, un debito grosso assai, ce l'hanno loro tre, non con me, ma con te.»

«Dopo» dice Rosaria, «il dottor De Lucia e Salvatore portarono un letto in sala da pranzo e piano piano spostarono lì Ubaldo che si stava addormentando. Matilde e io ci prendemmo un calmante e andammo a dormire, lei nella sua stanza che chiuse a chiave e io in quella matrimoniale. Il giorno dopo e quelli dopo ancora il dottore venne a controllare la ferita e a fare le medicazioni e in capo a due settimane Ubaldo tornò a scuola. Della faccenda non ne seppe nulla nessuno, salvo il notaio Polito.»

Il dottor De Lucia e i due Palumbo uscirono insieme da casa Manconi.

«Dotto', avete fatto una buona azione» ringraziò Salvatore.

«Con buone azioni come questa si va dritto all'inferno, caro mio.»

«Perché voi ci credete, all'inferno?»

«Mah, a questo che abbiamo in casa di sicuro, a quell'altro mica tanto. Però, se Matilde parla, in galera oltre a Rosaria ci vado pure io.»

«Non parla, non parla. Superbiosa com'è, che sembra che il mondo intero le mandi puzza, non parla con nessuno. Prima di tutto, si sbarazza della cognata, che è quello che vuole da sempre, a quanto pare, e poi ha troppa paura che saltino fuori gli altarini nascosti.»

«Cioè la merda che ha sempre fatto mangiare a Rosaria.»

«Appunto. E il professore la bocca non la apre di sicuro, dato che pure lui non ci fa bella figura, ominicchio com'è. E Rosaria non fiata, manco da pensarci.»

«Gli è andata bene a tutti e due. A lui, che se il coltello affondava un po' di più ci restava secco e a lei, che qualche anno di galera non glielo toglieva nessuno.»

«Rosaria, mangiasti rospi ieri sera oppure hai le coliche?»

«Vi devo parlare, signor notaio.»

«E parla, benedetta figliola.»

«Non qui, per favore, nello studio vostro.»

«Trase allora, e poi contami.»

Entrarono, il notaio si sedette come al solito dietro alla scrivania, Rosaria davanti.

«Ieri sera accoltellai mio marito» disse subito.

«Madonnamia. Ma non l'ammazzasti, vero?»

«Vero. Non è in pericolo, tra quindici giorni si rimette.»

«Chi lo disse?»

«Il dottore. Signor notaio, io qui sono come in confessione.»

«E quello che mi dici di qui non esce, statti sicura.»

«Lo so. Ve ne parlo perché ho il cuore gonfio, e voi mi siete mille volte più caro del padre che ho.»

«Litigaste?»
«Litigai con Matilde. La coltellata era per lei.»
«Per cosa litigaste?»
«Stupidaggini. Erano venuti in visita i Palumbo: io volevo offrirgli il gelato dentro le coppette di Capodimonte e lei le ritirò dalla tavola.»
«E tu pigliasti subito in mano il coltello?»
«No, fu dopo che mi diede uno schiaffo.»
«Perché te lo diede?»
«Perché mi chiamò zappaterra e io le dissi...»
«Le dicesti ficasecca, vero?»
«Sì.»
«È colpa mia.»
«Come colpa vostra?»
«Fui io a insegnarti quel nome. Che a tua cognata calza giusto giusto, però. Dopo la coltellata che successe?»
«Salvatore Palumbo chiamò il dottor De Lucia, mentre Matilde voleva telefonare ai carabinieri.»
«Ma non li chiamaste, e il dottore, che è una brava persona, medicò tuo marito. È così?»
«Sì, e io me ne devo andare di casa.»
«È tuo marito che ti caccia?»
«È Matilde.»
«E lui zitto, immagino. *'O Borbone senza cavallo* e senza midollo. Tu che vuoi fare?»
«Andarmene. In quella casa non ci resisto e ho anche paura.»
«Di cosa?»
«Di ripigliare in mano il coltello. Però il dottore dice che devo rimanere lì fino a quando Ubaldo guarisce e torna a scuola.»
«Giusto. E dove vuoi andartene?»
«Non lo so. A casa mia non ci torno, però.»
«Allora è meglio se te ne vai dal paese. Al Nord, magari. Parlo contro il mio interesse e mi do la zappa sui piedi, però è per il bene tuo.»

«Ma non ho appoggi, signor notaio, non conosco nessuno. E un lavoro, una casa, dove li trovo?»
«A quelli ci penso io, Rosaria. Perché se io ti sono come padre, tu mi sei come figlia.»

Adesso finalmente capisco. Zia Rosaria mi nasconde per pagare il debito alla mia famiglia. Tu fai una cosa per me e io faccio una cosa per te.

Zio Salvatore ha sistemato per lei le cose quella sera e un'altra sera lei ha cercato di sistemarle per me. Però quando ha sistemato le cose di zia Rosaria, anche se era presente, era come se le vedesse da fuori, perché non lo toccavano proprio di persona, e così è riuscito a prendere tutte le decisioni giuste, cioè a soccorrere Ubaldo, far venire subito il dottore, convincere tutti a non chiamare i carabinieri. Invece, quando ha preso le decisioni per me e per la famiglia, alle cose c'era proprio dentro, e non sono sicura che abbia fatto bene come la volta prima.

Ho paura che abbia fatto come ho fatto io con Marika.

Ma sono contenta che zia Rosaria non sia andata in prigione, perché essere carcerati è davvero un'esperienza brutta. Io adesso ho la radio, la televisione, i libri e anche la compagnia, che con la zia siamo diventate amiche, e in più mi prendo dei permessi di uscita, però non faccio la vita di chi è davvero libero e certe volte mi sembra di soffocare, certe altre mi prende una tristezza da lacrime, certe altre ancora mi viene la rabbia contro il mondo. Se fossi libera, prima di tutto andrei a scuola, starei al paese mio con la famiglia, non avrei questa paura sempre addosso, che è come una spina che punge di continuo. Però non avrei conosciuto Paolo, questo è vero, non ci saremmo parlati, non avrei provato certe emozioni che sono bellissime anche quando non possono avere un seguito.

Non avrei letto i libri che mi ha dato. L'ultimo, quello che mi ha regalato, parla di uno Stato dove i libri li hanno bruciati e continuano a bruciarli se appena ne scoprono qualcuno. Il protagonista, Montag, che prima i libri li bruciava, dopo l'incontro con una ragazzina che legge di nascosto insieme alla sua famiglia, si innamora pure lui della lettura ed essendo perseguitato dalle autorità si unisce a un gruppo di ribelli che sanno a memoria un libro a testa e costituiscono una specie di biblioteca vivente. Si intitola *Fahrenheit 451*, e "Fahrenheit" è anche il nome di una trasmissione che ascolto il pomeriggio e da cui imparo tante cose. Adesso che ci penso, in tutti e tre i libri che ho letto c'è la ribellione contro l'ingiustizia: Anna lo fa nell'unico modo che può, scrivendo una specie di diario; Michele va a trovare il bambino sequestrato e poi cerca di liberarlo; Montag e gli uomini-libro impediscono che ciò che è stato scritto vada perduto per sempre.

In tutti e tre i libri ci sono cose che conosco bene: l'ingiustizia la violenza e la prigionia. Se non mi fosse capitata la disgrazia, non li avrei letti, oppure sì, ma senza stare troppo a pensarci su. E oggi i pensieri che mi vengono sono proprio strani, o meglio, confusi, perché nel male ci vedo anche un po' di bene; penso che dalla disgrazia è venuto anche qualcosa di bello, cioè Paolo insieme coi libri.

La sera della disgrazia, quando già avevano dato l'allarme al vicinato per la scomparsa di Imma ed erano cominciate le ricerche, mentre Salvatore andava ad avvertire i carabinieri, Assunta fece due telefonate: la prima al figlio Antonio, e la seconda, sforzandosi di superare l'avversione mai scemata, all'ex genero Nicola. A entrambi raccontò succintamente quanto era accaduto e spiegò che era opportuna la loro presenza al paese, per rendere più credibile la messinscena agli occhi di tutti. E infatti si precipitarono entrambi, senza aspettare coincidenze di treni o aerei: tutti e due in macchina, uno da Bruxelles, l'altro da Monaco, a guidare nella sera e nella notte e nel mattino, e arrivarono a poca distanza di tempo l'uno dall'altro.

Nella rimessa degli attrezzi che dava sull'orto, al riparo da orecchie e occhi indiscreti, Assunta ripeté quanto era accaduto e dettò come comportarsi e cosa dire ai carabinieri che li avrebbero probabilmente interrogati, insistendo in particolar modo con Nicola, che non giudicava tanto pronto d'intelletto e che invece recitò benissimo la sua parte: con la contrizione di un padre che sa di essere stato e di continuare a essere inadempiente, unita alla preoccupazione per la sorte della figlia.

La ricerca di Imma, dapprima da parte di Salvatore

di Graziella e dei vicini, poi con la presenza dei carabinieri e di buona parte degli uomini del paese, andò avanti per tutta la notte e proseguì nei giorni successivi. La campagna intorno fu battuta palmo a palmo, senza esito e senza indizi che potessero suggerire alcunché. Verso contrada Sarò, quasi all'incrocio tra un viottolo con la sterrata che portava alla provinciale, in una zona dove a breve avrebbero cominciato a costruire un villaggio vacanze, c'erano impronte recenti del passaggio di auto che poi avevano fatto inversione di marcia, auto probabilmente di grossa cilindrata, ma le tracce lasciate dai pneumatici erano troppo lacunose e labili per poterne stabilire il tipo e la marca.

I paesani furono interrogati ma non avevano nulla di importante da riferire: sì, due donne e un vecchio raccontarono di aver visto Imma sullo stradone verso il fondo del paese intorno alle quattro e mezzo del pomeriggio e spiegarono che la guagliona era sempre stata un po' strana, per via dell'incidente capitato alla madre probabilmente, e che aveva da sempre l'abitudine di andarsene da sola per la campagna. Dopo le quattro e mezzo nessuno l'aveva più vista e nessuno sapeva esattamente dove fosse diretta, neanche i suoi, a cui aveva soltanto detto che andava a fare due passi.

Quel giorno Salvatore aveva preso un permesso per portare il padre a farsi visitare da un neurologo di Napoli, che voleva essere presente anche lui, insieme con la madre, e andando avevano accompagnato Graziella al lavoro; poi, verso le sei o poco più, era andato a riprenderla, ma prima era passato un momento dal professor Manconi a farsi saldare il conto di un pezzo di ricambio (uno specchietto laterale della Lancia fracassato in una manovra) che era riuscito a scovargli e che aveva pagato di tasca sua. Tornato a casa insieme con la moglie, aveva trovato madre e padre stralunati per il ritardo di Imma. Era andato con Graziella e quattro vicini a cercarla, poi aveva avvertito i carabinieri. Tutto vero (quasi), tutto controllabile (quasi): infatti i carabinieri controllarono e non trovarono falle o contraddizioni.

Però i Palumbo – e pure Nicola Schettino – non si capacitavano del fatto che il cadavere di Enzino non fosse stato ritrovato.

Due sere dopo la disgrazia, Antonio e Salvatore uscirono nell'orto a fumare: il nervosismo e la preoccupazione li avevano indotti a riprendere un'abitudine da cui si erano liberati. Erano entrambi zitti e pensierosi, ma a metà sigaretta Antonio si era deciso a sussurrare una domanda:

«Non era meglio tenersi alla verità? Imma non ha ancora quattordici anni e poi...»

«Anto', non è che non ci ho pensato, però ho dovuto decidere svelto. Secondo Imma, Enzino era morto e io ho avuto paura per lei e per noi. Paura che qualcuno avesse visto e parlato e loro si vendicassero a botta calda, senza aspettare. Se invece morto non era, che il sospetto l'ho avuto subito, era peggio ancora, perché non ce l'avrebbero di sicuro perdonata. E per Imma sarebbe stato un inferno comunque: sulla bocca di tutti, e in più ad aspettare ogni momento i due colpi di pistola dalla moto che passa accanto e sgomma via. Ho pensato che era credibile che Imma fosse scappata: era sotto choc, aveva paura, non osava dire cos'aveva fatto...»

«Ma i carabinieri avrebbero potuto nasconderla in un posto sicuro.»

«E noi? noi chi ci avrebbe nascosti?»

«Però Enzino l'avrebbero arrestato.»

«Anto', è troppo tempo che stai via da qui. Prima di tutto, se è vivo, come forse è, chissà dove sta nascosto e per arrestarlo intanto lo debbono scovare. Poi, figurati quanti testimoni trova pronti a dire che lui quel giorno era a duecento chilometri di distanza, e intanto gli avvocati hanno già fabbricato le prove per dimostrarlo, mentre Imma, sempre secondo gli avvocati suoi, è una guagliona strana, con dei problemi psichici, tant'è vero che è stata muta, che non tiene amiche, che se ne va in giro per i campi tutta sola come una strega...»

«Va bbuono, capisco. Ma Imma non può starsene carcerata in casa per sempre. E poi, chi ti assicura che ai Manconi non gli scappi qualche parola?»

«Per Imma una soluzione la troviamo. Quanto ai Manconi, gli conviene stare zitti, perché se no ci vanno di mezzo pure loro. E te lo figuri *'o Borbone* a cavarsi da un guaio come quello? e lei, la ficasecca, a spiegare il perché e il percome è stata tirata dentro? No, loro non parlano, e noi le precauzioni le abbiamo prese tutte.»

«Mi raccomando, state attenti coi telefoni, che di sicuro li avete sotto controllo.»

«Tranquillo, Anto', non siamo nati ieri.»

«Chi mi preoccupa è papà, che non è più tanto lui.»

«Eh, lo sappiamo. Con i carabinieri ha praticamente fatto scena muta, piangeva, smozzicava solo qualche parola e l'hanno lasciato perdere. Ma tu, dimmi, quanto pensi di fermarti?»

«Ancora domani, che dici?»

«Hai urgenza di tornare?»

«Urgenza urgenza no, la direzione l'ho avvertita e pure Giuliana.»

«A sposarvi non ci pensate proprio?»

«E dagliela con sta fissa del matrimonio. Stiamo bene così, lei a casa sua, io a casa mia e insieme nei weekend e nelle vacanze.»

«Però te la sei scelta italiana questa volta.»

«È stato un caso. E comunque è meno italiana di me, sta in Belgio da quando era bambina.»

«Ma l'italiano lo parla?»

«Certo, visto che lo insegna all'università. E a me piace parlarlo insieme, è un po' come essere a casa. Però lei dell'Italia non ha nessuna nostalgia.»

«E tu?»

«Una storia come questa credo che me la fa passare per sempre.»
«Hai ragione. Però, se non sbaglio, non è che il Belgio è sto gran paradiso per le guaglione come Imma.»
«Vero. Hai ragione pure tu.»

«Sta settimana Alfonso viene, zia Rosaria?»

«Viene. E dice che non lavora, che ce ne andiamo insieme al lago.»

«Sei contenta?»

«Del lago sì.»

«E del resto?»

«Come faccio a essere contenta secondo te?»

«Ma gli vuoi bene, cioè lo ami?»

«Eh, amare è una parola grossa. Però sì, gli voglio bene.»

«E lo sposeresti, se potessi?»

«Sì. Perché a suo modo mi vuole bene pure lui. Poi è gentile.»

Io penso che l'ha mandata a fare la pulizia nel piedaterra, e quella non è stata un'azione gentile, ma non glielo dico.

«E Ubaldo lo amavi, quando l'hai sposato?»

«Amarlo no, ma mi sforzavo di volergli bene e ci sarei pure riuscita, senza la presenza di Matilde.»

«Ma perché l'hai sposato?»

«Eh, bella mia, non è che ci si sposa solo per amore. Ci sono tanti altri motivi.»

«Per esempio?»

«Per esempio, perché si pensa di andare a stare meglio che a casa propria, oppure perché non si vuole rimanere soli quando arriverà una certa età, oppure ancora perché si vogliono avere dei figli... tanti motivi così.»

«E poi Ubaldo l'hai preso in odio.»

«Allora sì, adesso non più.»

«Adesso cosa provi?»

«Una cosa strana. Adesso un po' mi fa pena e un po' tenerezza.»

«Tenerezza?»

«Ma sì, come uno che è rimasto bambino. Un bambino venuto un po' male.»

«Ci torneresti insieme?»

«Non lo so. Forse no, perché le pentole racconciate cuociono male. Però potremmo essere amici. Sai, quegli amici che non si frequentano molto, ma che se uno sta male o ha bisogno, l'altro si fa in quattro. E lui, alla separazione e al divorzio, non è che si è comportato male.»

«Cioè?»

«Mi manda un mensile, anche se io non avevo chiesto niente. Non è un granché ma aiuta, perché qui la vita è troppo cara. Non so se di nascosto dalla sorella, o se ha avuto il coraggio di dirglielo, però lo fa. Puntuale tutti i mesi.»

«E non vi siete più parlati?»

«Mi telefona a Natale, al compleanno e all'onomastico, per gli auguri.»

«E tu?»

«Anch'io.»»

«Ti piacerebbe rivederlo?

«Quante domande, Imma! Mo aiutami a prepararmi una borsa per domani, che non torno neppure a casa, dopo il lavoro.»

I grandi quando non vogliono risponderti cambiano subito argomento.

«Ciao Lucia. Che bel giubbotto. Nuovo?»
«Ciao. Sì, nuovo. Ti piace davvero?»
«Davvero. E speravo proprio di vederti.»
«Perché?»
«Be', perché siamo amici, e poi perché ho una cosa da dirti.»
«Qual è la cosa?»
«Da lunedì non vengo più.»
Sempre così: dopo una cosa bella, cioè che siamo amici, subito una bruttissima. Devo farmi uscire la voce normale, non sbagliata di dolore.
«Come mai?»
«Mio zio ha rimesso la licenza.»
«Perché?»
«Perché si guadagna troppo poco con i libri usati e non se la sente più di stare in piedi dietro a un banco.»
«Ma tre volte alla settimana ci stai tu!»
«Le altre tre lui, però.»
«Niente più libri, allora.»
«Lui andrà ad aiutare un amico suo che ha una libreria. Solo al pomeriggio, e al chiuso.»
«E tu?»
«Io continuo con la pizzeria, magari dal giovedì. L'università costa.»
«Allora non ci vedremo più.»
«No, basta che tu venga qualche volta a mangiarti una pizza o un calzone: ti ho portato apposta il bi-

glietto con l'indirizzo e tutto, così non lo dimentichi. Tieni. E guarda che ti aspetto.»

«Grazie.»

«Ti ho anche messo da parte questi tre libri, che secondo me ti piaceranno.»

«Grazie. Quanto fa?»

«Niente. Sono un regalo.»

Mi viene quasi da piangere, ma non devo.

«Grazie ancora. Ma io non ho niente da regalarti. No... aspetta. L'ho comprata stamattina come portafortuna. La vuoi?»

Mi ero comprata, dal tabaccaio delle pile, una coccinella rossa e nera, piccola, di latta, da attaccare allo zaino quando potrò tornare a scuola.

«Ma l'avevi presa per tenerla.»

«Non importa. Sono contenta se la fortuna la porta a te.»

«La appendo alle chiavi di casa, così ti ricordo tutti i giorni.»

Adesso ho proprio paura di piangere.

«Non piangere Lucia. Vieni a trovarmi, e tanti auguri per tutto.»

Faccio sì con la testa e me ne vado.

Vorrei sfogarmi col pianto ma non mi viene.

La mia vita è uno schifo.

Nessuno che mi possa consolare.

Neanche zia Rosaria, che stasera non torna.

Ma di Paolo come avrei fatto a parlarne?

Voglio tornare a casa mia.

Voglio la nonna che mi abbraccia.

Voglio Toto che si struscia contro.

Che mi lecca le mani e il collo.

Voglio chi mi vuole bene.

Maledetto il giorno che sono andata verso contrada Sarò.

Ma soprattutto maledetto Enzino.

Che dovevo stare attenta ad ammazzarlo davvero.

È una sera di tramontana. Hanno chiuso finestre e scuri: per non sentirli sbattere, certo, ma soprattutto per un bisogno inconfessato di sicurezza, di protezione, e finito di cenare indugiano ancora un poco a tavola. Assunta ha gli occhi persi nel vuoto, assenti. Tore guarda interrogativamente Graziella, che si stringe nelle spalle, poi si rivolge alla madre:

«Ma', che hai?» chiede.

Assunta sembra non sentirlo.

«Ma', rispondi!»

Assunta scuote piano la testa, indugia a rispondere, e quando finalmente parla, la sua voce è spenta, irriconoscibile.

«Non ce la faccio più, Tore. Troppe disgrazie. E ho paura che non sono finite.»

«Ma', per favore, non dire così, non darci il malaugurio.»

«Penso alla guagliona, che non possiamo neppure sentire la sua voce, povera anima che ne ha già patite tante, che sta come in carcere con una che manco conosceva, che chissà se la tratta bene, se le dà un po' di conforto...»

«Rosaria è una brava persona.»

«Che ha accoltellato il marito.»

«Eravamo presenti, ma', è stato un gesto d'impulso e quell'altra l'aveva provocata.»

«Noi di coltellate non ne abbiamo date mai.»
«Perché ci vogliamo bene.»
«Ma alla guagliona Rosaria non è che può voler bene.»
«Però neppure male. E per il momento Imma è al sicuro.»
«Per il momento. Ma non può stare lì per sempre, non può stare sparita per anni.»
«Troveremo il modo. Porta un po' di pazienza.»
«Non ne ho più, Tore. Né pazienza, né coraggio, né forza. Sono sfinita, ho solo voglia di morire.»
Tore e Graziella si guardano e non sanno cosa dire. Di parole, da dopo la disgrazia e soprattutto da quando è riapparso Enzino, ne hanno dette troppe, tutte inutili.
Saverio, che da tanto tempo nelle discussioni non interviene più, perso com'è nel suo mondo di ombre e di silenzio, stavolta si alza dalla sedia e si avvicina alla moglie:
«Assunti', tu eri la mia leonessa. Il coraggio lo devi ritrovare» dice, poi le prende una mano e gliela bacia.
Gli occhi di Assunta si fanno lucidi:
«Aiutami tu, Save', aiutami che adesso ne ho bisogno.»
«Sì, sono qua» dice lui, si china e la abbraccia.

«Con Alfonso ci vediamo domattina, perché oggi non può partire. Però si ferma anche lunedì e io mi sono presa un giorno di ferie» dice Rosaria, rientrando imprevista a casa. Si toglie il giubbotto, posa borsone e borsetta sul tavolino accanto al divano, poi si accorge della faccia scura di Imma.

«Che c'è? Il cuore gonfio?» chiede.

Imma fa cenno di sì con la testa e le lacrime, che non le erano uscite per l'intera giornata, sgorgano senza freno.

«Vieni qui, siediti, fatti abbracciare e piangi» dice Rosaria. «Piangere fa bene, svelena il sangue. Lo so che è dura, ma tu sei forte, sei na capa tosta e devi pensare che tra un po' tutto finisce.»

«Finisce quando? finisce come?» chiede Imma, abbracciata a Rosaria, con la testa sulla sua spalla.

«Non lo so. Ma so che niente va mai come speri e neppure come temi. Va in un altro modo, in un modo che non hai previsto, che non ci hai mai fatto neppure un pensiero. Insomma, c'è sempre una terza via.»

«A te è capitato?»

«Che le cose siano andate diversamente?»

«Sì.»

«Tante volte.»

«Dimmene una.»

«Be', com'è andata con Ubaldo a causa di Matilde

già lo sai, ma che finisse con una coltellata non l'avevo proprio previsto. Se vuoi te ne racconto un'altra, su Ubaldo, di poco dopo che ci eravamo sposati.»

«Racconta.»

«Era andato in macchina a Frosinone da certi parenti suoi, per la questione di una proprietà in comune. Torno a casa dal lavoro e lui non è ancora rientrato. Lo cerco al cellulare e non risponde, ma non sono in allarme. Poi Matilde accende la tele e la seconda o terza notizia è quella di un maxi incidente appena avvenuto sull'Autostrada del Sole all'altezza di Cassino, con decine di auto coinvolte, morti e feriti. Comincio a preoccuparmi e richiamo Ubaldo, ma non è raggiungibile. Sei sicura che non è tornato e poi uscito? chiedo a Matilde, e lei mi dice di non fare domande sceme. Un'ora dopo entro in agitazione e comincio a telefonare ai carabinieri, ai vigili del fuoco e a non so più chi, mentre Matilde mi starnazza intorno invocando la Madonna di Pompei e fingendo a intermittenza di svenire. Nessuno sa darmi risposte precise, certi feriti sono ancora imprigionati dalle lamiere, di altri non hanno trovato subito i documenti in quell'inferno di macchine sfasciate. Ho tanta paura, anzi, sono quasi certa che Ubaldo in quell'inferno ci è caduto dentro, se no avrebbe avvisato del ritardo. Alle undici l'apprensione mi ha sfinita e me lo immagino morto, o ferito grave, senza una gamba o un braccio, o ridotto a un vegetale, e per sfuggire a Matilde esco in giardino a cercare aria perché sento che mi manca il respiro. In giardino vedo una lama di luce che filtra sotto il portone del garage e penso distrattamente che Ubaldo l'abbia lasciata accesa al mattino, prima di partire, poi, dopo un po', decido di andare a spegnerla. E Ubaldo è là, seduto al volante della sua amata Lancia Astura che poi ha fatto restaurare da tuo zio, è là addormentato come un neonato dopo la poppata. Mi si è sciolta la paura, ma ho avuto voglia di strozzarlo.»

«Cos'era capitato?»

«Era capitato che era rimasto senza benzina poco prima del paese e che aveva lasciato la macchina al bordo della strada, pensando che il giorno dopo ce ne saremmo occupate io o sua sorella, poi era andato in garage per la venerazione quotidiana delle sue macchine e lì s'era addormentato. La scappata a Frosinone l'aveva stancato troppo, oppure s'era fatto bidonare dai parenti e doveva smaltire un poco lo scorno.»

«Non è andata come temevi, ma è andata come speravi» contesta Imma, tirando su col naso.

«Ti pare che speravo di trovare un minchione addormentato in garage?»

«Speravi di trovarlo vivo.»

«Vivo sì, ma diverso da com'era. E che fosse lì, proprio non mi era passato per la testa.»

«Mah... non so.»

«Cosa?»

«Non so se la tua teoria mi convince. Se c'è sempre una terza via.»

«C'è, credi a me, solo che non la vediamo.»

«Sempre?»

«Sempre.»

«Se lo dici tu...»

Sabato domenica lunedì. Tre giorni eterni. Senza poter uscire per paura di farmi scoprire dalla zia, che forse era andata al lago con Alfonso e forse no, chissà mai avessero cambiato idea per via del tempo piovigginoso. E meno male che avevo avuto sta pensata, perché sabato pomeriggio sul tardi la zia è rientrata un momento.

«Niente lago?» ho chiesto.

«Domani, che il tempo si rimette al bello. Stasera andiamo al cine e poi a mangiare una pizza.»

«E Alfonso dov'è?»

«A mettere il gas nella macchina, che il distributore

è un po' lontano. Mi sono fatta lasciare qui con la scusa che devo andare in bagno.»

«Perché una scusa?»

«Volevo vederti, che ieri stavi troppo giù. E anche portarti due dolcetti della pasticceria Aniello che sta qui dietro.»

«Grazie.»

«Che è sto libro?»

«Uno che mi ero portato dietro, con quelli della scuola.»

«*Il marchese di Roccaverdina*. Bello?»

«Sì.»

«Quando l'hai finito, me lo leggo pure io.»

«L'ho quasi finito.»

«Ma un dolcetto non lo mangi? Sono buonissimi, soprattutto le sfogliatelle e i cannoli, proprio come da noi. Assaggia, dài.»

Ho preso una sfogliatella che era davvero buonissima ma ho fatto fatica a mandarla giù, e perché la zia non si accorgesse che stavo per piangere l'ho abbracciata stretta stretta e subito dopo lei se n'è andata.

I cannoli e le sfogliatelle mi hanno commossa e abbattuta ancora più di prima. Commossa perché era stato un pensiero gentile, abbattuta perché hanno spalancato la porta ai ricordi, a quello di mamma con il serpente rosso di sangue tra i capelli, a quello di Marika con le braccia abbandonate mentre i malacarne la portavano alla macchina, a quello del mio incontro con Enzino in contrada Sarò.

I ricordi erano troppo forti e non riuscivo né a mandarli via né a reggerli, mi davano l'oppressione al petto, mi facevano mancare il respiro, avevo voglia di urlare e di morire nello stesso tempo. Allora mi sono ricordata della medicina che zia Rosaria prende per dormire e sono andata in bagno a cercare il boccettino, che era pieno per tre quarti. La tentazione di vuotarlo tutto nel bicchiere è stata violenta come un comando, ho svitato il tappo e ho cominciato a versare le gocce che venivano giù lente lente nel bicchiere: una due tre... e intanto cantavo piano piano:

Nella città di Mantova
c'è una ragazza bella
e il re che l'ha veduta
la volle rivedere...

E mentre cantavo, ho risentito la voce di mamma precisa com'era, che da tanto tempo non la ricordavo più e allora mi sono fermata, perché mi sono venuti in mente i nonni gli zii e Rosaria e l'obbligo di affetto e di rispetto che ho verso di loro. Hanno già patito troppi dolori ed era ingiusto e cattivo dargliene un altro, così ho vuotato e sciacquato il bicchiere, ho letto il foglietto delle avvertenze e di gocce ne ho versate solo sei, la dose minima, poi ho rimesso tutto a posto.

La dose minima era proprio minima e non mi ha addormentata. Però mi ha un po' stordita, come la febbre quando non è troppo forte e lascia spossati, con i pensieri che galleggiano e non hanno dentro il veleno che brucia come quello delle meduse.

Il ricordo dell'incontro con Enzino in contrada Sarò.

Non l'ho scacciato come le altre volte, forse perché ero intorpidita e forse, ma non ne sono sicura, perché devo aver pensato che era ora di affrontarlo, come quando si va per disperazione dal dentista a farsi strappare un dente che duole troppo. Quel ricordo lì era da strappare via dalla mente, con tutte le sue radici sanguinolente e il pus e l'infezione.

Sono quasi le tre e mezzo del pomeriggio. Domani abbiamo due ore di educazione artistica, una di ginnastica e due di italiano. Mattinata leggera, la tempera con la natura morta l'ho finita l'altro ieri: un cestino di vimini pieno di limoni sfusati al centro di una tavola che non è quella della cucina dei nonni, ma quella di casa di mamma nel ricordo. Per italiano c'è da rispondere a un questionario sulla comprensione del testo, una poesia di Federico García Lorca che si intitola *Conchiglia*. La poesia è corta e bellissima, il questionario lungo e scemo. Domande inutili che fanno dimenticare quanto sono belli i versi, che quasi te li fanno dispiacere. Rispondo in fretta come vuole la supplente, dato che la Pizzullo, quella di italiano che è brava, sta all'ospedale a farsi operare, poi chiudo il quaderno, mi rileggo la poesia cancellando dalla mente domande e risposte e me la imparo a memoria.

La conchiglia mi fa venire voglia del mare, di guardarlo da lontano nella luce pulita dell'autunno.

«Nonna, vado a fare due passi» dico.

«Solo in paese, mi raccomando. Magari ti fermi in piazza con le compagne ma torni presto.»

«Sì, sta' tranquilla» mento.

In strada non c'è quasi nessuno, i negozi sono ancora chiusi, le finestre pure, perché c'è una brezza leggera che però solleva la polvere.

Svolto nel vicolo del Lavatoio: gli scuri della casa di Nannina Esposito sono chiusi, perché zi' Nannina, che ha i dolori dappertutto, di notte non riesce a dormire e di giorno si fa una pennica lunga; i Guaragno, padre madre e figlio, sono tutti a faticare nello scatolificio; oltre ci sono le case chiuse dei Persichino, dei Mirabella e dei Vietri, che tornano soltanto per le vacanze e qualche volta a Natale. Il lavatoio è senz'acqua da anni, ma tutti c'hanno in casa la lavatrice. Bbuono, così nessuno farà la spiata a nonna.

Cammino veloce, perché ho dentro questa voglia di mare. Un mare vero, non di mappa, ma con i pescioli-ni d'ombra e d'argento. Mi piacerebbe anche avere un conchiglia grossa, da sentirci dentro il rumore delle onde, ma nessuno me l'ha mai regalata, forse perché chi vive quasi vicino al mare non sente il bisogno di ricordarselo tutti i momenti.

Vicolo del Lavatoio finisce davanti all'uliveto dei Veneruso. Le olive primaticce le hanno già bacchiate, perché l'estate è stata molto calda e generosa. Dicono che quest'anno l'olio è buonissimo, ma la nonna non compra quello dei Veneruso, perché secondo lei ci fanno dei truschini e ci aggiungono porcherie, dato che sono sempre stati trastulari, cioè truffatori.

Mi viene in mente che qui vicino tra poco ci costruiscono un villaggio vacanze con un centro benessere, che vuol dire piscine, campi da tennis, strada asfaltata, parcheggi e chissà cos'altro, e non sarà più bello venirci, ci sarà tanta gente e tanta confusione. A meno che, come dice zio Tore, prima o poi qualcuno non si decida a mettere il naso nelle faccende della famiglia di don Raffaele e riesca finalmente a incastrare tutti quanti.

Mi lascio alle spalle l'uliveto e svolto nel piccolo sterrato a sinistra. Se avessi continuato a destra non sarebbe successo niente: a volte la vita ti cambia in un attimo solo perché hai sbagliato a svoltare. Ma come facevi a saperlo prima?

Il suono del campanello. Quello del citofono, non della porta. Il cuore mi dà la scossa come avessi preso la corrente. Non devo rispondere, si capisce, perché io non sono qui, qui non esisto proprio.

Non posso neppure sapere chi ha suonato, perché dalla finestra il portone non si vede, nascosto com'è dai balconi del primo piano. Non è mai successo, adesso che ci penso, eppure ogni tanto zia Rosaria porta su della pubblicità di supermercati o mobilifici o aggiustatori di tapparelle che trova nella buca delle lettere. Non è mai successo che qualcuno abbia suonato il campanello nostro in tutto questo tempo e adesso che è sabato quasi notte, invece sì. Al pensiero il cuore mi dà un'altra scossa, forte come la prima se non di più.

Vado scalza alla porta per non fare rumore, accosto l'orecchio al battente e mi sembra che non ci sia nessun rumore sospetto, però per sicurezza metto la catena, anche se zia Rosaria non vuole che lo faccia quando sono da sola. Sto ancora dietro alla porta quando c'è un'altra scampanellata, e allora scappo via, come se scappare in un'altra stanza servisse a qualcosa.

Adesso mi manca quasi il respiro. Ancora il campanello. Ma subito dopo sento che si aprono delle finestre e una voce grida forte La smettete brutti stronzi? e un'altra rincara Andate affanculo coglioni! e allora capisco che qualcuno, magari ragazzi o ubriachi, ha suonato a tutti gli inquilini del palazzo. Però, per sicurezza, incastro lo schienale di una sedia sotto la maniglia della porta, come fanno in certi telefilm di paura che vedevo gli anni scorsi con la nonna. Solo che in uno di quei telefilm la manovra non era servita e l'assassino era entrato dalla finestra. Così, non so perché, mi viene quasi da ridere e mi calmo.

Vado a letto nella camera della zia, mi faccio una cuccia calda tra lenzuola e coperta e spero che mi venga sonno presto. Ma invece del sonno, dopo un po', torna il ricordo.

Svolto nello sterrato a sinistra, perché so che dopo una quindicina di metri c'è una curva brusca e da lì si vede il mare in fondo come da una terrazza, e penso ancora una volta, ma distrattamente, che tra poche settimane questo sarà un posto perduto, da dimenticare, il mare resterà nascosto dalle case e allora la mia è come una visita di addio.

Così, quando arrivo sulla terrazza, resto a lungo a guardare la distesa d'azzurro luccicante con le sue piccole scaglie bianche di spuma e poi faccio una cosa un po' stupida che però in quel momento mi sembra giusta: come addio recito ad alta voce la poesia della conchiglia:

M'hanno portato una conchiglia.

Dentro le canta
un mar di mappa.
Il cuore
mi si riempie d'acqua
con pesciolini
d'ombra e d'argento.

M'hanno portato una conchiglia.

Poi mi volto per tornare.

Ma lì, mezzo passo dietro a me, c'è Enzino. Che negli occhi mi legge il terrore.

So benissimo, e lo sapevo anche allora, l'avevo imparato dai documentari di National Geographic alla tele, che di fronte a un predatore la preda non deve scappare, perché la fuga scatena l'aggressione; ma l'istinto è più veloce della ragione e così tento uno scarto laterale, senza dire nulla, alla disperata. Se avessi parlato, se l'avessi salutato, chissà... forse non sarebbe successo niente, forse lui si sarebbe messo a ridere, perché dovevo essergli sembrata ridicola a recitare una poesia di fronte al mare, una ragazzina stupida e invasata che si credeva su un palcoscenico e gesticolava come un'attrice.

Invece.

Invece lui allarga le braccia, come quando si gioca a mosca cieca, riesce ad afferrare un lembo della mia maglietta e mi sbilancia in avanti.

«Lasciami!» grido.

La maglietta non si strappa, lui mi tira verso di sé, mi fa voltare e mi blocca.

«Cos'hai? Paura?» chiede.

«No» mento, e intanto penso che mi sono lasciata sfuggire l'unico attimo in cui avrei potuto liberarmi con una ginocchiata o con un calcio. Ma la paura ha un odore e lui lo sente.

«Invece ne hai. E tanta.»

Faccio segno di no con la testa, perché la voce non mi esce.

«Allora vediamo» dice. E la ginocchiata che dovevo dargli io la dà lui a me, mi butta a terra e mi rovina sopra.

Ho una fitta lancinante all'inguine, un dolore violento alla schiena per la caduta sulla terra dura e ciottolosa, il petto schiacciato dal peso e dalla forza di lui, le braccia strette in una morsa. So quello che mi capiterà: tenterò di liberarmi, eviterò forse la sua bocca, ma non tutto il resto, griderò inutilmente, se mi esce ancora la voce, AIUTO e LASCIAMI, poi andrò a far compagnia a Marika e al mio cadavere ci penserà zio Mario.

No. NO. NO.

Non voglio morire. Non per mano di questo malacarne figlio di malacarne.

Smetto di agitarmi e opporre resistenza, rilasso i muscoli come mi hanno insegnato a fare in palestra, mi abbandono. Lui ha un moto di sorpresa, ma non si fida a lasciarmi libero un braccio per spogliarmi o picchiarmi col suo, mi guarda perplesso e io non chiudo gli occhi, guardo a mia volta la sua faccia a venti centimetri di distanza dalla mia, come in attesa. E dopo un paio di secondi (o forse meno, o forse più: il tempo è diventato molle e informe, senza misura) lui abbassa la faccia sulla mia, mi cerca la bocca e io la apro un poco, senza evitarlo, come fanno le attrici nei film. Il mio primo bacio, penso, mentre la sua lingua fruga e si contorce nella mia bocca e io ricambio come mi riesce, sperando che il vuoto che sento salire dallo stomaco non sia un conato di vomito. Il mio primo bacio schifoso, ma non deve essere l'ultimo, penso con una concentrazione feroce, e apro di più la bocca e faccio guizzare la mia lingua contro il suo palato e poi la ritraggo e lo frugo a mia volta e mordicchio le sue labbra ma piano mentre vorrei tranciargliele coi denti.

Quanto dura? Non lo so. Mi sembra che non finirà mai.

Poi lui si scosta un po':

«Ti piace eh?» commenta.

Gli rispondo con un cenno, ansimando, la voce mi tradirebbe.

«Zoccola» decide, come parlando tra sé.

Poi mi libera dalla morsa il braccio destro (è mancino, penso e ricordo) e infatti col suo sinistro si insinua tra noi per abbassare i suoi jeans e i miei e invece di contrastarlo io lo assecondo muovendomi sotto di lui, gli bacio il collo, glielo lecco, glielo succhio e intanto con la destra spazzo il terreno di fianco a me e mentre lui si solleva un poco per tirarmi giù le mutandine trovo una pietra abbastanza grande e con un bordo tagliente.

«Zoccola zoccola zoccola» ripete lui come una litania mentre gli infilo la lingua nell'orecchio sinistro.

Chi lo dice che le scene spinte nei film sono un cattivo esempio per i giovani? Io mi sono salvata con quelli trasmessi di notte, guardati qualche volta per tenere compagnia al nonno, che si alzava dal letto piano piano per non svegliare nonna e se io per caso andavo a fare pipì o a bere un bicchiere d'acqua lo trovavo sul sofà del soggiorno davanti alla tele col volume a zero, la faccia stranita e infelice. Allora mi sedevo accanto a lui, gli prendevo la mano e restavamo vicini aspettando di riaddormentarci pian piano insieme. La nonna, che è sempre la prima ad alzarsi, ci trovava lì la mattina, stropicciati e infreddoliti.

Impugno stretta la pietra. Lui ha la faccia sulla mia mentre si contorce alle prese con la cerniera lampo della patta. Serpente velenoso, penso.

Adesso.

Sollevo il braccio e lo colpisco alla testa. Ho le braccia forti, perché in palestra faccio anche i pesi e fatico alle macchine, le mie non sono braccia di ragazza mammoletta. Lui resta per un attimo stordito e stupito, e io lo colpisco di nuovo di nuovo di nuovo di nuovo, di piatto e col bordo tagliente e il sangue gli esce dagli sbreghi e lui diventa un peso morto e io riesco a rovesciarlo di fianco e gli sferro ancora una pietrata sulla fronte perché lo odio e continuerei a colpirlo se non avessi il braccio stanco e male dappertutto e allora mi inginocchio e mi alzo a fatica e intanto sto piangendo mentre il cuore mi assorda e rimbomba nelle tempie.

Lui ha la testa e la faccia che buttano sangue e gli occhi rovesciati.

È morto. L'ho ucciso io.

Dopo?

Dopo il ricordo si fa più confuso. Sono scappata, ma non di corsa, perché non ce la facevo. Ero sporca di terra di sangue di lacrime di moccio, in mano stringevo la pietra, senza pensieri perché il serpente mi aveva paralizzato la mente, e a scegliere la strada sono stati il corpo e le gambe. Loro hanno tagliato per la campagna, fuori dal sentiero e dallo sterrato, ma a un certo punto hanno ceduto e mi hanno fatta cadere, la maglia e i pantaloni si sono strappati, io non ci ho quasi più visto per le lacrime, ma loro, le gambe e il corpo, sapevano cosa fare e mi hanno portata a casa dal retro, e hanno spinto il cancello dell'orto e nell'orto c'era zio Tore che gli è caduto il rastrello e a me è caduta la pietra e lui ha detto O Madonna mia.

È l'una di notte. Il campanello non ha più suonato. Tutte le tapparelle sono abbassate. Ho lasciato accesa solo la luce bassa del soggiorno-angolo di cottura, perché non mi va di restare nel buio totale. Per strada passano poche macchine, solo una ogni tanto, e nessuna moto smarmittata come capita di giorno. Il bar ha chiuso a mezzanotte. C'è quasi silenzio, ma il sonno non vuole proprio arrivare. Mi alzo, cammino un po' per casa, mi faccio una camomilla, vuoi vedere che funziona più delle gocce di zia Rosaria.

Invece no. Dallo sgabuzzino, dove li ho nascosti, prendo un libro che mi ha regalato Paolo. Uno degli altri l'avevo dimenticato in bella vista, ma zia Rosaria per fortuna ha creduto alla bugia che le ho raccontato. Sulla copertina di questo c'è un ragazzino che alla cinta ha una fionda e nella mano chiusa a pugno probabilmente una pietra. Anche lui una pietra. Il libro è spesso e si intitola *Le avventure di Oliver Twist*. Torno nella cuccia calda, accendo la luce e comincio a leggere.

«Ci lavorate domani alla concessionaria?» chiede Saverio rivolto a figlio e nuora.

«No, questo weekend stiamo chiusi, il prossimo invece ci sono le offerte» risponde Tore, stupito non dalla domanda, ma dal fatto che il padre l'abbia posta, che sia uscito spontaneamente dal suo abituale silenzio.

«Allora possiamo andare tutti insieme a fa' na scampagnata.»

«Dove?»

«Dove, dove... Di posti ce ne stanno tanti. Alla reggia di Caserta per esempio, oppure a Benevento, o anche altrove, che di posti belli ne abbiamo assai. Poi ci fermiano in un buon ristorante e ci finiamo la giornata con qualche spesuccia. Ad Assuntina mia ci manca una bella giacca pesante, per le giornate fredde, e voi due vi scapricciate come vi pare. D'accordo Assunti'?»

Assunta solleva lo sguardo dal piatto.

«Sicuro che non piove, Save'?»

«Sicuro giurato.»

«Ma se ci sta na nuvolaglia nera!»

«Stasera, ma domani no.»

«E come lo sai?»

«Ho guardato su internet.»

«Tu? Ma se manco sai come accenderlo il computer!»

«Me l'ha imparato il dottor De Lucia.»

«Quando, come?»

«Oggi ieri e ieri l'altro ancora. Mentre tu eri da Nunziatina per le ultime conserve.»

«E com'è che ti è venuto in mente di andare dal dottore?»

«Così, per dirgli che stavo un po' giù e chiedergli se mi dava qualcosa.»

«Cosa t'ha dato?»

«Niente. Mi ha fatto la predica e mi ha imparato a cercare le cose su Google. Sapete che vi dico? Che domani magari me ne compro uno di computer. Piccolo, portatile.»

«Pa', ne abbiamo già uno in casa, con lo schermo piatto bello grande.»

«Quello è vostro. Non sia mai che ci faccio pasticci. Lunedì torno dal dottore e mi dà altre lezioni. Potremmo invitarlo qualche volta a cena, che ne dici Assunti'?»

«Dico di sì. Ma bisogna sapere cosa gli piace.»

«Eh... ho fatto un poco lo spione, parlando del più e del meno. Spaghetti allo scoglio, paccheri cu 'o ragù, anguilla marinata, alice 'mbuttanate...»

«Lunedì lo inviti per il giorno dopo o per quando preferisce lui. E il babà gli piace?»

«Il babà piace a tutti.»

«Quello però lo compriamo da Gennaro, che come li fa lui, neanche a Napoli» decide Assunta. Poi guarda marito figlio e nuora con un mezzo sorriso.

Ho scambiato la notte per il giorno e viceversa. Le gocce e la camomilla come acqua fresca. Ho letto fino a quando gli occhi si sono annebbiati e il libro mi è scivolato di mano, ma prima di spegnere la luce ho dato un'occhiata all'orologio che segnava le otto e mezzo. Di mattino.

Ho dormito fino alle tre e quando mi sono svegliata avevo una fame da lupi ma nessuna voglia di prepararmi qualcosa, così ho mangiato dal frigo. So benissimo che non si deve farlo, ma per una volta che sarà mai. Zia Rosaria ha mangiato dal frigo oppure roba precotta per anni, eppure sta bene, magra giusta, con le curve dove ci vogliono e la carne soda. Secondo me, si merita di meglio dei ritagli di tempo di Alfonso, ma va' a farglielo entrare in testa. Comunque, per stasera mi faccio la pasta coi broccoli, giuro, anche se poi l'odore si ferma in tutta la casa.

Il libro di Oliver Twist in certi punti fa piangere. Più sfortunato di così, povero ragazzo... orfano, affamato, maltrattato... Anch'io sono orfana, ma solo a tre quarti, perché se mamma è morta, papà è vivo ma è quasi come non ci fosse; però ho una famiglia che mi vuole bene e la fame non l'ho patita mai, insomma, a paragone di lui non mi è neppure andata male. E anche a paragone di tanti bambini che in certe parti del mondo vivono ancora oggi come a Londra duecento anni fa.

Però anche da noi certe cose sono rimaste uguali. Fagin, per dire, è un don Raffaele, anche lui manovra la sua banda di farabutti ladri e assassini. E come don Raffaele, fa fare dei crimini ai ragazzi, che diventano dei malacarne come Mimmo cecagnolo e Peppuccio nasosottile. I suoi, di Fagin, rubano e truffano, quelli di don Raffaele spacciano droga, prendono il pizzo, menano quelli che si ribellano oppure gli sfasciano i locali. Insomma, il paese mio e quelli vicini assomigliano ai bassifondi di Londra dell'Ottocento e, a parte il fatto che più o meno i paesani mangiano tutti e hanno certe comodità, di progresso ce n'è stato poco.

La malinconia è un gatto randagio che ti assale a tradimento. Il gatto ha le sue buone ragioni per sfoderare le unghie e graffiare: è malato, o ha fame e nessun posto dove stare tranquillo, oppure si è preso delle pedate da ragazzi e adulti stupidi e cattivi. Anche la malinconia ha le sue ragioni quando graffia, e la mia, di oggi, dipende da tanti motivi. Dal fatto che non vedrò più Paolo, che sono reclusa e sola e lo sarò anche domani. Dalle sfogliatelle.

Dopo la pasta coi broccoli ho mangiato le tre che rimanevano. Era meglio se non lo facevo, ma avevo ancora appetito e loro stavano lì sul tavolo a invitarmi. Sono state miele e tossico insieme, miele perché mi hanno riportata a casa e tossico perché hanno svegliato di nuovo i ricordi che erano rimasti addormentati.

Anche la nonna disse O Madonna mia quando entrai in casa e mi vide. Toto invece guaì, si mise a leccarmi una mano, poi si nascose uggiolando cioè piangendo da cane. I cani capiscono tutto. Il nonno non c'era, era andato a fare due chiacchiere al bar, come gli aveva suggerito il neurologo di Napoli.

«Ma che t'è successo?» chiese la nonna mettendosi le mani nei capelli. Poi riempì subito due bicchieri d'acqua, uno per lei e uno per me.

«Non l'acqua. Voglio l'aceto» dissi.

«Aceto? per cosa?»

Non le risposi, presi la bottiglia dell'aceto, ne bevvi una sorsata a canna senza inghiottirla, mi sciacquai a lungo e poi la sputai. In bocca mi restò un bruciore d'inferno.

«Che t'è successo?» incalzò Tore, mentre nonna sospettava il peggio.

Allora raccontai. Della poesia recitata guardando il mare, di Enzino alle mie spalle, che mi aveva afferrata per la maglia e mi aveva buttata a terra... raccontai tutto, cioè quasi tutto, perché di certe cose che avevo fatto mi vergognavo. Non di averlo ammazzato però.

«Ma lui ti ha... ti ha...» chiese lo zio, senza avere il coraggio di finire la domanda.

«Non mi ha violentata, non ci è arrivato.»

«E come hai fatto a...»

«Ad ammazzarlo? Con una pietra. L'ho buttata nell'orto, c'ha ancora il sangue sopra.»

«Ti ha vista qualcuno?»

«No.»

«E mentre tornavi?»

«Neppure, ho tagliato per la campagna.»

«E lui era solo?»

«Sì.»

«Ma che ci faceva lì?»

«Non lo so.»

Salvatore deve decidere da solo e in fretta. Col fratello maggiore lontano, il padre depresso e la madre sfinita, ora il capofamiglia è lui.

Imma dice che Enzino è morto e dice pure che nessuno l'ha vista.

Ma se non è così, come reggerebbe a un interrogatorio?

È vero che ha solo tredici anni e che per la legge non è imputabile, ma sai che gliene frega della legge a don Raffaele e ai suoi.

Moto rubata, in sella due killer, casco integrale, quattro colpi di pistola, un'accelerata e via. Una ragazzina ammazzata in più o in meno cosa vuoi che conti.

Dopo toccherebbe a qualcuno di noi o anche a tutti, pensa Salvatore.

Una tanica di benzina versata sotto la porta, un fiammifero acceso e se non si muore per il fuoco, si muore per il fumo. Nessuno vede e nessuno sente, i mandanti hanno alibi di ferro, gli esecutori chissà chi sono.

No.

Imma deve scomparire ufficialmente.

I carabinieri metteranno in relazione i due fatti, ma non avranno prove o indizi certi su cui fare ipotesi. La gente avrà un argomento di chiacchiere a lunga durata e noi reciteremo la nostra parte.

E se il figlio di puttana non è morto?

Se non è morto, a chi lo dice che a massacrarlo a sassate è stata una ragazzina di tredici anni? Ai carabinieri deve spiegare il perché e non gli conviene, davanti ai suoi deve salvare la faccia.

Prima o poi si torna però al film di prima, che un pretesto per farci ammazzare lo trova facile.

Solo che sarà più poi che prima e intanto magari qualcosa succede.

D'improvviso mi prese una stanchezza che non conoscevo. Era come se tutto capitasse lontano e invece mi capitava attorno, Tore che diceva Bisogna portarla via, la nonna che piangeva, che mi disinfettava i graffi sulla faccia che non sapevo neppure di avere, che mi faceva alzare dalla sedia, mi accompagnava in camera, mi spogliava, mi controllava l'inguine e le cosce, mi spalmava una pomata sui lividi delle braccia delle gambe e della schiena, mi rivestiva, preparava un borsone di biancheria e vestiti, Tore che mi faceva bere un caffè forte e spiegava:

«Imma, non puoi restare qui. È troppo pericoloso.»

«Dove vado?»

«Lontano. Dove non ti trovano. Al Nord.»

«Per quanto?»

«Non lo so. Per un po'. Sei sicura di averlo ammazzato?»

«Sì.»

«Sicura che non ti ha vista nessuno?»

«Sì.»

«Adesso sposto la macchina nel vicolo, poi tu sali dietro e ti accucci. A terra, tra i sedili, capito?»

«Sì.»

La nonna aveva l'aria disperata. Io ero disperata. Lei preparò in fretta tre panini con la mozzarella e la frittata, li mise in un sacchetto di nylon con due succhi di frutta e chiese:

«Vuoi altro?»

«Toto.»

«Non si può.»

«Allora qualche libro di scuola. E il salvadanaio.»

«Va bene, prendili.»

La nonna mi baciò, mi strinse, mi pianse addosso, Toto uscì dal nascondiglio e mi si strusciò sulle gambe: io lasciai fare, istupidita com'ero.

Lo zio entrò dalla porta che dava sul vicolo e disse:

«Adesso, dài, sali.»

Entrai in macchina, mi accucciai a fatica perché avevo male dappertutto.

Partimmo.

Tore si fermò con la macchina davanti al cancello della villa dei Manconi, suonò e si aprì quasi subito, entrò in giardino.

«Tu resta ancora giù» raccomandò a Imma.

Sulla soglia di casa c'era Ubaldo che tentò qualche convenevole d'uso, ma venne subito fermato: «Devo parlarvi, a voi e a vostra sorella. È cosa grave».

E poi, appena furono tutti in salotto, disse con una certa durezza: «Sono venuto a riscuotere il debito. Da voi e da Rosaria».

Ubaldo boccheggiò stranito, e fu Matilde a chiedere: «Come ve lo dobbiamo pagare?».

«Portando mia nipote Imma su al Nord, da Rosaria.»

«Perché? Cosa capitò?»

«Enzino ha tentato di violentarla e lei l'ha ucciso.»

«Oh Gesù santo! Quando?»

«Un'ora fa.»

«Qualcuno l'ha vista?»

«Nessuno. È stato in contrada Sarò.»

«Da Rosaria la porto io» decise Matilde, «perché mio fratello domani lavora.»

«Bene» approvò Tore, «ma Rosaria la avvertite solo da un telefono pubblico quando siete quasi là. Niente cellulare. Anzi, il cellulare lo spegnete proprio e ci togliete pure la scheda di dentro, per protezione vostra.»

«Quando devo partire?»

«Adesso, subito. Niente autostrade, mi raccomando.»

«Ci vorrà una vita.»

«Non importa, è più sicuro. E preparatevi una bella mappata, una balla giusta, caso mai al ritorno qualcuno vi chiedesse qualcosa.»

«La prozia Augusta di Napoli. Capito, Ubaldo? Tu adesso la chiami, ma solo per sapere come sta, io poi al ritorno passo da lei e la istruisco.»

«Di Imma non dovete far parola con nessuno.»

«E chi ci pensa? Per la zia invento una storia, dico che Ubaldo non deve sapere e lei tenermi bordone.»

«Questa busta di soldi datela a Rosaria, per il mantenimento. Per il vostro disturbo invece...»

Matilde ribatté gelida: «Ci avete chiesto di pagare un debito e noi lo paghiamo. Anche se l'interesse è da strozzo».

«A proposito. Per gli altri io sono venuto qua perché il conto dello specchietto della Astura è ancora in sospeso. Vi ricordate che ve lo trovai, vero signor Ubaldo?»

Ce ne mette ad arrivare, il lunedì. Si vede che aveva le scarpe rotte e a camminare spedito faticava troppo. Ma non porta novità belle, non porta la fine della prigione. Porta solo che torna zia Rosaria con la faccia abbastanza allegra e l'aria distesa.

«Ci facesti l'amore con Alfonso, zia?»

Rosaria ride: «Che domanda sfacciata! Ma che ti piglia?».

«E dài, zia, che ormai sono grande.»

«Tredici anni hai, che grande e grande...»

«Va bbuono, come vuoi. Però si vede che lo facesti.»

«Da cosa si vede?»

«Dalla faccia, dagli occhi che ridono. È bello fare l'amore?»

«Sì. Ma solo se lui ti piace davvero. Meglio ancora se gli vuoi bene.»

«E se lui ne vuole a te.»

«Già.»

«Alfonso te ne vuole di bene?»

«Un po', a modo suo. È il meglio che sono riuscita a trovare.»

«Però...»

«Zitta Imma, non marcirmi la serata. Va bene così. Per il momento, poi vedrò. Tu, piuttosto, cos'hai fatto?»

«Ho finito il libro che mi ero portata da casa, ho guardato la tele. Mi sei mancata tanto.»

La zia mi abbraccia forte.

«Se non fosse che è troppo pericoloso, ti porterei a mangiare una pizza.»

Una pizza. Dove lavora Paolo, che non è distante da qui. Il cuore fa saltelli di gioia.

«Dài zia...»

No, da Paolo no. Mi chiamerebbe Lucia, chiederebbe come sta la nonna. Il cuore s'è già azzoppato.

«Meglio di no, Imma. Non mi prendo sta responsabilità.»

«Pazienza» sospiro. Il cuore adesso ha le gambe rotte.

«Cuciniamo insieme qualcosa di buono buono. Ti va?»

«Sicuro» dico. Anche se di cucinare non ne ho per niente voglia.

Alla fine della cena, sedute a tavola, la zia dice: «Non mi raccontasti mai bene del viaggio».

«Quello dal paese a qua?»

«Quello.»

«Lo feci sdraiata a terra, tra i sedili, con una coperta sopra. Avevo male dappertutto, forse anche la febbre.»

«Senza forse. Quando arrivasti qua scottavi.»

«Matilde non mi parlò quasi mai, era concentrata a guidare e a non sbagliare strada. Fermò tre volte: una per la benzina, una perché avevamo bisogno di fare pipì, e una per telefonare a te. Forse ho un po' sonnecchiato, ma proprio dormito no, perché ero troppo scomoda.»

«Dormisti qui, otto ore di fila. E qualche ora Matilde accanto a te, prima di rimettersi in viaggio.»

«Accanto a me? nel letto tuo? Non me lo ricordo.»

«Forse perché ti diedi le gocce contro la febbre, o forse perché eri sfinita.»

«E com'era Matilde?»

«Come sempre. Acida. Però contenta di sbolognarmi una grana. Perché, all'inizio, io ti vidi solo come una grana, un incidente improvviso, anche se mi facevi pena.»

«E adesso?»

«Adesso sei mia nipote, anzi di più, che quando te ne andrai mi mancherai una cifra.»

«E quando me ne andrò?»

«Quando vorranno i tuoi, già lo sai. Ma se non ci fosse più pericolo e ti lasciassero qui, io sarei contenta. E tu?»

«Non lo so. Cioè, mi piacerebbe stare con te, qui in città, ma mi mancherebbero i miei.»

«Però potresti telefonargli, vederli ogni tanto. E usciresti, andresti a scuola, ti faresti delle amiche, più avanti un ragazzo.»

Paolo, penso. Andrei a trovarlo in pizzeria, gli direi che sono Imma non Lucia, e che le bugie erano per necessità.

«Sì, zia Rosaria, mi piacerebbe stare qui con te.»

«Affare fatto. Vedrai che sta storia finisce presto, e allora usciamo insieme, ti faccio conoscere il quartiere, i negozi, il centro e ci teniamo buona compagnia.»

«E quando il notaio d'estate ti dà le ferie torniamo al paese e andiamo al mare insieme.»

«No, io a casa dai miei non ci torno.»

«Ma che casa dei tuoi! A casa nostra. Nella stanza mia ci stanno due letti, più uno supplementare per quando vengono le amiche di Angela. E assaggi la pizza di nonna Assunta, i vermicelli alla puttanesca, 'e purpette, 'e zeppole...»

«Sarebbe bello anche a Natale, che qui da sola mi viene 'a appecundria e mi sento abbandonata... Vedrai che Natale lo festeggiamo là.»

«Ovèro fai?»

«Non lo so. Però sperare non costa niente. Ah, dimmi na cosa: quel libro che ti portasti da casa è bello?»

«Sì, bello assai.»

«Di che parla?»

«Di una ragazza, che poi diventa donna, che è innamorata di un marchese che invece la umilia in ogni modo e lei accetta tutto.»

«L'hai finito, vero?»

«Sì.»

«Allora me lo comincio io. La umilia, dici, lei accetta...»

Io continuo a sperare. I giorni sono lumache che lasciano strisce di bava sempre uguali. Martedì mercoledì giovedì venerdì... Ogni tanto esco, ma senza una meta c'è meno piacere, meno interesse. Vado al mercato, al posto del banco dei libri adesso c'è uno scarparo cinese. Le scarpe costano dai cinque ai dieci euro e secondo me hanno già le vesciche e i calli compresi nel prezzo.

Un mattino mi sono fatta coraggio, sono andata sino alla pizzeria dove lavora Paolo e, sperando di vederlo, mi sono fatta prima il film dell'incontro.

«Lucia, che piacere vederti!»

«Ciao Paolo, come stai?»

«Bene. Come mai da queste parti?»

«Ho fatto un paio di commissioni, poi già che ero in zona sono passata a vedere dove sta la pizzeria.»

«Allora hai intenzione di venire?»

«Sì, uno di questi sabati.»

«Se vieni di giovedì è meglio, non c'è troppa gente e aspetti meno.»

«Di giovedì sto a scuola.»

«Ah già, dimenticavo. Hai fretta?»

«No, la nonna oggi sta un po' meglio.»

«Allora andiamo a prenderci cappuccino e croissant. All'altro isolato c'è un bar che li ha buonissimi.»

«Con la Nutella?»

«Con la Nutella e con la marmellata.»

«Come sta tuo zio?»

«Bene. A rimettere la licenza gli è dispiaciuto, ma è contento di continuare a stare in mezzo ai libri.»

«E tu, come va con l'università?»
«Devo dare un esame tra pochi giorni.»
«Sei preparato?»
«Abbastanza.»
Poi il film finisce, perché non so più cosa dire. Finisce prima del bar.
Comunque la pizzeria era ancora chiusa e Paolo chissà dov'era.

Rosaria chiude una cartella gonfia di documenti. La guarda con un sospiro di soddisfazione: è il frutto di un anno di proposte, ricerche, telefonate, fax, lettere a mezzo mondo. Una scommessa data per persa che invece lei ha vinto. Il rudere di un castello con intorno ettari di terreno: il primo, di proprietà di una dozzina di eredi distratti e indolenti sparsi tra l'Europa e gli Stati Uniti; i secondi, parcellizzati in appezzamenti minuti i cui proprietari cambiavano opinione a ogni mutar di luna. Adesso tutte le deleghe sono pronte, ci sono le promesse di vendita e gli atti si possono fare.

Rosaria indugia per un minuto o due, sospira, poi si decide. Prende la cartella e bussa alla porta dello studio del notaio Ossola.

«Signor notaio, mi dovete dire brava. Ci sono riuscita.»

«A far cosa?»

«Il rudere del castello di San Chiaffredo e i terreni intorno: tutto pronto per gli atti di vendita.»

«È un miracolo, brava davvero, signorina Rosaria.»

«Grazie, signor notaio. Ma oltre al brava...»

«Che cosa?»

«Ci vorrebbe un aumento di stipendio. Sono sei anni che sto qui e sono sempre al minimo sindacale.»

«Ah. Be', sì. Cento euro al mese, contenta?»

«Sarei più contenta con centocinquanta.»

Il notaio ci pensa, fa qualche calcolo: parcella ricca quella del castello di San Chiaffredo, da pagarci l'aumento di Rosaria per anni. Insperata, oltretutto.

«D'accordo» dice, «avverto il commercialista.»

Rosaria esce. Stasera festeggiamo con lo spumante, pensa.

In quel momento le squilla il cellulare. Compare il numero di Alfonso. No, adesso no, rifiuto la chiamata. E se lui si arrabbia? Chissenefrega.

Chissà cosa dice invece il notaio Polito quando lo chiamo. Anzi, lo chiamo subito.

Siamo a metà dicembre. Nelle strade ci sono delle belle luminarie, che però di giorno sono spente. Natale lo passeremo qua, la zia e io da sole, che solo a pensarci mi viene uno scurore più nero dell'inferno.

Come ogni giorno sto seduta alla finestra, dietro alle tendine in finto pizzo, ad aspettare l'ora di pietra. Che oggi è un po' in ritardo, ma quando arriva, la magia si ripete uguale. Nessun passante sui marciapiedi, nessuna macchina moto bici per la strada. Il girarrosto e il sindacato chiusi, nessuno che esce dal bar o dalle parrucchiere. Silenzio. Il silenzio della città, che è un po' sporco e grigio, non pulito e chiaro come quello del paese mio, ma ugualmente bello. Bello come un muro un po' sbreccato, con le sue crepe e qualche filo d'erba che ha trovato un'unghia di terra tra un mat tone e l'altro. Bello come la coperta bianca del letto di nonna, che prima era di sua mamma e prima ancora di sua nonna, con i rammendi e le toppe e le frange smangiate dai lavaggi. Certe cose povere e vecchie sono bellissime, ma tanta gente non lo capisce e le butta. Però le cose povere dei cinesi sono solo povere e non belle. Oppure non sono belle ai nostri occhi, che sono rotondi e non strizzati come i loro e vedono diverso.

La magia è finita: passa una macchina nera e grossa, poi altre due subito dietro. La prima scantona a sinistra, le altre tirano dritto. Un ragazzo con i capelli a cresta esce dalle parrucchiere cinesi, la macchina nera ritorna lenta, forse a cercare parcheggio. Il barista più giovane esce a fumarsi una sigaretta di fianco alla porta. Il padrone del girarrosto si piega sotto la serranda mezza abbassata, la tira giù del tutto, chiude col lucchetto, entra nel suo furgoncino bianco parcheggiato quasi davanti, accende il motore e se ne va. La macchina nera torna un'altra volta, si infila nel vuoto lasciato dal furgoncino con due sole manovre.

Le solite cose, insomma.

Mentre mi alzo per andare ad accendere la radio, do ancora un'occhiata in basso. Dalla macchina sono scesi due uomini, forse ragazzi, comunque giovani, perlomeno a giudicare da quassù, senza vederli in viso. Vanno verso il bar, scambiano quattro parole col barista, poi si voltano, alzano il viso e guardano in alto.

Ripiombo a sedere sulla sedia, con le gambe molli, il fiato affannato e il corpo che trema.

Mimmo cecagnolo e Peppuccio nasosottile, i due tirapiedi di Enzino.

Sono qui. Di fronte al portone di casa. Guardano in alto.

In fondo in fondo me lo sentivo che non ci sarebbe stato l'happy end come nei film.

Che nella vita vera i cattivi vincono sempre, o quasi.

Che prima o poi mi avrebbero scovata.

Che magari è pure colpa mia, con tutte le mie uscite clandestine e pericolose.

Adesso di pietra sono io. Immobile dietro le tendine.

I due malacarne entrano nel bar.

Sono passati dieci minuti. Non tremo più, il respiro è tornato normale.

Devo pensare.

Ho solo tredici anni, ma sono più intelligente delle due bestie che mi fanno la posta. Io leggo, io penso, io ragiono sulle cose.

Adesso devo ragionare con calma. Ma senza tirare tardi.

Un'irruzione in casa in pieno giorno non la possono fare, perché non sono nel loro territorio. Però possono braccare zia Rosaria quando arriva dal lavoro, salire con lei, costringerla ad aprire la porta.

Dopo? dopo accendono forte la tele, qualche colpo di pistola col silenziatore e se ne escono.

Se va bene. Perché la pistola, il coltello o il cappio possono arrivare soltanto alla fine.

NO.

Non sono, non siamo, zia Rosaria e io, carne da macello.

Devo avvertirla. Ma come, che non ho il telefono?

E se anche la avverto di non tornare, dopo che facciamo?

Possiamo rifugiarci nel piedaterra di Alfonso, ma non serve. Quelli domani vanno ad aspettarla al lavoro e invece di ammazzarci qua, ci ammazzano nel piedaterra, sai che guadagno.

Stanno sempre dentro al bar. Aspettano. Mi fanno la posta.

Io invece devo decidere.

Basta tacere. Basta nascondersi.

Tiro giù il borsone dal ripiano dello sgabuzzino, ci metto dentro un po' di biancheria, due jeans, due felpe e i libri di Paolo. Non è troppo pesante. Ci aggiungo i soldi, qualche libro di scuola, un cacciavite e una forbice. Adesso è pieno.

Prendo le chiavi dal cassetto del comò. Mi infilo il mio giubbotto nuovo.

Bevo un bicchierino di limoncello per farmi coraggio.

Guardo giù: i malacarne stanno seduti al tavolino dietro la vetrata.

Esco.

Nessuno per le scale.

Apro con la chiave la porta della cantina, entro e la richiudo subito. Mi ricordo che l'interruttore della luce è sulla parete di sinistra, accendo, scendo le scale.

Il corridoio è lungo e poi svolta a destra. Non so se la porta che dà nell'androne dell'altra casa si può aprire con la stessa chiave. Posso solo sperarlo. Altrimenti dovrò ingegnarmi con forbice e cacciavite. Augurandomi che nessuno mi senta.

Mi va bene: la serratura è di quelle semplici, col catenaccio che si può far scorrere dall'interno.

Apro la porta, la richiudo, esco dal portone.

Sono in strada. Nella traversa di destra della via di casa.

Cammino né svelta né lenta, ma normale.

Non mi volto indietro, un po' perché non ne ho il coraggio e un po' perché voltarsi sarebbe stupido. Mi canto nella mente *Nella città di Mantova*.

Poca gente per la via purtroppo.

Fa freddo ma io sono sudata quando arrivo davanti alla casa con su scritto CARABINIERI.

«Cosa vuoi?» chiede il piantone alla porta.
«Entrare.»
«Per fare cosa?»
«Parlare col maresciallo.»
«Il maresciallo non c'è.»
«Allora con chi comanda qui dentro.»
«Addirittura!»
«Già. Me lo dite chi comanda o no?»
«Il capitano Loperfido.»
«Devo parlargli. È importante. Fatemi entrare.»
«E tu entra. Ma il capitano è impegnato.»
Prima della porta interna, dopo l'atrio, c'è un altro carabiniere:
«Cos'hai nella borsa?»
«Biancheria, vestiti, libri.»
«Aprila.»
La apro, lui ci fruga dentro.
«E questi cosa sono?» chiede, mostrando la forbice e il cacciavite.
«Forbice e cacciavite.»
«Che fai? sfotti?»
«No. Li ho presi per aprire una porta.»
«Fammi capire. Vai in giro a rubare?»
«Vi pare che se rubavo poi venivo qui?»
«Come ti chiami?»
«Lo posso dire solo al capitano Loperfido.»
«Ma guarda questa... Molla qui la borsa, che ti faccio entrare.»
Dopo, aspetto quasi un'ora seduta su una panca scomoda. Tre carabinieri, uno dopo l'altro, mi chiedono cosa voglio e per tre volte do la stessa risposta: Parlare col capitano Loperfido. Che come nome non augura niente di buono.
Finalmente arriva un altro carabiniere, vecchiotto

e un po' grasso, che dice Vieni, e mi accompagna al piano di sopra, nell'ufficio del capitano.

Che è una donna. Alta bella mora. In divisa, ma sorridente.

«Siediti» dice, mentre esce il vecchiotto, e poi: «Come ti chiami?».

«Capitano, il nome ve lo dico dopo, e vi racconto tante cose, ma prima bisogna telefonare a mia zia Rosaria Latella che lavora dal notaio Ossola per dirle di non andare assolutamente a casa e di venire invece qui.»

«Ragazzina, non è che vedi troppi telefilm?»

«No. Non li guardo quasi mai.»

«Cosa fai invece?»

«Leggo. Studio. Ascolto la radio.»

«Perché tua zia Rosaria non deve andare a casa?»

«Perché ci sono due malacarne che l'aspettano. Due camorristi.»

Il capitano sospira e mi guarda. Io guardo l'ora, le tre e quaranta: la zia esce alle sei e mezzo, faccio in tempo a raccontare, ma devo convincerla. E per convincerla devo dirle il mio nome. Tiro fuori dalla tasca dei jeans la carta bianca con la foto, gliela porgo e dico:

«Sono Immacolata Schettino.»

Il capitano la guarda, mi fissa e dice:

«Racconta.»

Io comincio a raccontare. Tutto, dal giorno di Marika.

Arnoldo Mondadori Editore S.p.A.

Questo volume è stato stampato
presso Mondadori Printing S.p.A.
Stabilimento Nuova Stampa Mondadori - Cles (TN)

Stampato in Italia - Printed in Italy